將軍別鬧

4

完

果九 著

風文創 622

風 文創 622

目錄

風文創 622

第八十六章　蹊蹺

麥穗獨自一人逛著，瞧見各式各樣有趣的小玩意兒，她也漸漸來了興致。有一個攤位上的花布，看起來特別柔軟鮮亮，她忍不住停下來。

攤主是個老婦人，操著外地口音，笑容滿面地問道：「小娘子，來點花布吧，這是正宗的齊州柳家布，質地很好的。」

麥穗也覺得這些花布的確不錯，都是上好的棉布做的，便順手買下幾疋，想著等有空的時候，給家裡的椅子做個棉墊也挺好看的。

「三嫂，我到處找妳呢。」蕭芸娘氣喘吁吁地走過來，如實道：「剛才我跟娘碰到溧陽郡主了，溧陽郡主說要請娘去一品居坐坐，咱們怎麼辦？」

「想必娘是有什麼話要對郡主說吧。」麥穗無所謂地道：「既然娘想去，那就讓她去唄！」

「三嫂，妳別怪娘，她說是想要向郡主打聽三哥失憶的事呢。」蕭芸娘小聲解釋道。

「妳放心，我怎麼會怪娘呢。」麥穗面無表情地道：「每個人的想法都不一樣，再說娘畢竟是長輩，考慮得更多，我怪她幹麼？」

嘴上雖然這樣說，麥穗心裡卻知道，婆婆不過是為了秦溧陽腹中的孩子罷了。眼下景田失憶，秦溧陽有孕一事也變得更加撲朔迷離起來，想必婆婆是擔心萬一孩子是蕭家的骨肉該怎麼辦？

「算了，不想這些了，逛街、逛街。」麥穗拽著蕭芸娘朝琳琅滿目的攤位走去。

婆婆想怎麼做就怎麼做吧，她管不了那麼多了。

姑嫂倆在鎮上慢騰騰地逛了一會兒，買了些雜七雜八的日常用品，這才去到老槐樹下跟眾人碰頭。

姜孟氏婆媳倆正與沈氏、喬氏有說有笑的，一夥人早就等在那裡了。

「他們父子三人和牛五找地方喝酒去了，說是讓咱們先回家呢。」喬氏滿臉不悅地道：「公公還真偏心，只帶著兒子去吃飯。」

沈氏扶著腰身，連聲喊累。「咱們還是買點吃的，去馬車上等他們吧。」

「那妳們去馬車上等，咱們回家了。」姜孟氏挽著蘇二丫，揚了揚手裡大大小小的紙包，淺笑道：「回家正好做飯吃。」

「我看咱們還是去吃飯吧。」麥穗也逛累了，爽快地道：「我請妳們去于記飯館吃。」

沈氏和喬氏眼前一亮。

「下館子了、下館子了！」蕭菱兒和蕭石頭高興得又蹦又跳，上前抱住麥穗，歡呼道：「三嬸娘真好。」

「咱們就不去湊熱鬧了吧。」姜孟氏謙讓道。

「走吧，還跟我客氣？」麥穗嗔怪道：「妳不去的話，就自己回去，反正二丫得去。」

「去、去、去。」姜孟氏立刻眉開眼笑地應道。

麥穗在自家馬車上貼了張字條，讓牛五喝完酒後直接到于記飯館接她們，眾人便歡歡喜喜地直奔于記飯館。

九姑認識麥穗，一見到她，便熱情地把她們都迎進來，神神秘秘地跟麥穗道：「跟我來，有件事情我正想問妳呢。」

麥穗安頓好眾人，囑咐蕭芸娘多點幾道好菜讓大家吃，便跟著九姑進了另一間廂房。

「妹子，咱家掌櫃的有兩個多月沒回來了。」九姑拿起水壺替麥穗斟滿茶，苦笑道：「說起來，咱們這對夫妻的確跟別人不大一樣，他從不過問我的事，我對他的事也不上心，不過是仗著以前的情分，搭伙過日子罷了。可現在他這麼久沒回來，我心裡也著實有些慌，不知道該怎麼辦才好……」

「我聽說景田出事後，于掌櫃也跟著出了門，沒想到他竟然到現在都還沒回來。」麥穗端起茶碗，望著茶杯裡自己略帶憂鬱的眉眼。

以前蕭景田跟于掌櫃來往密切，她倒是經常見到他。自從蕭景田出事，于掌櫃也跟著不知去向，這件事的確有些蹊蹺。

「我只知道他去了京城，其他的也是一無所知。」九姑撫摸著自己纖長細嫩的手指，嘆道：「我知道我以前名聲不怎麼好，但自從嫁了我家掌櫃的，卻也是大門不出、二門不邁的，並沒做過對不起他的事，沒想到他對我竟是半點不上心，咱們之間除了床上那點事，也就沒別的了。可如今，連那檔子事也沒有了，我跟守活寡有什麼區別？有時候想啊，我幹麼要嫁人，自己就那樣快活地過日子，不是挺好的嘛。」

且並不在意。

麥穗見她這樣說，心裡很感慨。之前她的確親眼瞧見九姑跟徐四兩人之間不清不楚的，還曾經婉言提醒過蕭景田，讓他請于掌櫃多注意一些，當時蕭景田還說于掌櫃知道此事，而且並不在意。

她以為于掌櫃大度，卻不想原來他們之間的相處卻是如此境地，看來于掌櫃也是邁不過心裡的那道坎啊。

隔壁不時傳來喬氏和沈氏爽朗的笑聲，聽起來歡快極了。其實誰也不是天生的惡人，不過是為了自己的利益驅使，而扭曲了內心。

麥穗靜靜地想著，突然很羨慕她們簡單的生活和單純的煩惱。

見麥穗不語，九姑扶了扶鬢間的珠翠，壓低聲音道：「妹子，妳家景田的事，妳到底知道多少？比如他曾經得罪過什麼人……」

「這些我不大清楚。」麥穗如實道。「九姑怎麼這麼問？」

她跟蕭景田雖然情投意合、心心相印，但對於他的事，她知道的還真不多。

蕭景田是個被打落牙齒就往肚裡嚥的性子，輕易不提起過去的事。要不是秦溧陽千里迢迢地尋來，他怕是連秦溧陽的事也不會告訴她，更別說是他得罪誰、惹到誰了。

當然，她就算知道，也未必會向九姑道出實情。她跟九姑不過是泛泛之交，若不是因為蕭景田跟于掌櫃之間的交情，她跟九姑斷不會有什麼交集。

「咱家掌櫃的素來敬重妳家景田，對他的事也格外上心，我想他去京城多半是為了蕭景田的事。」九姑肅容道：「之前曾經有個鐵血盟的人過來找過咱家掌櫃的，我無意間聽見他們說什麼有可能是曹太后下的黑手，還說太后生性多疑，就算是那些早已解甲歸田的將領，也不打算放過。」

「難道說景田此次遇害，是跟宮裡有關？」麥穗聽得心驚膽跳。

莫非是那個曹太后想要殺景田？

「應該是的。」九姑低聲道：「鐵血盟雖然已經被蕭景田編列在沿海一帶的衛所裡，但盟裡的勢力還在，他們的那個宗主謝嚴對蕭景田也是忠心耿耿。我覺得咱家掌櫃的就是為了鐵血盟傳來的曹太后這個消息，才會去京城的。」

「我能做些什麼嗎？」麥穗摩挲著茶碗問道。

「之前我去找過蕭景田，想讓他幫我打聽一下咱家掌櫃的下落，可妳猜蕭景田說了什麼？」九姑臉色一沈，不悅道：「他竟然問我是誰？我自問沒有得罪過蕭景田……」

「九姑，上次海戰時，景田受傷，傷好後他暫時失去一部分的記憶，並非有意為難妳。」麥穗解釋道：「別說妳了，就連我，他也不記得了呢！」

「原來如此。」九姑恍然大悟。「原本我是想求妳去跟蕭景田說說情，看他能不能幫忙打聽到咱家掌櫃的下落，沒想到他竟然把妳也忘了……對了，聽說妳跟齊州知府吳大人是同一個村的？妳能不能求吳大人幫忙打聽一下咱家掌櫃的下落？」

「九姑，我跟吳大人平日並無往來，這個忙我怕是幫不上了。」麥穗婉言道。「不如這樣，等景田在禹州城休養好身子回來，我把此事說給他聽，他雖然不記得咱們，但于掌櫃他肯定是記得的。」

她不能再跟吳三郎有什麼牽扯。否則，在蕭景田面前，她就真的說不清了。

「既然他不記得妳，又怎會聽妳的。」九姑扶額嘆道，想不到像他們這般感情好的夫妻也會落得如此境地，真是世事難料。

「可是于掌櫃去了京城這麼久，一直沒消沒息的，確實令人擔憂。」麥穗安慰道：「若是景田能幫上忙，他肯定不會袖手旁觀的。」

「那就好。」九姑這才吁了口氣，笑問道：「聽說妳在鎮上買了塊地，要蓋鋪子。打算什麼時候開工？到時候我給妳捧場去。」

「等天氣涼快些再說吧。」麥穗聽著窗外密集的蟬聲，掏出手帕擦了擦額頭上的汗。金山鎮離魚嘴村來回六十里，這麼熱的天要她來回奔波，實在是受不住。

若蕭景田還是以前的蕭景田，他肯定會一手把蓋鋪子的活兒全攬過去，不用她操心，可如今她怕是指望不上他了。

「以後有需要幫忙的地方，儘管來找我就是。」九姑拉著她的手，熱忱道：「就憑咱們兩家的交情，妳蓋鋪子，咱們也不能只是看熱鬧啊。」

「那就先謝謝妳了，九姑。」麥穗淺笑，見九姑拉著她，大有打算要一直聊下去的架勢，忙起身道：「我過去看看她們吃得怎樣了，要是吃得差不多，咱們也該回去了。」

「哎呀，光顧著說話，都忘了妳還沒吃飯。」九姑忙起身吩咐灶房再上兩道菜，端過去隔壁廂房。

吃飽喝足後，眾人心情大好地出了飯館。

牛五早就趕著馬車等在外頭，待她們上了馬車，才甩著鞭子慢悠悠地朝村裡駛去。路上，喬氏打趣道：「我說牛五，你不地道啊，既然打算娶咱們小姑子進門，就應該連咱們這些當嫂子的也請了。你倒好，光請你老丈人和大舅子，難道咱們不是你媳婦的娘家人嗎？小心你娶親那天，嫂子不給你開門，讓你爬牆去娶媳婦回家。」

眾人哈哈大笑，一旁的蕭芸娘則是羞得抬不起頭來。

「嘿嘿，嫂子，不是這樣，是、是宗海叔說要找咱們幾個喝酒的。」牛五也鬧了個大紅臉，撓撓頭道：「再說這次不是我請的，三哥也在。」

「牛五，你說你三哥回來了？」麥穗原本倚在軟榻上昏昏欲睡，無心和她們一起打趣牛五，眼下聽牛五說起蕭景田，忙起身問道：「他什麼時候回來的？」

「三哥說他早上就回來了，還幫趙將軍去鎮上訂了幾艘船，然後就去酒樓找咱們了。」牛五如實道：「咱們是在一品居吃的飯，郡主跟嬸子也在，到現在還沒走呢。」

「我就說怎麼一直沒看到娘，原來是被郡主請去了啊。」喬氏許是吃了麥穗的飯，並沒像以往那樣說話口無遮攔的，只是冷哼道：「這郡主也真是的，那樣一個尊貴的人，跟娘有什麼好說的？」她婆婆不過是鄉下婦人一個，目不識丁的，她們兩人之間有啥好聊的？

沈氏冷笑道：「還不是看在老三的面子上。」

一扭頭，見喬氏朝她遞了個眼色，自知失言，又衝著麥穗笑了笑。「三弟妹，妳別誤會，咱們也是瞎說呢。」

麥穗臉一沈，只是低著頭，什麼話也沒說。

待回到村裡，眾人各自散去後，牛五又馬不停蹄地趕回鎮上，去一品居接蕭家老倆口。

半個時辰後，老倆口才跟蕭景田一起從鎮上回來。

麥穗聽見馬車聲，便去了老宅。

蕭景田已坐在炕上小憩，她便倚在炕邊道：「景田，你出事那天，于掌櫃也跟著去了京城，可他到現在都沒回來，九姑很著急，想請你託人打聽一下他的下落。」

「九姑是誰？」蕭景田茫然地問道：「難道于掌櫃成親了？」

之前的確有個自稱「九姑」的女人找過他，卻被他三言兩語給打發走了，他覺得那個女人太過妖嬈，看起來不是什麼好人。

「景田，九姑就是于掌櫃的媳婦啊。」孟氏提醒道。「他成親用的點心、麵食，還是娘跟你媳婦幫他做好，然後你跟你爹再給他們送過去的呢，你好好想一想。」

見兒子失去許多記憶，她這個當娘的心裡很難受。

「于掌櫃還沒回來？」蕭宗海頗感意外。他一直以為景田回來後，于掌櫃應該也跟著回到金山鎮了。

「知道了，此事我會放在心上，讓人去打聽的。」蕭景田微微頷首。

「景田，你的傷怎麼樣了？」麥穗又問道。

「好多了。」蕭景田點頭道。

孟氏本想說些什麼，但見麥穗在，她不好開口，只是一個勁兒地盯著蕭景田看。

「有什麼話就直說。」蕭宗海不悅道：「郡主到底跟妳說了什麼？」

溧陽郡主未婚先孕又不是什麼秘密，老三媳婦早就知道了，還有什麼好隱瞞？現在問題的關鍵是，這個孩子到底是不是景田的？

「景田，當著你媳婦的面，我也不藏著、掖著了。」孟氏看了看麥穗，鼓起勇氣問道：「你好好想想，郡主肚子裡的孩子，到底是不是你的？她說是之前在魚嘴村的那場海戰時懷上的。」

麥穗垂眸，心裡隱隱作痛。

雖然她不相信孩子會是蕭景田的，但那個時候，蕭景田的確是跟秦溧陽在一起。如今蕭景田沒了記憶，若秦溧陽執意說孩子是蕭景田的，那蕭景田怕是百口莫辯。

這裡又不能做什麼親子鑑定……

「娘，以前的事，我的確忘記了一些，但我做人的原則沒變。」蕭景田沈思片刻，面無表情道：「秦溧陽的孩子絕對不會是我的，我之於她並無男女之情，不可能對她做出那樣的事。」

秦溧陽是個什麼樣的人，他比誰都清楚。為了達到目的，她可以不擇手段，如今她越是大張旗鼓地把事情往他身上扣，那就說明此事越可疑。

在他身上，她可是什麼手段都用上了。

孟氏皺眉道：「可眼下她口口聲聲說自己肚子裡懷的是你的孩子，你卻執意說不是，咱們也不知道該怎麼辦了。」

「這件事跟你們沒關係。」蕭景田沈著臉道：「我雖然忘了一些事，卻也不會隨便揹黑鍋，如今我誰也不信，只信我自己的判斷。這件事，你們就別管了。」

他一點也不想知道秦溧陽腹中的孩子究竟是怎麼來的，他對這個女人，已經徹底失去耐心。

孟氏只是嘆氣，兒子一直是她的主心骨，如今，兒子都這樣說了，她也不好再說啥。她看了看麥穗，又道：「景田，你既然回來了，就到新宅去住吧，你可是成了家的人，不能把你媳婦扔下不管。」

「對，你不能住在老宅這邊，回新宅去住。」蕭宗海大手一揮，吩咐道：「你之前跟你媳婦相處得很不錯，這點爹、娘是不會騙你的。」

以前兒子對媳婦有多好，他都看在眼裡。現在兒子失了記憶，也唯有爹、娘和媳婦，是兒子真正能依靠的人。

蕭景田點頭道「是」。

他確實看得出來，他這個媳婦不是個胡攪蠻纏的，對自己的關心也是真真切切，倒真不像是自己討厭的類型。

因此一到夜裡，蕭景田果真回了新宅。

第八十七章　熟悉的陌生人

黑風見男主人回來，邁著小胖腿顛顛地迎上去，興奮地嗷嗚、嗷嗚直叫。

哪知傲嬌的男主人壓根兒就沒搭理牠，視若無睹地進了屋。

黑風討了個沒趣，悻悻地回了自己的小窩。

昏黃的燭光下，兩人一時相對無言。

為了消除蕭景田的戒心，麥穗特意把兩人的被子拉開，隔得遠遠的，勉強笑道：「景田，我知道現在我於你而言，只是個陌生人，跟陌生人同床共枕，想必你也會不習慣的。」

「對不起，我還是想不起來。」蕭景田沈聲道：「不過，妳要是想說什麼就儘管說，看我能不能回想起一些什麼。」

在楚國的時候，秦溧陽和她的丫鬟碧桃曾經不止一次當著他的面，說他媳婦如何如何不檢點，如何如何不守婦道。可直覺告訴他，越是秦溧陽不待見的人，往往越是他所欣賞的。

這點判斷他還是有的。

「好啊，那我從頭說起吧。」麥穗嬌羞地看了枕邊男人一眼，感受著他身上清冽的氣息，輕聲細語道：「當初公公、婆婆用一袋白麵去我大伯家下聘的時候，我很不情願，那個時候十里八鄉的人都在傳你做過土匪。當時在村裡我有個從小一起玩到大的玩伴，他叫吳三郎，我跟他青梅竹馬一起長大，關係很要好，他得知大伯要把我嫁給你，就提議帶我去禹州城避避風頭，結果卻沒有走成……」

現在她仔細想了想，應該是麥花告密。她還真得好好謝謝麥花，要不是麥花使壞，她肯定遇不到蕭大叔。

見蕭景田很認真地聽著，她繼續道：「後來，我便嫁過來。當時你剛從銅州那邊回來，胳膊還受了傷，想必你也是無意成親的，故而對我也是冷冷淡淡，一度還想送我回娘家。但我自小就住在大伯家，哪裡有娘家啊？於是就厚著臉皮住下來，再後來，咱倆就慢慢喜歡上彼此了……」

想到之前兩人的點點滴滴，麥穗倏地紅了眼圈，她忙背過身去，努力平息自己的情緒。她知道，他不喜歡愛哭的女人。

她其實想告訴他，她愛他，很愛、很愛……

「我信妳。」雖然聽起來像是別人的故事，但蕭景田還是被她不慍不火的態度所打動。她不像秦溧陽，急於把自己的想法和看法一股腦兒地強塞給他，她就像個靜候夫君回家的小媳婦，一聲不響地站在門口等著、眺望著……

「給我點時間，讓我慢慢想吧。」蕭景田望著身邊眉眼柔和的女人，突然有種想抬手揉她頭髮的衝動，不過他的手只抬到一半，就又不動聲色地放下來……

「好，不著急，你先把身子養好再說。」麥穗察覺到他的小動作，眸底滿是笑意，心裡暗忖，若是她現在撲上去親他一下，他會不會把她一腳踢下炕去呢？好想試試怎麼辦？

一想到蕭大叔的身手，她覺得還是算了吧。若是被蕭大叔踢成重傷，可就得不償失了啊。

兩人一夜無話。

隔天麥穗醒來的時候，蕭景田已經不在炕上了。

蕭芸娘拿著一把小油菜走進來，笑嘻嘻道：「三嫂，娘早上去菜園拔了些小油菜，讓我給妳送來一些，她說三哥最喜歡吃妳做的青菜麵條了。」

「以前喜歡，現在未必喜歡了。」麥穗嘴上這麼說，卻還是接過油菜，進了灶房。

蕭芸娘也跟著走進去，挽起袖子道：「我幫妳燒火。」

麥穗忍著胸口的翻騰，煙燻火燎地給他做了油菜麵，滿臉熱忱地等著蕭景田回來吃早飯，卻被牛五告知他已經回禹州城去了。

「三嫂，咱們吃吧！」蕭芸娘有些過意不去，忙安慰道：「三哥肯定是有什麼急事，妳別怪他。」

麥穗壓住心中泛起的酸楚，勉強笑道：「我不怪他。」

自從蕭景田從楚國回來後，小六子便調回禹州城，而幾個放蜂人也不知去向。

日子又回復到過往的平靜，牛五和蕭芸娘的親事也該好好地選一選日子了。

老倆口雖然平日裡許多事都不對頭，但在女兒的婚事上，意見卻出奇一致，那就是該有的禮儀一樣也不能少。兩人商量一晚上，很快就把準女婿牛五叫到跟前。

「牛五，這些年，咱們也算是看著你長大的，知道你父母去得早，家裡也沒有別的親人。但成親是一輩子的大事，咱們不想因此而委屈芸娘。」蕭宗海擺足了未來老丈人的架子，鄭重其事道：「你找個媒人正式上門提親，送日子、小定、大聘，都得照鄉俗來。」

「好，沒問題，一切全聽宗海叔和嬸子的。」牛五連連點頭。這是他的終身大事，他也不想馬虎。

接著蕭宗海又煞有其事地訓了牛五一番，無非是讓他好好上進，要待自己的女兒好，不要虧待芸娘之類的。

牛五不停點頭，一一答應。

從老宅出來後，牛五便一溜煙地跑到新宅去找麥穗商量。「三嫂，我知道這些都是我應該做的，可我啥也不懂，怎麼辦？」

「急什麼？一步一步來。」麥穗坐在院子裡，正拿著木梭補漁網，見牛五慌慌張張的樣子，她不禁笑道：「嫂子給你個建議，你去找二丫的婆婆幫忙，她肯定為你辦得妥妥的。」

「對呀，我怎麼沒想到呢！」牛五一拍大腿，興奮道：「三嫂，那我今天請半天假，去鎮上一趟。」

「你去鎮上幹麼？」麥穗不解。

「嘿嘿，哪能空著手上門讓人家作媒，總得買點禮物才行。」牛五眉開眼笑道。

「去吧。」麥穗點頭應允。

隔天一大早，姜孟氏就去了蕭家老宅，有模有樣地提親，而老倆口則裝作勉為其難地應下這門親事。

雖然早就知道結果，牛五還是很興奮，整天咧著嘴，半天都合不攏。

蕭芸娘這幾天都躲在老宅裡沒出門，她不好意思見牛五了。

就這樣接二連三地折騰好幾天，兩人的婚事才算塵埃落定。

婚期定在九月初九。

禹州城　碧羅山

山坡上全是鬱鬱蔥蔥的茶樹，微風拂過，綠浪起伏。

「如今海路已寧，暫無戰事，蕭將軍可有什麼打算？」趙庸採了一片茶葉，放在嘴裡細細咀嚼道：「若是蕭將軍不嫌總兵府簡陋，趙某倒是很歡迎將軍的到來。」

趙庸是從秦溧陽那裡得知蕭景田的身子尚未完全恢復，需要留在禹州城靜養。

秦溧陽原本想留蕭景田在自己宅子裡住，哪知他斷然拒絕，說宅子裡都是女眷，他在裡頭住著不方便，執意要住客棧。

楚妙妙卻說，客棧人多嘈雜，並不適合養傷。

因此趙庸二話不說，便把他在碧羅山茶園的宅子騰出來給蕭景田住，蕭景田也欣然接受了。

他之所以留在禹州城，除了每日的施針，其實還有另一個目的，那就是他得好好琢磨一下能儘快賺到銀子的辦法，才能早日還清欠楚妙妙的十萬兩銀子。

這麼多銀子光靠出海捕魚，怕是一輩子也還不上了，他得找條捷徑。

「正如你所說，如今海路已寧，再無戰事，我就算留在總兵府，又有什麼用處？」蕭景田雖然失去關於齊州海戰的記憶，但這些日子也聽秦溧陽說了不少那場海戰所發生的事，知道趙將軍跟自己有過同袍之誼，這讓他打心眼裡覺得親厚不少，他淡淡一笑道：「如今沿海一帶的衛所都已經能獨當一面，趙將軍總算可以高枕無憂了。」

「哈哈，這都是蕭將軍的功勞。」趙庸哈哈大笑，繼而又問道：「尊夫人還好吧？怎麼不把她接過來，方便照顧你？」

「她在家忙著做魚罐頭，哪有時間照顧我？」蕭景田揶揄道：「說起來，咱們年紀相差無幾，趙將軍也該成家了，不知什麼時候才能喝上趙將軍的這杯喜酒？」

「我這個人自由慣了，受不得女人的約束，想先逍遙幾年。俗話說男子三十而立，等過了三十歲再說吧。」趙庸說著，腦海裡瞬間閃過秦溧陽的一顰一笑，他有些不自在地握拳輕咳道：「不瞞蕭將軍，在下一直到現在，也沒碰到一個讓在下難以忘懷的女子，許是緣分未到吧。」

說是這樣說，不過他最近總是夢見那次海戰，夢見他跟秦溧陽在船上喝酒，甚至還夢見佳人入懷、酣暢淋漓的風月情事。

他甚至開始懷疑，那晚他跟秦溧陽到底有沒有過肌膚之親？她腹中的孩子有沒有可能是自己的？但秦溧陽每每遇見他，就是一副冷冷淡淡的樣子，他便又否決了這個念頭。

蕭景田只是笑，沒再繼續這個話題。

茶園滿目翠綠，清香襲人。兩人邊走邊聊，倒也十分愜意。

不遠處，秦溧陽坐在馬車上望著茶園裡兩個清風明月般的男人，鬼使神差地問道：「妙妙，妳覺不覺得蕭景田比那個趙庸要好看許多？」

「我對男人沒興趣。」楚妙妙倚在軟榻上，冷冷道：「再過幾天，妳那個蕭景田體內的殘毒就完全排出來了，妳答應我的事也該抓緊辦了吧？」

「妙妙姊放心，不就是十個女人嘛，此事我早已吩咐下去，秦十三肯定會辦妥的。」秦溧陽扶額道：「我最近幾個月會留在禹州待產，妳就先搬去我在京城那邊的宅子住著，若是妳喜歡，就一直住下去。」

「好，看在妳如此大方的分上，蕭景田欠我的那十萬兩銀子，就先寬限他半年，若是半年後還不上，我可就要漲利息了。」楚妙妙冷哼道：「真是便宜他了，我那靈珠雪蓮花乃可遇不可求的呢。」

「妙妙姊，妳別為難他了，銀子的話，我會想辦法還妳的。」秦溧陽皺眉道：「我已經派人去西北跟兄長說了此事，我想他一定會讓人把銀子給我送來的。」

楚妙妙這個人，醫術固然不錯，卻也極其貪財。特別是這樣的救命之恩，她恨不得讓被她救活的人傾家蕩產地來報答她。

「哼，妳那好兄長是個什麼德行，我比妳清楚。」楚妙妙像是聽見極大的笑話般，仰頭大笑道：「這些年，秦東陽不惜動用軍餉包養男寵和戲子，把銀子看得比自己的性命還重要，別說十萬兩，我猜他一百兩也不會給妳。」

秦溧陽一時語塞。她這個郡主也就是名聲在外，待遇什麼的自然比不上那些真正的金枝玉葉，特別是她被曹太后所忌憚之後，境遇更是不比從前。

現在她所有的銀子進項全都來自她銅州的兩處莊子和三個鋪子，只是銅州那邊歷經數年戰亂，尚未恢復元氣，老百姓的日子遠遠比不上禹州城，故而銅州那邊送來的銀子也是一次比一次少，僅僅能維持她的日常開銷。

十萬兩銀子對她這個郡主來說，也是一筆不小的數目。

秦溧陽越想越鬱悶，賭氣地跳下馬車，扔下楚妙妙，獨自回了家。

楚妙妙坐在馬車上冷笑。

欠債還錢，天經地義，她不高興就不高興吧，反正自己又沒有做錯什麼。要不是為了賺錢，她又何苦盡心盡力地替那個蕭景田施針祛毒，當她是菩薩啊？

廖清已在偏廳等候多時，見秦溧陽回來，便起身施禮道：「郡主回來了。」

「有什麼事嗎？」秦溧陽沒好氣地問道。

「屬下聽說蕭將軍回來了，特來探望，不知蕭將軍的傷勢如何了？」廖清問道。

「蕭將軍的傷已經無大礙，只是他忘記一些事情，包括咱們的計劃。」秦溧陽如實道。

「如今他身子尚未痊癒，此事就由你我二人來做吧。」

蕭景田已經在鬼門關前轉了一圈，好不容易才撿回一條命，她不想再把他推到復仇的深淵裡去。

見廖清不語，秦溧陽又道：「當然，替我爹報仇總歸是我的家事，你若不方便，我自己來就行了。你放心，我不會怪你的。」

「郡主言重了，廖清絕不退縮，赴湯蹈火、在所不惜。」廖清信誓旦旦道。

「好。」秦溧陽點點頭，沈思片刻，又道：「這樣吧，你先派人潛到趙廷身邊，看看他最近都在做些什麼，咱們再見機行事。記住，萬不可打草驚蛇。」

「是、是、是。」廖清連聲應和，心裡卻腹誹道，他雖然是真心想為秦老王爺報仇，但也不想白白去送死，此事若沒有蕭景田幫忙，就憑他跟溧陽郡主是絕對辦不到的。

一大早，喜鵲便在新宅枝頭喳喳叫。

蘇二丫仰頭笑道：「三舅媽，喜鵲叫、好事到，我猜今天肯定有喜事呢。」

「那敢情好，若真的有喜事，我就再請妳們吃飯。」麥穗笑道。對她來說，最大的喜事就是蕭大叔能夠恢復記憶，想起她，想起她跟他的那段回憶。

她一邊說著，一邊把做好的肉丸子餵給黑風吃。

黑風吃得香甜，嘴裡發出滿意的咕嚕聲。

小傢伙長大不少，比剛來的時候大了好幾倍，毛髮烏黑油亮，看起來很有精神。牠白天從來不亂叫，就算有生人來，也只是盯著來人看，若瞧見麥穗臉上帶著笑容，牠便一聲不響地趴回窩裡不動。只有到了夜裡，牠才會變得異常警惕，稍稍有些異動，便狂叫不止。

麥穗很喜歡黑風，就連到菜園拔個菜，也都會帶著牠一起去。

黑風甚是通曉人意，每當麥穗碰到熟人停下來說話的時候，牠總是歪著小腦袋，耐心地等在一旁，從不亂跑。

麥穗的一顆心都快被牠給融化了。

「三舅媽，黑風吃的比咱們吃的都好呢。」蘇二丫笑道：「天天吃肉，您看牠胖的。」

「牠正在長身體，當然得吃好一點。」麥穗望著黑風，不禁想起蕭景田剛剛抱牠回來時的情景，她的眸底盈滿笑意。

黑風可是蕭大叔送給她的呢。

說話間，大門響了一下。

牛五大踏步地進門，興奮道：「三嫂、三嫂，妳看誰來了！」

「蕭娘子，別來無恙。」成福滿面春風地走進來。

「成管事來了，快請屋裡坐。」麥穗又驚又喜，忙把他請進書房。

黑風見有生人來，警惕地抬頭打量他一番，剛想耀武揚威地叫幾聲，但見女主人笑容滿面，嘴裡便哼哼幾聲，繼續埋頭吃肉丸子，兩隻黑豆般的小眼睛不時抬頭瞄他們。

第八十八章　在商言商

蘇二丫手腳麻利地上前奉茶。

「蕭娘子，我這次來，是無事不登三寶殿哪！」成福大大方方地落坐，笑道：「實不相瞞，妳那一船魚罐頭走到半路就被搶購一空，連一瓶也沒剩下。我這次來，是專門向蕭娘子訂貨來的。」

麥穗聽說自己的魚罐頭大賣，喜出望外道：「成管事這次要訂多少？」

「不瞞蕭娘子，咱們回程的時候，光是在趙國就接了好幾筆回購的大單。」成管事鄭重道：「所以咱們這次決定跟蕭娘子預定五艘船的魚罐頭，約莫六萬瓶，分三次運走。另外在價格方面，妳放心，咱們絕對不會虧待妳的，做生意講究的是雙贏，這個道理咱們懂。實不相瞞，上次那批小黃魚罐頭，咱們沿途兜售的價格是每瓶四十文，所以這次拿貨，咱們每瓶的價格給妳提到二十文，妳看如何？」

「這倒是可以。」麥穗極力壓抑心裡的激動，平靜地問道：「您剛才說六萬瓶要分三次運走，那麼多長時間發一次貨呢？」

「一個月發一次。」成福伸出一根指頭晃了晃。「六萬瓶魚罐頭，必須在三個月內全部完成，因為三個月後，跟咱們隔海相望的趙國、渝國那邊的魚便會逐漸多起來，他們那邊的鋪子會以賣鮮魚為主，相較來說，魚罐頭跟魚乾什麼的，就賣得比較慢了。好在他們的漁汛只有兩個月，等漁汛過後，咱們就能繼續大量往他們那邊發貨。」

「原來如此。」麥穗恍然大悟，繼而又有些為難。「只是我這裡的人手不大夠，一個月要做兩萬瓶，有些太吃緊了。」

看來，得趕緊把鋪子蓋起來了。要不然，她是接不了大單子的。

「蕭娘子，我知道如果要做小黃魚罐頭，時間或許太過緊迫，但要是做大黑魚罐頭的話，應該是不費吹灰之力的吧？」成福似乎早就替她謀算好，胸有成竹地道：「三個月的時間，一萬瓶小黃魚罐頭，再加上五萬瓶黑魚罐頭，想必是可以做得出來的。當然若是蕭娘子能想到其他可以做成魚罐頭的魚，咱們也是願意訂購的。」

他之所以把價格提得這麼高，是因為黑魚罐頭賣的價錢，比小黃魚還要高，而且也很受歡迎。

「成管事，難道黑魚罐頭比小黃魚賣得還要好？」麥穗見他一開口就要五萬瓶黑魚罐頭，便立刻意識到這個問題，狐疑道：「否則，你們這次怎麼會訂這麼多大黑魚罐頭？」

「那個……的確是的。」成福微微有些臉熱，點頭道：「這次回購的訂單全是大黑魚罐頭。我也沒想到當初為了救急用的大黑魚罐頭，居然會如此受歡迎，那邊的人比較喜歡大黑魚的味道。」

「哦，原來如此。」麥穗點點頭，心裡有數，沈吟道：「我差點忘了禹州城的這種大黑魚，在前朝的時候曾經是貢品，味道鮮美自然不在話下，看來趙、渝兩國還是識貨的。只是現在海路暢通，貨運四通八達，禹州大黑魚也是外銷的搶手貨，數量少還好些，如今一下子要五萬瓶……成管事，我也是有成本需要考量的。」

蕭大叔那本《閒遊雜記》裡記錄得清清楚楚，禹州有大黑魚，肉嫩而鮮，前朝曾被當作貢品送進宮。只因某日前朝一個受寵的妃子無事經過灶房，冷不防瞧見養在木盆裡的大黑魚眼冒綠光，嚇得落荒而逃，接著便大病一場，口口聲聲說這些大黑魚是妖精。前朝皇帝愛妃心切，便下令禁止這種大黑魚進宮，禹州大黑魚才漸漸地淡出人們的視線。

自前朝到如今，禹州大黑魚休養生息幾十年，漸漸成泛濫之勢，要不是上次戰亂造成小黃魚稀缺，麥穗也不會想到可以用大黑魚來代替。再說她說的也是實情，禹州大黑魚的價格的確上漲好幾文，而她做的魚罐頭，必須去掉魚頭、魚尾，成本更是高了一些。

「那蕭娘子的意思是？」成福不動聲色地問道。

「既然成管事說不會讓我吃虧，我也就不客氣了。」麥穗一字一頓道：「小黃魚二十文一瓶，大黑魚四十文一瓶，成管事覺得如何？」做生意就是這樣，如果不能保證自己的利潤，那還不如不做。

「蕭娘子果然是生意人。」成福摸著下巴，沈思片刻，笑著點頭道：「好吧，那就這麼定了。」

想不到這小娘子是個見多識廣的，竟然還知道禹州大黑魚是前朝貢品。其實，這種魚罐頭要是沒有前朝貢品的名聲，他也不會賣到八十文一瓶的高價。

原本想節省一些成本的，如今看來是省不了了。他真是搬石頭砸自己的腳啊，早知道就別主動跟她說要提高進貨的價錢了，失策啊失策！

「成管事果然是爽快人，怪不得每次出去都能賺大錢。」麥穗眼前一亮。如此一來，她這次賺的錢就不是一千兩，而是兩千兩了。好險、好險，差點讓這個成管事給坑了。

成福只是訕訕地笑。

「喝茶、喝茶。」麥穗笑咪咪地招呼道。

「蕭娘子，在下還有一事想請妳幫忙。」成福喝了一口茶，緩緩道：「再過四、五天，我會有十船貨要上岸，想在鎮上找個空地放上一個月，不想卻遲遲找不到合適的地方。不知道蕭娘子能不能幫忙找這麼個地方，只要能放得下我那十船貨，我願意付一百兩銀子的租金。」

「好，我找找看。」麥穗忙點頭，又問道：「若有了消息，我該怎麼通知您？」

「咱們在鎮上的一品居包了兩間客房，妳若是打聽到地方，就去一品居跟咱們的人說一聲就行。」成福微微一笑，抱拳道：「有勞了，那在下就先謝過蕭娘子了。」

「應該的、應該的。」麥穗笑道。

成福這才不緊不慢地從袖子裡掏出文書，跟麥穗要了紙筆，另寫了一份新的。雙方蓋了私印後，便完成這次的交易。

「這是一千一百兩銀票，一千兩是六萬瓶魚罐頭的訂金，一百兩是放貨的租金，剩下的貨款，三個月後再付。」成福依約付了訂金，再三囑咐道：「務必要抓緊趕製大黑魚罐頭，若是錯過船期，一切損失則由蕭娘子負責了。」

「好，成管事放心，耽誤不了的。」麥穗信誓旦旦地保證。

待成福走後，麥穗才回過神來，興奮地提起裙襬跑到後院，把這個好消息告訴蘇二丫、牛五和蕭芸娘。

三人聽說成記船隊訂了這麼多貨，驚訝得合不攏嘴。

高興之餘，蘇二丫發愁道：「三舅媽，咱們人手明顯不夠啊，再說手頭上的這些訂單也都還沒做完呢！」

「至少要五天時間，才能把齊州府那邊的貨送過去，禹州城那邊是有多少、要多少，就更沒個準了。」牛五扳著指頭算了一番，凝重道：「三嫂，光靠咱們這幾個人，是不行的啊。」

「這些我知道。」麥穗淺笑道：「成管事說了，這次的重點是大黑魚罐頭，不是小黃魚，大黑魚罐頭做起來要比小黃魚簡單得多。」

「三嫂，可是咱們這邊沒有大黑魚可撈，如此一來，不是又得去禹州城了？」蕭芸娘說著，一抬頭，觸及牛五看過來的目光，忙低下頭，悄然紅了臉。

自從兩人訂親後，蕭宗海就不讓她到新宅這邊來幫忙，說是為了避嫌。每次她都是偷偷地來，一開始蕭宗海發現後，會訓斥幾句，久而久之，也就懶得管了，索性睜一隻眼、閉一隻眼，隨她去了。

如此一來，蕭芸娘往麥穗這邊跑得更歡了。

就算不是為了見牛五，她也想到新宅這邊來幫忙，這幾個月三嫂付給她的月錢，比她繡花多了好幾倍。既然能賺錢，她幹麼還要待在屋裡繡什麼勞什子花？

「咱們還像上次一樣，兵分兩路。」麥穗想了想，道：「二丫，妳跟芸娘再多找幾個人手，留在這裡做小黃魚罐頭，我跟牛五去禹州城做大黑魚罐頭。」

「三嫂，妳跟牛五能行嗎？」蕭芸娘擔憂道。「黑魚罐頭是五萬瓶哪！」她也好想去啊……

「就是啊，三舅媽，要不我去吧。」蘇二丫提議道。「這次小黃魚才要一萬瓶，根本不用三個月的時間就能做完的。」

「好了，大家都別爭了，聽我安排就是。」麥穗不容置疑地道：「家裡有妳們兩個，我很放心，禹州那邊畢竟是出門在外，我跟牛五去是最合適的。」

蕭芸娘和蘇二丫只得點頭道「是」。

其實她們兩個是真的去不了禹州城，蕭芸娘是為了避嫌，而蘇二丫畢竟是人家媳婦，冷不防地出去三個月，別說姜孟氏，狗子也不會答應的。

麥穗想到成福讓她找空地的事，便馬不停蹄地去了鎮上，轉了一圈，竟然真的找不到合適的地。轉來轉去，轉到廟口那邊的空地，她眼前一亮，心想自己剛買下這塊空地，用來放貨不是正好嗎？別說十船，就算是二十船也放得下。

麥穗很激動，去一品居跟成記船隊的小夥計說一聲，還領著他去看了地方。

那小夥計滿心歡喜，這片空地放貨正合適，可高興之餘，小夥計又有些煩惱地說：「蕭娘子，最近咱們還得到處去收貨，怕是顧不上這邊，您看能不能幫咱們找個人，白天在這邊照應一下，看看貨。」

「沒問題，我幫你找人。」麥穗很痛快地應下來。

「好，那就有勞蕭娘子了。」小夥計喜上眉梢。

麥穗回到家後，立刻取了一百兩銀票去老宅。

「爹，人家把貨放在咱們地頭上，想找個人幫忙照應一下，所以我想請您幫幫忙。」麥穗把銀票推到蕭宗海面前，笑道：「橫豎就一個月的時間，咱們能賺他這一百兩銀子，咱們只顧白天，晚上他們自個兒看。」

蕭宗海原本不相信會有這樣的好事，但見麥穗真的拿出銀票，便二話不說地答應下來。「田裡的活兒已經鋤過一次草，耽誤些日子也不礙事。別的不敢說，看貨我還行的，妳放心去做妳的魚罐頭，這事就交給我吧。」

「謝謝爹。」麥穗眼前一亮，忙拍馬屁道：「這事除了爹，交給別人我還真的不放心呢。」

蕭宗海聽了兒媳婦的吹捧，心中舒坦，他大手一揮。「妳放心，一隻螞蟻也跑不進去的。」

到了吃飯的時候，孟氏聽說麥穗要去禹州城，很是擔心，忍不住跟蕭宗海嘀咕道：「你說她怎麼總是到處亂跑啊！」

這個媳婦看上去文文靜靜的，可實際上卻讓人不省心。如今家裡的光景比起以前，已經好了不知有多少倍，真不明白她還要鬧騰什麼。

「她是要去做魚罐頭，不是去玩的。」蕭宗海吼了一嗓子，黑著臉道：「我看就妳成天疑神疑鬼的，好好的媳婦，妳瞎懷疑啥？景田不也在禹州城嗎？她去了也好，也能照顧一下景田不是？」能輕而易舉地賺回一百兩銀子的媳婦，就是好媳婦！總比成天待在家裡亂嚼舌根的強。

孟氏哪裡知道蕭宗海早就被兒媳婦給收買，她原本就怕他，如今聽他這樣說，更不敢吱聲了。待蕭宗海出了門，她才一溜煙地去了新宅。

沒法子，她就是愛操心的命，有些事，她得跟媳婦好好說一說才行。

「媳婦，雖然景田說溧陽郡主肚子裡的孩子不是他的，可他畢竟失了記憶，有些事，咱們還是得照應一二的。」孟氏坐在炕上，滿臉凝重地看著麥穗。「我倒是覺得溧陽郡主的孩子十有八九就是景田的……」

麥穗猛然抬起頭看著孟氏，難以置信地問道：「娘怎麼這麼說？」

蕭景田失憶前就說秦溧陽腹中的孩子不是他的，失憶後，他更是不承認這個孩子，怎麼到了婆婆這裡，一切都變了呢？

「前幾天咱們去鎮上上香的時候，我不是見過郡主嗎？」孟氏期期艾艾地道：「我原本想著她這次費了這麼大的勁救回景田，也怪不容易的，便讓她有空就來家裡坐坐，咱們也能好好答謝她一番。怎知她說她救景田，只是為了肚子裡的孩子而已，還說她不想孩子一出生就沒有爹……妳想啊，她懷的若不是景田的孩子，哪能說出這樣的話？」

麥穗心裡冷笑，秦溧陽還真打算纏上她的蕭大叔了呢！反正她不相信秦溧陽的孩子是蕭大叔的，蕭大叔豈是那麼好被算計的？

「娘也是女人，自然知道女人有孕的辛苦。」孟氏看了看麥穗，小心翼翼地道：「娘是覺得她雖然身分尊貴，但畢竟沒了父母雙親，又是未婚先孕，也怪可憐的。若是跟咱們家沒有關係，倒也罷了，可此事偏偏牽扯到景田，娘實在是不忍心看她一個人住在那麼大的宅子裡，連個說話的人都沒有。」

「娘的意思是想把她接回來住？」麥穗不敢置信地道。

「娘是有這個想法。」孟氏見麥穗變了臉色，忙道：「媳婦，妳別誤會。郡主說了，這事不賴景田，是她自己願意的，也說她不會打擾咱們過日子。娘之所以想接她回來住，不過是為了報答她救景田的恩情。」

「這件事，景田同意嗎？」麥穗又問道。

她太瞭解婆婆了，膽小怕事也就罷了，還動不動就同情心泛濫，一旦同情心泛濫，壓根兒就沒有半點是非觀念。

「我哪敢跟他說啊！」孟氏低頭摳著指甲道：「景田肯定不會同意的。」兒子不認帳，但自己卻不能跟著糊塗啊，救命恩情總是要報的，不是嗎？

「既然您知道景田不同意，卻仍執意要把人接回來，那還跟我商量做什麼？」麥穗不冷不熱地看著孟氏，反問道：「難道娘覺得我會同意嗎？」

「娘都說了，這只是為了報答她對景田的救命恩情罷了。」孟氏訕訕道：「實話跟妳說了吧，那天我提起要讓郡主來咱們家住，然後郡主就同意了，說出去的話就是潑出去的水，娘也不好再反悔了。」

「您的意思是我雖然不同意，卻也不能阻止這件事了對吧？」麥穗忍著胸口的翻騰，面無表情道：「娘想怎麼做就怎麼做吧，反正我是不歡迎她。」

孟氏討了個沒趣，悻悻地回了老宅。

第八十九章　可疑的黃老廚

成記船隊的成管事親自登門跟麥穗訂貨的消息，很快地傳遍魚嘴村。

沈氏和喬氏再也坐不住了，妯娌倆顛顛地跑到新宅來找麥穗，想討個差事做。

「三弟妹，妳這裡這麼多活兒要做，咱們在家可是坐不住了。」喬氏眉眼彎彎地道：「都是自家人，咱們不幫妳，誰幫妳？妳儘管吩咐，看是要洗魚還是燒火，咱們都能做。」

「就是啊，三弟妹，梭子媳婦和狗蛋媳婦能做的，咱們也能做到。」沈氏挺著大肚子，信誓旦旦道：「我做不了彎腰的活兒，但給她們打個下手也是沒問題的。」

「家裡的活兒，我都已經交給二丫了。」麥穗見兩人一臉迫切地想過來幫忙，如實道：「用人的問題，二丫說了算，妳們去找二丫商量吧。」

她一去三個月，家裡的事實在顧不過來，得找個負責人才行，而二丫無疑是最合適的人選。至於二丫想用誰，或是不想用誰，她不想干涉過多。

「三弟妹，生意是妳在做的，妳同意不就好了？」喬氏討好道。「咱們可是妯娌哪。」

「對啊，蘇二丫又不是咱們家的人。」沈氏附和道。

「用人不疑、疑人不用，妳們是跟二丫搭夥，不是跟我搭夥。」麥穗來來回回地收拾行李，一本正經地道：「我還是那句話，若是二丫肯用妳們，就儘管來我這兒幹活。」

正說著，大門響了一下，姜孟氏和蘇二丫嘻嘻哈哈地走進來，後面還跟著梭子媳婦和狗蛋媳婦。四人說說笑笑，魚貫而入，屋裡一下子變得擁擠起來。

蘇二丫並不知道沈氏和喬氏的來意，拉著麥穗的手，得意道：「三舅媽，您放心，我還是用咱們原班人馬，保證完成任務。」

「這次還有我。」姜孟氏無奈地笑道：「二丫擔心人手不夠，軟磨硬泡地讓我也過來幫忙呢。」

「好，二丫說了算。」麥穗看了看沈氏和喬氏，淡淡道：「家裡的事全權由二丫負責，若是出了什麼事，我不找別人，就找二丫。」

「媳婦，妳肩上的擔子可不小喔。」姜孟氏打趣道。

梭子媳婦和狗蛋媳婦也捣著嘴笑。

「二丫，妳這裡人手夠了嗎？」喬氏見麥穗真的當了甩手掌櫃，忙上前問道：「我跟妳大舅媽也想過來幫忙呢，妳看行嗎？」

蘇二丫怔了怔，扭頭看著麥穗。

「妳自己看著安排。」麥穗鼓勵道。

「大舅媽、二舅媽，咱們人手已經夠了。」蘇二丫如實道：「其實做魚罐頭講究的是上下工序配合，並非人越多越好，我算了一下，咱們五個人剛剛好，不需要再加人手了。」

別說是真的不需要人，就算她需要人，她也不想讓這妯娌倆過來。

「那就這樣吧。」麥穗繼續收拾行李。

雖然有些不近人情，但她既然都說了要全權交由二丫負責，就應該尊重二丫的安排。

「要不然我就不湊這個熱鬧了，讓妳兩個舅媽過來幫忙吧。」姜孟氏見妯娌倆臉色不大好，忙對蘇二丫道：「本來我是看妳人手不夠才過來幫忙的，如今有人可以幫忙，我就不用來了。」

「那怎麼好意思，不如我不來了吧。」梭子媳婦忙擺手道：「其實我家裡也有事的。」

「哎呀，如今海娃娃魚都曬完了，哪有什麼事啊？還是妳留下，我不來了吧。」狗蛋媳婦謙讓道，若是因為此事害蕭家妯娌鬧起來，那可就麻煩了。

「好了，大家都不用爭了。」麥穗想了想，又道：「妳們一樣跟著二丫，該幹什麼幹什麼，大嫂、二嫂就幫忙織草簍吧。」

之前是一萬瓶，只需要一百個蒲草簍，還是孟氏幫著趕製出來的。如今要用到六百個蒲草簍，編製這些蒲草簍並不是件輕鬆的事。

「對呀，我怎麼沒想到呢？」蘇二丫眼前一亮，忙道：「那大舅媽、二舅媽就負責織蒲草簍吧，尺寸的話，我一會兒再告訴妳們，回頭我先讓狗子去後山割點蒲草。」

「好，那咱們就織蒲草簍子，要割蒲草哪裡用得著狗子，讓咱們家老大、老二抽空去後山割一些就是。」喬氏心裡一喜，忙道：「咱們總歸是一家人，幫忙割點蒲草，那也是應該的。」

沈氏也點頭道「是」。

蘇二丫這才長長地吁了口氣，還是三舅媽想得周全。

把家裡安排妥當後，麥穗便坐著馬車，心情愉悅地去了禹州城。

賺錢固然重要，但更重要的是，蕭大叔也在禹州城呢！

蘇錚得知麥穗和牛五要來總兵府做魚罐頭，很熱情地替兩人安排住處，拍著胸脯表示。

「嫂夫人放心，蘇某一定會全力配合，再多加派幾個人手幫你們。」

「多謝蘇將軍，又給你們添麻煩了。」麥穗很感動。「除了灶房裡那三個師傅，我還需要兩個出海捕魚的人手，我每個月會付五兩銀子的工錢給他們。」

蕭景田沒攢下什麼錢，倒是攢了不少至交好友。比如于掌櫃、蘇錚，還有趙庸。

「嫂夫人不必客氣，什麼銀子不銀子的，都是自家兄弟，這點小忙不過是舉手之勞罷了。知道你們來了，最高興的就是將士們，他們說又能痛痛快快地吃魚了。」蘇錚展顏笑道：「說起來也是咱們有口福，黃老廚的傷如今好得差不多了，估計再三、五天就能上工。到時候，咱們就開始吃魚，每天都吃，一直吃到這幫人膩了為止。」

「蘇將軍，一碼歸一碼，我這是做生意，用人、用料什麼的，都得付銀子啊。」麥穗淺笑。「你們能夠讓我白白住進這總兵府，我就已經很感激了。」

「嫂夫人真是見外。上次的海戰，蕭大哥可謂是勞苦功高，立下汗馬功勞，兄弟們都看在眼裡、記在心裡呢。若是沒有蕭大哥，怕是這會子他們還得繼續在海上跟那幫海蠻子糾纏。」蘇錚一本正經地道：「如今嫂夫人能來咱們這總兵府，那是看得起咱們，妳就放心住在這裡，誰也不會說閒話的。再說了，這處院子原本就是替蕭大哥準備的，連趙將軍都說這裡除了蕭大哥和嫂夫人，外人一律不得過來住呢。」

屋裡一切如舊，只是物是人非，如今蕭景田並不住在總兵府，而是住在碧羅山的茶園裡。他不在，偌大的屋子空蕩蕩的，很是冷清。

「蘇將軍，景田最近沒來過總兵府吧？」麥穗見屋裡收拾得整整齊齊、一塵不染，像是很長一段時間都沒有人住過。

「蕭大哥自回來後，就沒再來過總兵府。」蘇錚皺眉道：「前幾天在趙將軍碧羅山的那處茶園裡，咱們倒是見了一面，只是蕭大哥對我的態度很冷淡，像是不認識我一樣。後來我才聽趙將軍說，蕭大哥失去一段記憶，把總兵府的所有人都給忘了。」

「蘇將軍不必掛懷，總有一天，他會想起來的。」麥穗淡然道。

「但願如此。」蘇錚點點頭，壓低聲音道：「嫂夫人，根據我這些天的調查，那些死士的幕後主使是趙國大將軍趙廷。因此我想問問嫂夫人，蕭大哥跟那個趙廷之間，是有過什麼恩怨嗎？」

「蘇將軍，我從沒聽他提起過這個趙廷。」麥穗努力回憶一下，搖搖頭道：「我只知道景田以前在銅州邊境待過，跟楚國人打過交道，卻從沒聽他提起過趙廷這個人。」

蘇錚耐心地解釋道：「嫂夫人有所不知，這個趙廷是成王爺的娘舅，而這個成王爺正是昔日跟蕭大哥並肩作戰的兄弟，聽說朝廷一直在秘密緝拿他。我推斷，上次海戰就是成王爺對蕭大哥下的黑手。」

「你不是說成王爺跟景田是並肩作戰的兄弟嗎？」麥穗心頭跳了跳，皺眉道：「他怎麼會對景田下手？」

「這也正是我所不能理解的。」蘇錚一臉凝重道：「其實，我一直覺得這總兵府裡有成王的內應，要不然當時海上那麼亂，他們不可能那麼輕而易舉地就找到蕭大哥。」

「蘇將軍有懷疑的人嗎？」麥穗問道。

「目前來說，還沒有一點頭緒。」蘇錚搖搖頭，嘆道：「這件事不光牽扯到蕭大哥的安危，還關係到朝局動蕩，不可不慎重。」

「蘇將軍放心，我在這裡還要住上一陣子，我會多多留意府上的人，早日找出內應。」麥穗認真道：「多一個人，就多一分力。我沒有將軍那麼大的抱負，我只是為了景田。」

蘇錚點點頭，道了聲謝。

不愧是蕭景田的媳婦，說話辦事都是實實在在的，沒有太多冠冕堂皇的理由，相處起來，讓人感到很舒服。

「蘇將軍，我還有一事相求。」麥穗又道：「若有機會，你能不能讓景田先到總兵府裡來住。他失了記憶，想來也不知道自身周遭的凶險，若是他來到總兵府，有將軍照拂，也會安全得多。」

「嫂夫人放心，若有機會，我定會把蕭大哥請到這裡來的。」蘇錚當即拍拍胸脯道：「此事就包在我身上了，就算他不在總兵府，我也會暗中派人照拂的。」

「那就多謝蘇將軍了。」麥穗這才釋然。

得知黃老廚還在府中養傷，麥穗便讓牛五去街上買了些點心，主動登門看望。

黃老廚氣色很好，正站在小院裡澆花逗鳥，看上去並無半點病人的樣子。

他見到麥穗，驚訝道：「蕭夫人來了，快快請坐。」

「我是來麻煩大叔幫我做魚罐頭的，沒想到一來就聽說您病了，便過來看看您。」麥穗把手裡的點心放在院子裡的石桌上。

院子不大，收拾得十分整潔，牆角有一棵鬱鬱蔥蔥的大槐樹，枝條上掛著一個鳥籠，樹下栽著兩株開得如火如荼的白牡丹，頗有些鳥語花香的韻味。

「煩勞蕭夫人掛念。」黃老廚泡了茶，笑道：「敢情蕭夫人這是又接了成記船隊的訂單了？夫人放心，我已無大礙，大夫開的藥也都吃完了，明、後天我就能上工去了。」

「那敢情好，有您幫忙，我就放心了。」麥穗笑了笑，又關切道：「不過您得多養兩天才是，我這裡不急。」

「無礙，我早該上工了。」黃老廚抿了一口茶，笑道：「這都養了兩個多月，再歇下去，我怕是要被蘇將軍給辭退了。」

他喝茶的時候，袖口晃了晃，腕上露出一處褐色的傷疤，傷口處似乎癒合得不是很好，青一塊、紫一塊的，頗為猙獰。

麥穗看了一眼，問道：「大叔，您手腕上的傷看上去挺嚴重的，還是再休養一些日子吧。」

「不過是被人砍了一刀，已經無礙了。」黃老廚索性挽起袖子，露出那處傷疤，苦笑道：「也就是我倒楣，海戰結束那天，我去送糧，半路上遇到七、八個海蠻子圍攻，好在現在那些海蠻子已經全部被剿滅了。」

「那的確是挺驚險的。」麥穗嘆了一聲，又問道：「那跟您一起去的人沒受傷嗎？」

「甭提那幫兔崽子了。那時我說走小路近，他們非得說不安全，這不，還真讓他們那些烏鴉嘴給說中了。我自個兒走了小路，竟然就碰到海蠻子。」黃老廚搖頭道：「要不是我及時跳到河裡，躲在蘆葦叢中，我今天就不會坐在這裡跟妳聊天了。」

「是剛進齊州地界的那條河嗎？」麥穗心裡一陣狐疑。

那天她也在，卻沒聽說有什麼打鬥事件哪！特別是牛五還回家替她取行李和糧食，來回往返兩趟也都是順順利利的，根本沒碰到什麼海蠻子。

再說，齊州地界戒備森嚴，如果有海蠻子圍攻他，不可能不驚動那邊的守軍吧？

還有就是，黃老廚不會水，他怎麼會選擇跳河逃走？

「是、是、是，就是那條河。」黃老廚不知麥穗心裡的彎彎繞繞，繼續道：「我上岸後，就體力不支暈倒了，幸好被咱們的人發現，才被救回來。」

麥穗從黃老廚那裡出來後，馬上找來牛五，詳細地問了問那天的事。「牛五，咱們初到齊州地界那天，你不是回去替我取行李嗎？路上有沒有碰到海蠻子？」

「沒有啊。」牛五仔細想了想，搖頭道：「那天我一路上都沒遇到什麼危險，特別是我回去的時候，路口的守軍又驟然增加許多，可安全了。再說，海蠻子當時都被三哥堵在船上，壓根兒就沒上岸哪。」

難道黃老廚在說謊？麥穗心裡一沈。

「怎麼了，三嫂？」牛五見麥穗表情很不自然，忙問道：「是有什麼事嗎？」

「牛五，你幫我打聽一下黃老廚受傷那天的具體情況。」麥穗囑咐道：「記住，要裝作是隨口問問，不要讓人覺得你是刻意打聽。」

「好，我明白。」牛五爽快應道。

蘇錚特意騰出一間小廚房，給麥穗做魚罐頭用，還調了四個人過去幫忙，其中就有小六子。

小六子見到麥穗，很興奮，當即拍拍胸脯道：「三嫂，妳放心回去歇著，這裡就全權交給我吧。」

小六子之前在新宅後院做過魚罐頭，故而上手也快，加上那三個人跟他關係不錯，短短半天工夫，四個人就配合得很有默契，說說笑笑的，倒也熱鬧。

麥穗插不上手，閒來無事，只覺得嘴裡寡淡得很，突然想吃甜的點心，她特別想吃前世那種烘焙蛋糕，只是這裡沒有賣。算了，還是自己做吧！

前世的時候，她曾經做過兩回蛋糕，還做得很成功。雖然這裡沒有前世那麼多材料可選擇，但烤一個普通蛋糕應該沒問題。

黃老廚見麥穗讓人買來了牛奶和砂糖，覺得好奇，便饒有興趣地站在她身邊，看著她有條不紊地把雞蛋、牛奶、砂糖，還有專門蒸饅頭用的老麵水一起放在麵粉裡來回攪拌。

他忍不住問道：「蕭夫人去過趙國？」

「沒去過，您怎麼這麼問？」麥穗邊和麵邊問道。

「因為趙國人喜歡吃甜食，經常把牛奶跟砂糖加在麵粉裡，他們把這樣做出來的點心叫『松秋糕』，是用來慶祝糧食豐收的。」黃老廚眸子裡瞬間散發出一種異樣的光彩，喃喃道：「若是裡面再加上點蜜餞，味道會更好一些。」

「大叔，你怎麼知道得這麼詳細，你去過趙國嗎？」麥穗隨意問道，想到蛋糕裡加點蜜餞的確好吃，她又從荷包裡取了碎銀，讓黃老廚的徒弟小順子去街上買蜜餞。

小順子最喜歡吃甜食，樂得一蹦三丈高，飛也似地出門跑腿去了。

「沒有，我是聽別人說的。」黃老廚不以為意地笑了笑。

廚房裡人多，麥穗便乾脆烤了兩個蛋糕，打算讓眾人也跟著嚐嚐。

蛋糕烤得很成功，外脆裡嫩，奶香四溢，賣相十分好。

麥穗有板有眼地把蛋糕切成小三角形，放在小碟裡，分給眾人。

眾人吃了連聲叫好，尤其是黃老廚，還連吃了兩塊，意猶未盡地道：「蕭夫人真是奇才，沒去過趙國，竟然也能做出如此地道的松秋糕。」

「其實這個並不難做，以後我經常做，讓你們吃個夠。」麥穗淺笑道。

「那咱們可是有口福了。」小順子歡呼道。「我看蕭夫人直接把家搬到咱們總兵府得了，這樣咱們就能經常吃松秋糕了。」

「想得美！蕭夫人是什麼身分，哪能成天給你做蛋糕吃？」黃老廚抬手給了小順子當頭一個爆栗，笑罵道：「你也好意思開這個口！」

小順子嘻笑著吐了吐舌頭。

牛五吃飽喝足後，正哼著小曲準備睡覺。還是待在總兵府舒坦，有地方住不說，還有得吃、有得喝，也不用自己做飯，更重要的是，還能跟總兵府的人結交一下，互相吹吹牛、聊聊天，要多愜意就有多愜意，要不是想到芸娘還在等著他，他都不想回家了。

正美滋滋地想著，他突然聽見外面傳來一陣雜亂的腳步聲，接著便有人大喊道：「走水了，快來人啊！」

牛五穿上衣裳就往外跑，只見院子的西北角，在夜空下的一團明火伴隨翻滾的濃煙熊熊燃燒起來。如果沒猜錯，那邊應該是總兵府的器械房，是專門存放兵器的地方。

奇怪，那個地方怎麼會著火？

想到麥穗可能會擔心，牛五撒腿跑到她的院子裡，敲著窗子道：「三嫂，妳別擔心，是器械房起火，咱們的魚罐頭沒事，我先過去看看。」說完，便匆匆地跑了。

麥穗望著那漫天火光，心頭猛然跳了跳。

器械房怎麼會起火？難道是蘇錚說的那個內應做的？

值夜的哨兵急急地吹響緊急集合號，片刻，睡眼矇矓的將士們紛紛從屋裡跑出來，撒腿就往器械房跑去。

蘇錚跑上前，大聲指揮道：「大家不要慌，先去廚房那邊取水桶和木盆，然後去池塘提水滅火，動作要快！」

眾人聞言，全調頭往廚房那邊跑，總兵府裡一片嘈雜。

牛五也趕緊幫忙提水，就朝器械房奔去。

看守器械房的是呂老漢，夜裡照例巡視一番後就上床睡覺，才剛剛睡著，便聞到一股燒焦的味道，接著便看到了讓他心驚肉跳的一幕——器械房正冒著滾滾濃煙。

他一瞧見器械房失火，嚇得腿都軟了。好在器械房離池塘不遠，取水方便，火很快就熄滅了。

「到底是怎麼回事，好端端的怎會起火？」蘇錚厲聲責問呂老漢。

他快被氣死了，若趙庸在也就罷了，走水就走水，反正凡事有趙庸頂著，偏偏趙庸不在的時候走水，這下可好了，趙庸肯定以為是他無能，擔不起看守總兵府的重任。

「蘇將軍息怒，小人剛剛巡查庫房的時候，並無異樣哪！」呂老漢苦著臉道：「器械房位置偏僻，夜裡甚少有人過來走動，小人也不知道怎麼會起火了。」

「來人，給我搜，把這器械房周圍給我好好搜一遍，就算發現一根頭髮，也必須向我彙報！」蘇錚怒吼道。「我就不信找不出縱火的嫌犯來！」

「是。」眾人立刻散開來搜查。

麥穗聽見外面的嘈雜聲不斷，也坐不住了，披了件衣裳就出了屋子。

第九十章　蕭大叔，你要當爹了

月色朦朧，四下裡一片漆黑。

麥穗沒去過器械房，只好摸索著朝方才瞧見火光的方向前進。

剛走沒幾步，便聽見前面小花園那邊傳來男人低低的說話聲。「你今天放這把火，到底是什麼意思？我跟你說了好多次，總兵府這邊沒有任何作戰能力，完全不用顧忌的。」

是黃老廚的聲音。

麥穗心裡一顫，忙停下腳步，隱身到假山後面，大氣也不敢出一聲，繼續側耳傾聽。

「哼，若是真沒有作戰能力，怎麼還把咱們的人打得落花流水？經過上次海戰，咱們至少得花半年時間才能恢復過來。」男人的聲音低低傳來。「主子說了，知己知彼才能百戰百勝，所以讓我過來跟你一起盯著這總兵府。」

「那你也不能一來就放火哪！」黃老廚沒好氣地道。「萬一被他們發現怎麼辦？我告訴你啊，我在總兵府這幾年可是沒有露出半點馬腳，你要是壞了我的事，我跟你沒完！」

「哎喲，我的大廚，主子是不是交給你別的秘密任務了，說來聽聽？」男人好奇地問道。

「好了，這裡不是說話的地方，你先回去，得空了我再去找你。」黃老廚不耐煩地道。

兩人環顧左右，見沒人在附近，才悄無聲息地出了花園，各自散去。

麥穗驚訝萬分。

想不到總兵府這個地方也是龍蛇混雜，水不是一般地深哪！這個黃老廚到底是什麼身分呀？

一回頭，她冷不防撞進一個人的懷裡，麥穗嚇了一跳，心想壞了，她這是要被人滅口了吧？

「妳在這裡幹麼？」熟悉的聲音從她頭頂傳來。

「景田，你怎麼來了？」麥穗很欣喜，男人俊朗的臉在月光下顯得更加清冷，這不是蕭大叔是誰？

不遠處，只見數不清的火把朝這邊奔來。

「搜！給我好好搜！就算是個耗子洞，也得給我戳一戳。」

「是！」

蕭景田低頭看著她，眸底黯了黯，沈聲問道：「我來找蘇將軍，這裡是起火了嗎？」

「咱們進屋說。」麥穗興奮地拉著他回屋。

兩人進屋後，麥穗點了燈，問道：「景田，你還沒有吃飯吧？」她手忙腳亂地去灶房把蛋糕端到他面前，再給他倒水，又想到他還沒有洗漱，便匆匆端著木盆出去打水。

「不用，我來吧。」蕭景田接過木盆，出了門，向右拐了個彎，熟門熟路地找到水井，然後打了水回來。

麥穗見他很快地打水回來，頓感意外，忙問道：「景田，你是不是想起什麼了？你怎麼知道這院子裡的井在側院？」

「沒有，剛剛來的時候，無意間看到的。」蕭景田擦擦手，面無表情地看了看她，道：「妳剛才躲在那裡聽到了什麼？」

「你先吃點東西，我慢慢告訴你。」麥穗把蛋糕推到他面前，淺笑道：「嚐嚐看，我親手做的。」

她這麼一提醒，蕭景田還真有些餓了，他順手拿了一塊蛋糕塞進嘴裡，蛋糕吃起來香甜鬆軟，裡面還有不少甜甜的蜜餞，味道很不錯。

麥穗索性也給自己倒了杯水，淨了手，才把她上次來總兵府的時候，怎麼認識黃老廚、怎麼救過他，包括今晚黃老廚跟那個人的對話，原原本本地告訴他。說完之後，她有些凝重地道：「景田，雖然我跟黃老廚只有過幾次交集，算不上太熟，但我感覺他不是這裡的人。」

「怎麼說？」蕭景田聽得入神。

他表面平靜，內心卻十分迫切地想知道在他忘記的那一年多時間裡，到底發生過什麼事。

這些日子，秦漂陽跟她那個丫頭碧桃動不動就在他面前唱雙簧，讓他覺得很反感，如今他只想聽到不同的聲音，來幫他撥開迷霧，觸摸到事實真相。

「他今天說這蛋糕做得很像趙國的松秋糕，還說我做得很地道。」麥穗往他身邊蹭了蹭，壓低聲音道：「還有他說他在這裡好幾年都沒有露出馬腳什麼的，很明顯他就是趙國或是別的什麼人派到總兵府的臥底。」

一低頭，瞧見他的袖口處破了一個洞，她便起身去取了針線籮筐回來，開始穿針引線。

「如此說來，他的確可疑。」蕭景田微微頷首道：「不過這些事不用妳操心，妳做妳的魚罐頭就行。」

「好，我聽你的。」麥穗點頭應道，穿好線後，衝著他笑道：「景田，你袖口上破了一個洞，我幫你縫一縫。」

說著，便伸手拽起他的袖口，認真地縫起來。她女紅不是很好，但縫個破洞還是綽綽有餘的。

蕭景田怔了怔，卻也沒有說什麼，只得任她替他縫著袖口。

兩人離得很近，他甚至能感受到她幽微的呼吸和髮間淡淡的清香。也許，在這個世上，除了他娘會注意到他衣衫上的破洞外，也就只有自己的媳婦了。

這是他的媳婦……

蕭景田目光複雜地盯著她看，極力想回憶起他跟她過去的點點滴滴，無奈卻怎麼也想不起來。

雖然他低垂著眸子，看起來跟以前一樣沈著冷靜，但麥穗還是捕捉到他臉上稍縱即逝的茫然，心裡也跟著痛起來。

這世上有沒有一種讓人吃了就能恢復記憶的藥呢？她好想念蕭大叔溫暖的懷抱啊！

「等一下。」麥穗把針插到他袖口處，起身走出去，片刻，拿著一根野草回來，放在他唇邊，笑道：「含著。」
蕭景田一頭霧水。
「我聽老一輩的人說，穿著衣裳縫補的時候，嘴裡含一根草就不會被針扎到了，你趕緊含著，要不然被這麼細的針扎了，可是會很痛的。」麥穗硬是把草塞到他嘴裡，然後才繼續拿起針，縫補袖口的那處破洞。
蕭景田只得順從地含著那根野草，卻不由心頭微暖。他歷經大大小小無數次戰事，身上也有不少深深淺淺的傷疤，特別是他中毒以來，幾乎是每日都施針，身上的針眼早已不計其數，卻不曾有人問過他痛不痛……
在世人眼裡，他是鐵骨漢子，不畏懼這些疼痛，卻不曾想到，他也是血肉身軀，也會怕疼、怕痛，他雖然無所畏懼，卻不是毫不在意。
這時，外面傳來敲門聲。「蕭將軍，蘇將軍請您去書房一敘。」
「妳先休息，我出去看看。」蕭景田溫言道。
「等等，還差兩針。」麥穗又縫了兩針，才低頭咬斷線頭，輕輕摩挲一下歪七扭八的針腳，歉疚道：「我、我女紅不是很好，先湊合著穿吧。」
「無妨，挺好的。」蕭景田低頭瞧了瞧袖口上歪歪斜斜的針腳，輕咳一聲，她說的是實情沒錯，她女紅的確不是很好。
「你今晚會在這裡住下嗎？」麥穗問道。
「妳先睡，我若沒事就會回來的。」蕭景田推門走出去。

麥穗收了籮筐，洗漱一番，剛想上床，只覺胸口一陣翻騰，忍不住摀著嘴跑到淨室嘔吐起來。她吐得厲害，幾乎把一天吃的東西全都吐出來，才稍稍好受一些。

想到最近經常嘔吐，麥穗心裡突然有了一種異樣的感覺，她下意識地摸摸依然平坦的腹部，心想該不會是有寶寶了吧？

自從她跟蕭大叔有了夫妻之實以來，她的小日子就一直不穩定，有時候一個多月來一次，有時候兩個月，再加上這一年多來，她的肚子一直都沒有動靜，故而也就沒有往這方面想。

但最近她動不動就想吐，而且身子總是容易疲倦，之前一直心心念念地想去看大夫，卻因為這事、那事的耽誤了。現在看來，除了有孕，她想不出別種可能。

她是成年人，這點基本常識還是有的。

夜裡，麥穗躺在床上，越想越覺得激動又興奮，算算日子，應該是她上次來總兵府的時候懷上的。

那些日子，蕭大叔幾乎每天夜裡都會纏著她纏綿一番，特別是臨別的那一晚，他更是折騰到半夜才讓她睡覺。

當時情到深處，他還附在她耳邊低喃道：「我一刻也不想離開妳，就想這樣永遠留在妳身子裡，跟妳成為一個人。」

那時候的蕭大叔多溫柔啊……沒想到才過了兩個多月時間，他們竟然成了陌路人。

她兜兜轉轉想了好多，輾轉反側了半宿才沈沈睡去。

第二天一大早，牛五過來敲門。「三嫂，之前拉過來的泥罐沒有了，我得回去再拉些過來，妳要不要跟著回村？」

「我就不回去了。」麥穗一夜沒有睡好，她捏捏眉心，問道：「昨晚那場火到底是怎麼一回事？」

「這件事蘇將軍正查著呢。聽蘇將軍說，以後夜裡要加派人手巡邏，任何人天黑後都不准出屋走動了。」牛五說著，又笑道：「三嫂，我今天早上還看見三哥了呢。」

「你在哪裡看到他的？」麥穗眼前一亮。

昨晚他一夜未歸，她還以為他回茶園去了。

「在海邊看到的。」牛五笑嘻嘻地道：「三哥跟蘇將軍在海邊晨練，我聽蘇將軍正在勸三哥留在總兵府，好幫他查查昨晚器械房起火的案子。」

「那你三哥答應了嗎？」麥穗急切地問道。

蕭景田是一言九鼎的人，若是答應，就肯定會留在總兵府的。

「答應了。」牛五點頭笑道：「這下好了，有三哥在，咱們的魚罐頭就更不用愁了。」

「說什麼呢，你三哥的身子剛剛好，即便來了總兵府，也不能讓他出海捕魚的。」麥穗嗔怪道，心裡卻樂開了花，只要他能待在她身邊，她就心滿意足了。

「三嫂，家裡有什麼要我順道帶過來總兵府的嗎？」牛五又問道。

麥穗想了想，道：「你把我放在窗臺上的那本書帶過來吧。」

「好，我再給妳帶過來。」牛五嘿嘿笑著，匆匆忙忙地往外走。

「等等。」麥穗喊住他。

「三嫂，還有什麼事？」牛五轉身問道。

麥穗笑了笑，打開門讓他進屋，悄聲道：「牛五，你也出來好幾天了，這次回去，就沒想過要給岳父、岳母，還有未過門的媳婦帶點東西？」

「是想帶來著，就是不知道帶啥。」牛五撓撓頭，臉瞬間紅起來。

「這些銀子你拿著，替我也買上一份，一起帶回去。」麥穗從荷包裡掏出幾塊碎銀塞給他，淺笑道：「別忘了，還要給二丫她們每人捎一份點心，就說是我給她們的禮物，剩下的，隨便你怎麼花。」

「三嫂，我有銀子的。」牛五有些不大好意思拿，自從跟了麥穗做魚罐頭以來，他手頭上的銀子就沒缺過，算起來比在龍叔的魚塘賺得還多呢。

「讓你拿著，你就拿著，這也是你跟著我外出工作應得的報酬。」麥穗硬是塞給他，眉眼彎彎道：「你快去快回，小六子他們那邊還等著泥罐用呢。」

「嗯，我今晚肯定趕回來。」牛五拿了銀子，興高采烈地出了門。

麥穗隨即去了小廚房那邊，心情愉悅地替蕭景田準備早膳。她給他熬了點粥，然後再蒸上一籠肉包子。

知道蕭景田要留在總兵府，她很興奮，忍不住撫摸自己的小腹，在心裡默唸著。

寶寶，娘給爹做點吃的，你乖乖的，不要淘氣，等你爹知道有你的時候，肯定會誇你是好孩子的。

若是以前，蕭大叔知道她有了身孕，說不定會高興得發瘋。可是如今……

這件事到底該怎麼告訴他呢？

海邊，微風習習，偶有低飛的海鳥從身邊急急掠過，轉眼消失在白茫茫的霧裡，不見了蹤跡。

堤岸上，兩個身影迎風而立，丰姿颯爽。

「想不到這個黃老廚隱藏得這麼深，竟然蟄伏在總兵府這麼多年。」蘇錚冷笑道：「若是趙將軍知道他的總兵府裡有這麼個人，不知會怎麼想？這不知道的還以為趙將軍勾結成王、意圖謀反呢！」

哼，像趙庸這種佔著茅坑不拉屎的人，就應該讓他滾下臺去，那副整天醉醺醺、無所事事的樣子，他一看就火大到不行，恨不得上去搧他幾個耳光，以洩心頭之恨。

原本應該在海上操練的將士們，硬生生地被趙庸訓練成農夫，別說碧羅山的那座茶園，就連山腳下那幾十畝農田，也都是總兵府的將士們在打理。

更讓他鬱悶的是，明明朝廷上下都知道這件事，卻都裝聾作啞地不吱聲，任其逍遙。

「蘇將軍，這話當著我的面說說也就罷了，萬不可當著別人的面再提起。」蕭景田輕咳道：「意圖謀反的罪名可不小。」

他雖然沒了跟趙庸相處的記憶，但透過後來幾次接觸，他多少有些瞭解趙庸，總覺得這個人看上去雖然玩世不恭、視錢如命，但骨子裡還是挺有正義感的，不像是個真正的紈褲公子。

真正的紈褲是什麼樣子，他比蘇錚清楚得多。

「在下失言。」蘇錚抱了抱拳，肅容道：「蕭大哥，那咱們下一步該怎麼辦？」

年輕的將軍頓時覺得自己身上的擔子格外沈重，原來看似戒備森嚴的總兵府，實則早就被人神不知、鬼不覺地布下暗樁，他心中不禁升起一種想要力挽狂瀾的豪情。

他想要跟眼前這個昔日威風凜凜的大將軍聯手，把那蠢蠢欲動的成王爺扼殺在搖籃裡，還世間一個真正的和平與清明。

「靜觀其變，謀而後動。」蕭景田一字一頓地道。

他馳騁沙場多年，看多了生死，也看多了爾虞我詐，內心深處早就疲憊不堪，加上當今皇上生性多疑又優柔寡斷，因此他才決然選擇退隱。

他想過的是一種真正悠閒又平靜的田園生活，而不是繼續在刀光劍影中，過刀尖上舔血的日子。

「蕭大哥的意思是，咱們要裝作不知道？」蘇錚心中不解。要是趙庸這麼說，他早就出言譏諷，不過蕭景田會這麼說，就肯定有他的道理。

「對。」蕭景田緩緩道：「他們如今已在明處，一舉一動，都在咱們的眼皮子底下，咱們還怕什麼？」

如今，敵明我暗，這步棋，明顯是他們占上風。

「蕭大哥所言極是。」蘇錚頓悟。「我會派人暗中留意這個黃老廚的一舉一動，揪出真正的幕後主使來。」

蕭景田微微頷首。

兩人下了堤岸，邊走邊談，不一會兒就回到總兵府。

蘇錚本想邀蕭景田一起吃早飯的，可瞧見人家小媳婦早已等在小院門口，只得吞回想說的話，知趣地告辭離去。

「景田，餓了吧？」麥穗笑盈盈地迎上來，柔聲道：「我做了你愛吃的肉包子和八寶粥，嚐嚐看，還是不是你喜歡的味道。」

一頓飯做下來，她除了有些反胃，也沒有太多不舒服，寶寶果然乖乖的。

「有勞了。」早早就起來晨練這麼長一段時間，蕭景田還真覺得餓了。

皮薄餡多的肉包子，吃起來鹹淡適中，入口鮮美，口齒生香。

八寶粥甜糯可口，裡面還有新剝的蓮子，清香四溢，爽口清心。

再配上兩碟時令的小菜和鹹鴨蛋，蕭景田吃得津津有味，竟然把兩籠小包子還有兩大碗八寶粥都給吃光，連小菜也沒剩下。

吃完以後，他掏出手帕拭了拭嘴角，才驚訝地發現麥穗只吃兩個包子便放下筷子，正目不轉睛地盯著他看。他有些奇怪地問道：「包子味道很好，妳怎麼不吃？」

「我吃好了。」麥穗見他吃得這麼香，心裡很滿足，笑道：「你喜歡就好，以後我經常給你做。」

其實她很想告訴他：景田，咱們有孩子了！

可話一到嘴邊，她又嚥了回去。想到秦溧陽拿孩子一事纏著他，卻被他堅決否認，她有些害怕如今對他來說如同陌生人的自己，也會得到同樣回應……

「不用，以後我去大廚房跟將士們一起吃就行。」蕭景田沈聲道：「天這麼熱，就不用麻煩妳再起鍋灶了。」

麥穗的心彷彿被潑了一盆冷水，頓時無語。

寶寶，你爹是壞人，咱們不理他了。

第九十一章　郡主入住

七月流火，熱氣炎炎。

晌午時分，天氣尤其悶熱，連窗外的蟬都有氣無力地叫著。地上雖然放著兩盆冰，卻依然解不了屋內的暑氣。

秦溧陽慵懶地躺在美人榻上，懨懨地問道：「二哥今天怎麼沒過來施針？」

「郡主，您忘啦？昨天表小姐已經去京城了，她說蕭將軍體內的毒性已解，以後不用施針了。」碧桃小心翼翼地替主子打著扇子。「聽十三說，蕭將軍昨日就去了總兵府，到現在還沒回來呢。」

「二哥去總兵府要做什麼？」秦溧陽猛地坐起來，問道：「他是跟趙庸一起去的嗎？」

這些日子趙庸每天都會過來找蕭景田下棋、喝茶，兩人很投緣，害得她跟蕭景田獨處的時候也越來越少了。

她心裡對那個趙庸，可說是恨得牙癢癢的。

好好的一個將軍，不在總兵府裡待著，成天到她這裡閒逛，算怎麼一回事？

「聽說趙將軍昨日就啟程去京城了。」碧桃看了看秦溧陽，小心翼翼道：「是跟表小姐一起走的呢。」

「去，把十三給我叫過來，我倒要問問他，這究竟是怎麼一回事？」秦溧陽不悅地道。

「走了也不說一聲，把我當什麼了？」

碧桃應了一聲，便出去找秦十三。

片刻後，秦十三滿頭大汗地走進來，遠遠地在冰盆處便停下腳步。「郡主，有什麼吩咐？」他擔心自己身上的汗味會熏到郡主，因此不敢太靠近。

「蕭將軍最近在忙什麼？」秦溧陽還是察覺到那股讓人反胃的味道，掏出帕子掩了掩口鼻，微怒道：「這幾天我不是讓你隨身侍奉蕭將軍嗎？怎麼他去了總兵府，也不見你過來跟我說一聲？」

「這、這……」秦十三後退幾步，支支吾吾地道：「蕭將軍不讓說。」

「放肆，連我都不能說嗎？」秦溧陽沈下臉道：「說！給我一五一十地說，他去總兵府幹什麼？」

「蕭將軍說他想要去撈一些琴島的海參，好用來還債。」秦十三縮著脖子道：「想要撈琴島海參，必須要有一身鯊魚皮做成的潛水衣，而趙將軍之所以去京城，就是幫蕭將軍買潛水衣去了。」

「他、他簡直是不要命了！」秦溧陽愣了一下，繼而又憤憤道：「他身子剛好，總得調養幾個月吧，哪能下海去撈什麼海參？」

琴島海參雖然是宮廷御膳八珍之一，但因其長年潛居在深水石縫間，極難捕撈，故而價格昂貴，千金難求。

當今皇上至今仍對這琴島海參念念不忘，三番兩次派人去琴島捕撈，卻都是毫無收穫，還折損了好幾名侍衛。

坊間相傳，琴島海參是因為有神靈護佑，所以一般人才無法輕易得手，可見危險性之高。

可蕭景田欠楚妙妙的這筆債務，她偏偏又幫不上忙。

「回稟郡主，眼下酷熱，海水還算溫暖，若是再過兩個月，天氣轉涼，就更不宜下海捕撈，蕭將軍這也是沒有辦法了。」秦十三皺眉道：「蕭將軍還說，若是運氣好，一個月就能還上這十萬兩銀子。」

「他怎麼不說，若是運氣不好，連命都丟了呢？」秦溧陽沒好氣地道。不過她瞭解蕭景田，他決定的事，誰去勸也不管用。

「郡主，那咱們怎麼辦？」碧桃小心翼翼問道。「您之前不是說，等蕭將軍傷好以後，就要跟他一起回家嗎？可如今蕭將軍要捕撈琴島海參，這一、兩個月怕是不能回家了呢。」

「他不回去，我替他回去就是。」秦溧陽賭氣道。「碧桃，收拾行李，咱們明天就去魚嘴村。」

她就不信，自己都去了他家，他還能不承認她肚子裡的孩子！

「是。」碧桃點點頭，又道：「郡主，那咱們去了，跟蕭將軍那個鄉下媳婦該怎麼相處？」

「哼，怕什麼？那個女人進門都一年多了，肚子卻一直沒啥動靜，她有什麼資格說三道四？」秦溧陽冷哼道：「咱們只管去住，等我生下孩子，我看她還有什麼臉面繼續在蕭家待下去。女人嘛，可不都是母憑子貴？」

「郡主所言極是。」碧桃這才鬆了口氣。「奴婢這就去收拾包袱。」

「郡主，那小人該做些什麼？」秦十三問道。他一個大男人，總不能跟著她們去蕭將軍的家住。

秦溧陽還是放心不下蕭景田，她輕嘆道：「你就留下來照顧蕭將軍吧。」

秦十三等的就是這句話，他高高興興地應聲退下。

秦溧陽坐到梳妝檯前，瞧見銅鏡裡的自己，鏡子裡的女子唇紅齒白、端莊明媚，再加上身分高貴，為什麼卻獨獨得不到他的心呢？

孟氏對秦溧陽的到來，感到受寵若驚。

聽說她要在自己家裡住些日子，孟氏便急急忙忙收拾屋子給她住。原本想讓她住進新房那邊的，可一想起麥穗走時說過的話，孟氏猶豫一番，便讓蕭芸娘幫她把之前蕭景田住過的南廂房收拾出來。「妳把被褥全換成新的，小套間那邊再擺一張床，給那個碧桃姑娘住，可別委屈了人家。」

「娘，您說她們到咱們家裡來住，到底是什麼意思啊？」蕭芸娘撇嘴道。「咱們跟她們非親非故的，她們也太不知好歹了。」

明明是高高在上的郡主，肚子裡卻揣了個來歷不明的孩子，不但不藏著、掖著，還到處亂跑，也不嫌丟人。

「妳這孩子，怎麼說話的呢?!」孟氏低聲罵道。「什麼是非親非故，人家郡主可是妳三哥的救命恩人。自從妳三哥回來，咱們就沒怎麼表示過，別說人家要來住，就是人家想要咱們家的房子，咱們也得給人家哪！」

若不是因為溧陽郡主，她這個兒子還不知道能不能回來，孟氏是打從心裡敬重她。做人得講良心，救命之恩就該好好報答人家才是。何況，她肚子裡懷的說不定還真是景田的孩子。

「好、好、好，您說什麼都是對的，行了吧？」蕭芸娘冷哼道：「那您就好好招待這一尊大神，不過等我三哥回來，非得數落您不可。」

「他要數落就數落吧。」孟氏拿著抹布，把南廂房裡裡外外地擦拭一番，不以為然道：「我這也是在替他還人情呢。再說了，這人都來了，難道還要把人家攆出去嗎？」

蕭芸娘聳聳肩，無可奈何地走出去。

反正這件事，她也管不了。

而秦溧陽雖然之前來過蕭家一次，卻是來去匆匆，也沒好好打量一下這個家。如今她再次來到這個農家小院的時候，心裡很感慨，她從來沒想到蕭景田竟是在這樣一個簡陋清貧的家裡長大。

她把每間屋子都來來回回地看了好幾遍，越看越心酸，想到蕭景田為了償還那十萬兩銀子的債務，竟然要冒險去琴島捕撈海參，心裡越發不是滋味，若他是個家境殷實的，也不至於被這十萬兩銀子給難住。

都說英雄不問出處，她頓時覺得出身貧寒的蕭景田，更值得她敬重。

「郡主，蕭將軍家裡也太簡陋了吧。」跟在她身後的碧桃嘀咕道：「就連如廁的地方也怪嚇人的，奴婢去了一次之後，就再也不敢去了。」

廢棄的豬圈裡，中間挖了一個四四方方、半人高的大坑，就是一家人如廁的地方。就連她這個當下人的，也感到驚悚至極，郡主哪能受得了？

秦溧陽倒沒想過這個問題，聽碧桃這樣一說，心裡也直打鼓，立刻吩咐道：「妳拿出十兩銀子給蕭家老爹，讓他找人修整一下吧。」

「好。」碧桃痛痛快快地應道。

蕭宗海得知秦溧陽要他修整茅房，禁不住老臉微紅，期期艾艾地對碧桃道：「既然郡主用著不方便，那我找人修整一下便是，哪裡用得著妳們的銀子？」說完，便抬腿去了姜木魚家找狗子幫忙。

狗子二話不說便答應幫忙，他跟著蕭宗海回家，忙活了半天工夫，才在大坑上面放了根扁扁的木頭。這樣子踩上去如廁，多少方便些。

秦溧陽看了修整好的茅房，半天說不出一句話來。

話說能想出這樣辦法來的泥瓦匠也是天才，她依然不敢上這樣的茅房該怎麼辦？但又不好意思再麻煩人家。

於是，她便讓碧桃把馬車上的恭桶取下來，放在屋裡。否則那樣的茅房，她是無論如何也不敢去的。

秦溧陽是女客，又要在家裡住一陣子，蕭宗海只得捲了鋪蓋，去了隔壁牛五家住。郡主身分貴重，且自古男女有別，自然得避嫌。

到了吃飯的時候，沈氏和喬氏也跟著來了。

這次兩人出乎意料地沒有空手來吃飯。沈氏蒸了滿滿一籃子麵食，唯妙唯肖的麵魚和麵花，散著誘人的香氣，看起來十分美味。

喬氏則破天荒地做了一盤外焦裡嫩的蛋卷餅，蛋卷餅用料並不複雜，做起來卻很麻煩，得先把雞蛋均勻地攤成蛋餅，再把剁碎且調好味道的絞肉捲在裡面，然後上鍋蒸。蒸好以後，切成小塊，再放到油裡煎，待兩面都煎成金黃色，才算大功告成。

「鄉下也沒什麼好吃的，郡主不要嫌棄。」喬氏笑嘻嘻地把蛋卷餅放在炕上，臉上擰成了一朵花。

「就是啊，郡主快嚐嚐。」沈氏直接把籃子放到秦溧陽面前。

「多謝兩位嫂子，溧陽真榮幸。」秦溧陽笑了笑，扭頭看了碧桃一眼。

碧桃忙把麵魚和蛋卷餅挾到盤子裡，又各撕了一小塊放進主子的碗裡。

秦溧陽才拿了筷子，挾起來嚐了嚐，讚道：「果然好吃，嫂子真是好手藝。」說著，又放下筷子，從鬢間取了兩支玉簪遞給兩人，淺笑道：「來時匆忙，也沒有給兩位嫂嫂準備什麼禮物，一點心意，還望兩位嫂嫂笑納。」

這兩個女人一看就知道不是什麼善茬，若她們不是蕭景田的嫂子，她才懶得搭理她們呢！

「這怎麼好意思？」喬氏嘴上說著，卻如獲珍寶地馬上伸手接過來，放在手裡細細地端詳著，眉眼間全是喜色。郡主就是郡主，出手果然大方。

沈氏反覆看著玉簪，也是一臉驚喜。

碧桃冷笑，在心裡腹誹道：什麼送吃的，分明是討賞來了。

一旁的蕭芸娘則撇撇嘴，繼續吃飯。

「妹妹，這是給妳的。」秦溧陽轉頭看向蕭芸娘，又從手上摘下一只玉鐲遞給她，笑道：「聽說妹妹要出閣了，這是給妹妹的賀禮。」

「多謝郡主，民女無功不受祿，愧不敢當。」蕭芸娘笑了笑，放下筷子，便穿鞋下炕走出去。誰稀罕她的賀禮哪！

「芸娘，妳給我回來，怎麼如此不知禮數？」孟氏想拽女兒的手，卻沒拽住，又見秦溧陽一臉尷尬，手還愣在半空，忙把玉鐲接過來，訕笑道：「我這女兒被我慣壞了，郡主不要見怪。」

「妹妹真性情，倒是像極了景田，我很喜歡。」秦溧陽不以為意地笑道，心想蕭家的兒女果然個個都是有骨氣的。

「好了、好了，咱先吃飯。」孟氏招呼兩個媳婦。「妳們也還沒吃飯吧？一起吃吧。」

沈氏和喬氏也不忸怩，大大方方地上炕吃飯。

「菱兒跟石頭呢？」孟氏關切地問道。

「他們兩個跟著福田、貴田去鎮上了，說是晌午不回來吃了。」喬氏吃得正香，頭也不抬地答道：「大嫂就快生了，大哥出發前還讓我多照應著點呢。」

「大嫂，妳這還有多久要生？」秦溧陽問道。

「就是這兩天了。」沈氏有些羞澀。

「老大媳婦，那妳可別再到處走動了，要是感覺不對勁，就趕緊讓老二媳婦過來喊咱們。」孟氏叮囑道。「等下午我就去跟大柱他姥姥打個招呼，讓她也好準備、準備，到時候好替妳接生。」

黃大柱的姥姥不僅是十里八鄉有名的狐大仙，而且還是小有名氣的穩婆，村裡一半以上的孩子都是她接生的。

「曉得了。」沈氏點點頭。

「我看大嫂這胎十有八九是個女娃娃。」喬氏絲毫不顧及老大一家求子的迫切，口無遮攔道：「若是男娃娃的話，早就生了，只有女娃娃才往後拖呢。」

「那可不一定，妳當初生石頭的時候，不也拖了好幾天嘛。」沈氏不悅道。剛剛跟喬氏建立起的妯娌情分，瞬間跌到了谷底。

「大嫂，咱們自家人，不說客套話，我也只是猜猜，妳這麼認真幹麼？」喬氏不以為然道：「咱們都是過來人，男娃娃、女娃娃應該感覺得到的。」說著，又扭頭問孟氏。「娘，您說是不是呀？」

「這個我倒是說不準。」孟氏訕訕地道。顯然她不想捲入兩個媳婦的口角之爭。

「兩位嫂子，這男娃娃跟女娃娃在肚裡就能感覺得到嗎？」秦溧陽好奇地問道。

她是第一次懷胎，加上平日深居簡出，身邊也沒有什麼孕婦可以跟她交流，如今聽她們談論這些，自然很感興趣。

「能。」喬氏眉飛色舞道：「男娃娃在肚子裡動的時候跟小魚一般，女娃娃則老是在同一個地方待著不動，摸上去硬硬的。不知道郡主感覺是怎樣的呢？」

秦溧陽倏地紅了臉。她尚未出閣就懷了身孕，原本就是件很丟人的事，如今還公然談論起是男娃娃或女娃娃，是不是不大好？

喬氏不明就裡，歪頭等著她回答。

碧桃輕咳一聲，提醒道：「郡主，先吃飯吧，飯涼了。」

村婦就是村婦，也不會看人臉色說話，真是夠了！

「對，吃飯、吃飯。」喬氏連連點頭。

沈氏笑而不語。

吃完飯，喬氏自告奮勇地提出要陪秦溧陽到處轉轉，看看魚嘴村的大好風光。心想要是把她這個郡主伺候好了，說不定還會有更多賞賜呢。反正沈氏有身孕，不能跟著去，到時候賞賜就都是她的了。

秦溧陽欣然同意。

沈氏則心安理得地待在老宅，讓孟氏端茶倒水地伺候她。

蕭芸娘看在眼裡，氣到不行，忍不住回新宅對蘇二丫發牢騷道：「我娘就是個伺候人的命，伺候兒子、伺候媳婦，這下子還要伺候救命恩人，真是夠了！」

「怎麼說郡主也是三表舅的救命恩人，人家願意來住幾天就住幾天唄。」蘇二丫雖然知道一些蕭景田跟秦溧陽之間的是是非非，但這些畢竟是別人家的事，她也不好多說什麼，只能安慰道：「妳也不要太在意了，姑婆她這也是沒辦法了。」

其實蘇二丫挺羨慕蕭芸娘的。

蕭芸娘有爹、娘替她作主，可以不用受任何人的氣。

而她就不一樣了。

她們一家跟爺爺、奶奶住在一起，由爺爺、奶奶當家作主，把她爹、娘管得緊緊的，就連爹什麼時候跟娘一起睡，爺爺、奶奶都要過問。

小時候她經常見到娘偷偷地哭泣，而爹卻只能無奈地嘆氣。

當時她不能理解他們兩個怎麼那麼不開心，可如今她也嫁為人婦，體會到夫妻之間的種種，才算是真正理解爹、娘的苦衷。

是她奶奶太霸道了。

相比而言，蕭家的門風還算是正常的。

「唉，家家有本難唸的經啊。」蕭芸娘嘆道。

秦溧陽住進蕭家的消息，一陣風似地傳遍了魚嘴村。

有人說這女的救了蕭景田，所以如今追上門討債來了。

還有的人說，這女的是蕭景田以前相好的，懷了蕭景田的孩子，想要嫁給他。蕭景田提前知道消息，便躲出去了。

總之，眾說紛紜。

村民紛紛找藉口去蕭家看秦溧陽，想要多挖出一些消息。

這樣的八卦最勁爆，若能知道一些別人不知道的內幕，就夠他們津津樂道一陣子了。

第九十二章 碧桃被劫

「嫂子，在幹麼呢？」六婆扭著腰肢進門，眼睛不時在院子裡瞟來瞟去，看見正坐在棗樹下乘涼的秦溧陽和碧桃，嘴裡嘖嘖道：「哎呀，多俊的閨女哪，有婆家了嗎？」嘴裡這麼說著，她的一雙眼睛卻一個勁兒地盯著秦溧陽的肚子看。

嘖嘖，這女子雖然身材高大，不怎麼顯懷，可想來是月份大了，想藏也藏不住，這肯定是有了身孕嘛。

秦溧陽被她盯得渾身不自在，恨不得把她的眼睛給挖了。

碧桃看出郡主的彆扭，瞪了六婆一眼，擋在郡主面前，滿臉不悅道：「她去菜園了，妳出去等著就是。」

「我是過來跟她借個繡花樣子的，不急著用，我改天再過來。」六婆笑了笑，扭著腰肢走了，邊走邊嘀咕道：「看起來跟蕭家老三還挺般配的，可惜啊可惜，嫁過來也只能給人家做小。」

「死老婆子，瞎說什麼呢？」碧桃氣到不行，抬高聲音道：「咱們郡主身分貴重，豈能給人家做小？再亂說我就把妳的嘴縫起來！」

「哎喲喂，我說姑娘，什麼叫亂說啊？」六婆本來一隻腳已經邁出門去了，聽碧桃這麼吼了一嗓子，很是惱火，猛地轉過身來，掐腰道：「若是不想給人家做小，你們還跑到人家家裡來幹麼？還說自己是啥郡主，我呸，郡主哪有這麼不要臉的？」分明是假的！六婆經常給人作媒，不管進了哪家門，誰不是笑臉相迎的？憑什麼就要被這小蹄子吼來吼去的？

「妳算什麼東西，竟然敢對咱們郡主出言不遜？看我怎麼教訓妳！」碧桃火了，挽起袖子衝上前，對著那張滿是皺紋的老臉上去就是一巴掌，罵道：「死老婆子，讓妳不知好歹！」

「妳個小浪蹄子，敢打老娘，妳是吃了熊心豹子膽啊！」六婆一下子火了，回手一個耳光搧回去，眼疾手快地拽住她的頭髮，啪、啪、啪地左右開弓，咬牙切齒道：「打死妳個小蹄子，也不打聽、打聽老娘是誰，敢在老娘面前撒野！」

碧桃身材嬌小，壓根兒不是六婆的對手，白嫩的臉上火辣辣地疼著，很快便有了幾道血印子，就連頭上的簪子也歪了，頭髮四散，像個瘋子一樣。

她可憐兮兮地看著秦溧陽。「郡主，救命啊！」郡主若是再不出手，她就要被這個老婆子給打死了。

「住手！」秦溧陽見碧桃落了下風，終於坐不住了，倏地起身到了兩人面前，兩、三下就把兩人分開，還揚手給了六婆一個耳光，斥道：「放肆！本郡主的人妳也敢打？是不要命了嗎？」

她力道大，六婆被打得眼冒金星。

六婆索性坐在地上，扯著嗓子哭喊道：「哎呀，大家都快來評評理，當郡主的打死人了啊！欺負我一個老婆子，我這是招誰惹誰了啊？」

門口很快圍了一圈人，探頭探腦地往裡看。

「嘖嘖，怎麼六婆還跟蕭景田的救命恩人打起來呢？」

「誰知道呢，難道六婆也看上了蕭景田？」

「瞎說，蕭景田的媳婦那麼年輕能幹，長得也好看，六婆算個屁啊！都一大把年紀了，還想著要吃嫩草。」

六婆聽了眾人的議論，快氣死了，她是被人打了好不好？這幫人的腦袋難不成是被驢踢了嗎？

明明是這個什麼狗屁郡主跟蕭景田有曖昧，連孩子都有了，還找上門來。只是這跟她六婆有啥關係，憑啥打她啊？

她越想越委屈，索性伏地大哭。「哎呀，我老婆子不過是來串個門子，就無端被人打了，這世上還有沒有天理啊？」

眾人又是一陣議論紛紛。

被一群村婦圍著指指點點，秦溧陽何曾受過這樣的委屈，氣急敗壞道：「碧桃，把她給我扔出去！」

「快滾，這裡不歡迎妳！」碧桃拽著六婆就往外走，還乘機掐了她幾把，掐得六婆嗷嗷叫著不肯走。

六婆索性撒潑道：「我不走、我不走！這裡又不是妳們家。」

新宅那邊，蘇二丫跟蕭芸娘正有說有笑地做魚罐頭，聽見老宅那邊的嘈雜聲，嚇了一跳。

蕭芸娘臉色一沈，放下手裡的活兒就往外走。

蘇二丫也匆匆跟出去。

走了幾步，蕭芸娘聽出是六婆在跟碧桃叫罵，心裡鬆了口氣，忙攔住蘇二丫，狡黠道：「二丫，咱們不過去了，讓她們狗咬狗。」

「可是萬一出事了咋辦？」蘇二丫有些著急。

「哼，又不是咱們挑起來的事，怕什麼。」蕭芸娘笑了笑，拉著蘇二丫的手，便又回到後院。「幹活、幹活，今天梭子嫂子跟狗蛋嫂子不在，咱們可得加把勁。」

蘇二丫只得依她。

而孟氏從菜園回來，見自家門口圍了一圈人，嚇了一大跳，忙扒拉開人群，想看清楚到底發生了什麼事。

只見碧桃正拖著六婆往外走，六婆卻死死地拽著門框不肯出去，還一邊哭喊著打死人、打死人了。

孟氏嚇得臉色蒼白，上前勸道：「碧桃姑娘，這是咋地啦？」

「她、她打我。」碧桃指著自己臉上的血印子，低聲哭泣道：「嬸娘，妳可得為我作主啊。」

「我呸，是妳先動手的好嗎？」六婆一下子火了，倏地推開碧桃，扠腰罵道：「妳算什麼東西，不過是給人端茶、倒尿壺的下賤婢子，豬狗不如的東西，也敢惡人先告狀，妳怎麼不去死？」

碧桃被罵得羞憤極了，她再怎麼厲害，也不過是個小丫頭，論罵功、論撒潑，哪裡趕得上身經百戰的鄉下老太婆？

眾人見有好戲看了，都在一旁摀著嘴笑。

這小丫鬟得罪誰不好，偏偏要得罪六婆。

六婆是誰？幾十年來在東家長、西家短的第一戰線上奮鬥，噴出的唾沫星子都能淹死人的厲害角色，這十里八鄉內還沒有人敢跟她吵架的呢。

「好了、好了，都消消氣。」孟氏陪著笑臉，小心翼翼勸道：「說起來，也沒什麼大不了的事，看在我的薄面上，就算了吧。」

「這個仇我記下了，妳們給我等著！」六婆理了理凌亂的頭髮，怒氣沖沖地出了門。

眾人見沒熱鬧可看了，這才散去。

碧桃見六婆走了，頓時來了精神，扠腰道：「我呸，也不撒泡尿照照自己，還敢跟咱們叫囂？信不信我讓妳怎麼死的都不知道！」

「算了，跟一個鄉野村婦計較什麼？」秦溧陽拍拍衣衫，扶著腰身回了屋。

都說窮山惡水出刁民，還真是一點也不假，不過她還沒有庸俗到會去跟一個老婆子斤斤計較。

孟氏訕訕地提著籃子，進了屋。

她不禁在心中感嘆，這日子真是越過越熱鬧了……

吃過晚飯後，秦溧陽早早地回屋歇下。

躺在軟綿的被褥上，望著窗外淡淡的月光，她有些恍惚。

她如今是住在蕭景田的家裡，睡在蕭景田睡過的炕上，想了想，就有些激動呢！她越想越睡不著，索性跟睡在外間的碧桃聊天。「碧桃，妳覺得蕭家人好嗎？」

「蕭家嬸娘還挺好的。」碧桃如實道：「其他人，我看不怎樣，尤其是蕭將軍那兩個嫂子還有妹妹，看上去不像是省油的燈。而蕭家大叔就知道埋頭幹活，見了咱們也不多話，倒看不出個好壞來。」

她有些心疼郡主，心想：郡主，妳這樣做到底是何苦呢？

「嗯，我也是這樣認為的。」秦溧陽點點頭，嘆道：「怪不得二哥自從回來後，就一直消沈，再無保家衛國的鬥志。妳想啊，他成天跟這些人待在一起，面對這些無聊的瑣事，心志早就被磨平了。」

尤其是，他還娶了那麼一個鄉下媳婦。

「郡主，咱們來了一整天，怎麼也沒見到蕭將軍他媳婦呢？」碧桃小聲問道。蕭將軍的媳婦自己是認得的，卻遲遲不見她露面。

「我聽說，她去禹州城做什麼魚罐頭去了。」秦溧陽淡淡道：「不過是個粗陋的農婦，有什麼好提的。」

她現在最不想聽到的，就是那個女人的消息。

「郡主，妳說現在蕭將軍也在禹州城，萬一他們在一起怎麼辦？」碧桃擔憂地道。「他們畢竟是夫妻。」

「就算在一起也無所謂，二哥並非好色之人，更何況他已經完全忘了那個女人，那個女人就算使出渾身解數，二哥也不會多看她一眼的。」秦溧陽冷笑道：「我瞭解二哥，他是不會輕易對女人動心的，他是不喜歡我，卻更不可能喜歡那個女人。我要讓那個女人嘗嘗被自家夫君冷落的滋味。」

她跟蕭景田在一起十年，蕭景田都沒動過心，她就不信這麼短的時間，蕭景田會看上那個鄉下女人。

再說了，蕭景田最討厭對他獻殷勤的女人，而那個女人又自恃是他媳婦，肯定會喋喋不休地纏著他，要他快點記起她。

如此一來，蕭景田對那個女人就會更敬而遠之了，說不定還會休了她。

蕭家老宅的正房裡，燭光搖曳。

「姑姑，這村人都傳開了，說這個郡主是景田在外頭的相好，如今懷了景田的孩子，找上門來了。」姜孟氏無奈地搖搖頭，嘆道：「您聽聽這話傳的，這也就是景田媳婦不在家，若是在家，那還不得鬧彆扭。」

老三媳婦看上去雖然柔柔弱弱的，卻也不好惹。

「唉，不瞞妳說，郡主腹中的這個孩子，我也不敢肯定到底是不是景田的。」孟氏皺眉道：「過去景田雖然一直說不是他的，可如今他失了記憶，到底是怎麼一回事，誰也說不清了。不管怎樣，這次是人家郡主救了景田的命，就算不看在孩子的分上，人家的這份恩情，咱們也得好好報答人家，妳說是不是？」

「說得也是。」姜孟氏點點頭，又問道：「對了，聽說牛五昨天回來過？老三媳婦在那邊挺好的吧？」

幾天不見，她還真有些想念老三媳婦呢。

「牛五說是挺好的。」提起這個媳婦，孟氏又嘆氣。「妳說老三媳婦到底是怎麼想的？景田又不是不會賺錢，也不是對她不好，可她非得自己做什麼魚罐頭，還花了這麼多銀子買地，說是要蓋鋪子，還喜歡四處亂跑，我都不知道該說什麼好了。」

她說不得、管不動老大媳婦和老二媳婦，如今這個老三媳婦她更是沒轍，人家乾脆走得遠遠的，讓她連人影都抓不到。

「姑姑，您知足吧。」姜孟氏嗔怪道：「有個能幹的兒媳婦多好，您看看您現在不愁吃穿，手頭上也有富餘的銀子，還不多虧了老三兩口子。您是不知道，村裡的人可羨慕您們了，別的不說，光是鎮上那塊地，就值好幾百兩銀子，這村子裡有誰買得起？」

「這倒也是。」孟氏點點頭，又道：「我這個人窮慣了，過日子也習慣跟在人家後面，如今冷不防站在人前，反而覺得有些忐忑，生怕惹下什麼是非。別說我了，就連我家老爺子也是這樣想的，夜裡睡不著的時候，想起這些就擔驚受怕。再說老三媳婦已經花了那麼多銀子買地，將來還要開鋪子，這鋪子若是一開下去，不知又得花多少銀子，花出去的銀子也不知道能不能賺得回來。」

「姑姑，這些您就別操心了。」姜孟氏哭笑不得地勸道：「既然老三媳婦敢買地，就說明人家心裡有數呢。您呀，就別多想了。」

「只能這樣了。」孟氏嘆道，想起秦溧陽肚子裡的孩子，眸光隨即又黯淡下來。若是景田執意不承認孩子是他的，日後生下來可怎麼辦？

在魚嘴村住了些日子，秦溧陽每天都會出門散散步，否則待在屋裡也有些悶。夕陽西下，紅通通的晚霞鋪展在天邊，宛如一片燃燒的火海。

碧桃扶著秦溧陽的手，慢慢走在鄉間的小路上。

鄉下的日子平淡無趣，尤其是蕭家的那個茅房，太讓人驚悚。她早就住夠了，但主子不吱聲，她自然不敢提出要走。

猛一抬頭，觸及那片灼灼的粉色，碧桃興奮道：「郡主您看，那裡有一片桃林，我之前有聽說是蕭將軍家裡的，咱們過去看看吧。」

「好，過去看看吧。」秦溧陽點頭應道。

不遠處，兩個鬼鬼祟祟的身影探頭探腦地跟在身後，其中一個低聲道：「看清楚了，咱們要對付的是那個綠衣小丫頭，待會兒你把那個紅衣女人引開就行。」

「好，等她們進了桃林再說。」另一個點頭應道。

兩人偷偷摸摸地跟上去。

這個時節，桃花大半已經凋零，粉色的花瓣紛紛揚揚地落在地上，空氣中流淌著淡淡的花香，令人心曠神怡、神清氣爽。

「郡主，這些桃樹九棵一排，一共是九十九棵呢。」碧桃耐心地數著，笑道：「聽說這些桃樹是晚熟的雪桃，冬天的時候才結果子，到時候，咱們一定要過來嚐嚐鮮，能在冬日裡吃上鮮桃，想想就是件愜意的事。」

「看來二哥還是忘不了銅州。」秦溧陽並不知這些桃樹的由來，只當是蕭景田栽的，低頭聞了聞枝頭稀疏的花瓣，感慨道：「妳不知道，銅州的雪桃才是世上最好吃的桃子，二哥特別喜歡吃。以前我經常去別人家雪桃園裡偷雪桃給二哥吃，二哥每次吃完都會板著臉訓斥我一番，但我還是繼續去偷。」

那個時候真好啊！無憂無慮的，海闊天空地任他們瀟灑馳騁。

「郡主跟將軍還真頑皮。」碧桃掩口笑道。

秦溧陽剛想說什麼，眼角瞥到一個黑影從不遠處一閃而過，臉色一沈，低聲對碧桃道：「有人進桃園了，肯定是衝著我來的，妳別慌，咱們先出去再說。」在這裡打鬥不方便。她雖然有身孕，但對付一個小毛賊還是不在話下的。

「好。」碧桃戰戰兢兢地答道。

如今郡主身子笨重，而她又不會武功，不敢保證能全身而退。偏偏這個地方連個人影都沒有，萬一郡主有個什麼閃失，可怎麼辦才好？

唉，她真的好想回禹州城。

主僕兩人慢慢地退出桃林，那黑影也緊跟著出了桃林，還故意繞到她們身前，看了兩人一眼，然後撒腿就跑。

「站住，哪裡逃？」秦溧陽嬌喝一聲，快步追上去。

碧桃也提著裙襬，邁著小碎步跟在後面，剛走沒幾步，就驚覺身子騰空而起。

她低頭一看，只見一個黑衣人正扛著她，飛快地向前跑。

黑衣人身形靈活，步子矯捷，很快地跳上不遠處的山崗，繼續急匆匆地往前飛奔，嚇得碧桃大叫。「郡主，救命啊！」

秦溧陽聽見呼救聲，顧不得追那個小賊了，匆忙趕回來救她，卻終究因身子笨重，遠遠地落在後面，只能眼睜睜地看著碧桃被那黑衣人扛下山崗，不過片刻，就消失在山林中。

秦溧陽氣得直跺腳。

千算萬算，沒算到他們是衝著碧桃去的，難道是人販子？

正懊惱著，一匹快騎冷不防在她面前停下來。

只見趙庸風塵僕僕地從馬上跳下來，驚喜道：「郡主，妳怎麼在這裡？」

「趙將軍。」秦溧陽眼前一亮，忙上前把剛剛的事跟趙庸大體說了一遍，疾聲道：「咱們八成是碰到人販子了，還請將軍幫忙尋回碧桃。」

「郡主放心，我這就把碧桃給追回來。」趙庸神色一凜，立刻翻身上馬，就要去追那個黑衣人。

「我也去。」秦溧陽急急地上前道。

「好，上馬。」趙庸二話不說，伸手把她拽上去，兩人共乘一騎，沿著山路朝山下奔去。

第九十三章 心猿意馬

「趙將軍，你不是去京城了嗎？怎麼突然到這裡來了？」秦溧陽問道。

「我剛剛回來，聽說蕭將軍的田裡種了許多桃樹，便想著過來挖一棵帶回去。」趙庸挽著韁繩，大聲答道。

風是涼的，耳邊是熱的，坐在身前的女人是綿軟的，他感受著她身上濃郁的桃花香，不禁有些心猿意馬……

山路崎嶇，馬背上很顛簸，原本坐在前面的女人一下子跌到身後男人的懷裡。

趙庸一把攬過她，低聲道：「郡主小心。」

「無妨。」秦溧陽伸手抓過韁繩，慌忙地坐起身來。若不是為了碧桃，她才不想跟他共乘一騎呢。

感受到男人身上帶著的一絲酒氣，她兜兜轉轉地想到了那天晚上，心情很是複雜。

如果可以，那晚的情景她寧願此生不再記起。畢竟她不喜歡他，一點也不喜歡。

自從兩人發生那件事後，她恨不得殺了他。可她偏偏又無法下手，這個人畢竟是她孩子真正的爹……

於是之後的日子，她只能刻意躲避著他，這麼長時間以來，兩人倒也沒什麼交集。

而他那一晚想必也是醉得徹底，絲毫沒懷疑他們兩人間發生過那件事，也就更不可能知道她腹中的孩子正是他在那一晚留給她的。

多少個午夜夢迴，她都覺得自己把這孩子硬是塞給蕭景田，對蕭景田太不公平，但除此之外，她再也沒有別的辦法能靠近蕭景田了。

畢竟蕭景田是她喜歡了十年的男人，十年啊！

兩人一路狂奔，下了山崗，沒想到卻是一無所獲，什麼也沒發現。

秦溧陽下馬，站在路邊，並不怎麼著急，反而冷靜地回憶道：「之前引開我的那個小賊雖然蒙著臉，我沒看清他的模樣，但我覺得他並非練家子，多半是鄉野間的小混混，此行的目標又是碧桃，所以我想，已經排除是我的仇家來報復的可能。」

兩次海戰下來，要說她沒有得罪人，連她自己都不相信。若有那麼一、兩個漏網之魚伺機報復她，也不是不可能。但只有碧桃被劫，明顯不是那些海蠻子過來尋仇。

「妳們在這裡得罪了什麼人沒有？」趙庸問道。若不細看，壓根兒看不出眼前的郡主是有孕之身，她依然英姿颯爽、身形矯捷。

「若說得罪，還真得罪了一個鄉下老太婆。」秦溧陽冷冷道。「不過也不是什麼深仇大恨，一點口角而已。」不過是一點口角，有必要找人報復她們嗎？

「十三呢？妳怎麼不讓他隨身保護妳的安全？」趙庸不解，堂堂郡主出行，就帶了一個貼身丫鬟，有些說不過去吧？

「我來蕭家住一陣子，並不想帶太多人，怕打擾到蕭家人，所以就讓十三留在禹州城了。」秦溧陽顯然不想跟趙庸閒聊，不以為然道：「我雖然身子不方便，但自認還是能保護得了自己。碧桃被劫，不過是個意外，謝謝你的幫忙。你該幹麼就幹麼去，這件事我自會處理。」

不過是個丫鬟而已，沒必要驚動太多人。

「既然毫無頭緒，就只能報官了。」趙庸雖然聽出秦溧陽的弦外之音，卻覺得在這個時候留下她一個人，有些於心不忍，便不由分說地拽著她上馬，直奔衙門。

得知兩人的來意，許知縣憤然，連聲吩咐手下出去打聽碧桃的下落。青天白日下，竟然有人強搶了郡主的婢女，這還得了？

從衙門裡出來，趙庸跟在秦溧陽身後問道：「郡主，妳還要回魚嘴村嗎？要不要在下找間客棧，讓妳在鎮上住下，等著碧桃姑娘的消息。」

他本來想建議她回禹州城的，但一想到蕭景田在禹州城，便打消這個念頭。內心深處，他不想讓蕭景田摻和進來。

「也好。」秦溧陽本來想拒絕，但一想到鎮上離魚嘴村有段距離，來回打探消息不方便，反正已經麻煩他了，也不差這一件，便道：「不過我還得麻煩趙將軍去魚嘴村跟蕭家人說一聲，就說我有事要在鎮上住幾天，碧桃的事就不用跟他們說了。」反正說了也沒用。其實，就算碧桃不出事，她也不打算繼續在蕭家住下去，那樣的環境，她實在受不了了。

「好。」趙庸痛快地答應下來，索性把鎮上最好的悅來客棧全都包下來，再三囑咐掌櫃的，要找個細心的人過去伺候著。

掌櫃得了白花花的銀子，自然是滿口答應。

趙庸安頓好一切，才翻身上馬，去了魚嘴村。

趙庸之前來過蕭家，因此蕭宗海和孟氏對他並不陌生。得知郡主在鎮上住下，他們才放了心，若是郡主和她的丫鬟再不回來，他們就得滿大街出去找人了。

「總算走了。」蕭芸娘長長地吁了口氣。

孟氏雖然也有同感，但畢竟不好說出聲，不得不說，秦溧陽主僕倆在這裡住著，每天做飯就是件頭痛的事，也不可能像他們平日吃的那樣隨便。正所謂客不走、主不寧，如今兩人去了鎮上，她心裡緊繃的那根弦，才算暫時鬆弛下來。

趙庸離開魚嘴村後，連夜返回禹州城，給蕭景田送了潛水衣，然後吩咐蘇錚好生看守總兵府，便又匆匆回了金山鎮，住到了秦溧陽的隔壁。他得陪她一起等碧桃的消息。

秦溧陽見趙庸執意要陪著她等，也沒有拒絕。他想怎樣就怎樣吧，反正她懶得搭理他。

而蕭景田得了潛水衣，便開始籌劃著下水捕撈海參。

這些日子以來，他多次划船去琴島那邊查看潮水以及海底的暗湧，覺得這個月正是捕撈海參的最好時機。

麥穗不明就裡，好奇地翻看著那件做工精緻的潛水衣，不解地問道：「景田，你要這件潛水衣做什麼？」因為蕭大叔一直歇在外間，她索性把他的潛水衣拿進裡屋，就不信蕭大叔不進來。

果不其然，蕭大叔匆匆地過來拿他的衣裳了。

「這個月正是捕撈海參的最好季節，我想去試試。」蕭景田直言道：「琴島海參是宮廷八珍之一，數量稀少，價格昂貴，能好好地賺上一筆。」

「琴島那邊我去過，表面上看起來平靜無波，實則水下有許多暗湧。」想起那次去琴島的經歷，麥穗還有些心有餘悸，勸道：「景田，你傷剛剛好，就別去冒這個險，家裡的銀子已經夠花了。」

蕭景田沈默不語。家裡的生計他自然不愁，只是欠楚妙妙的這十萬兩銀子，迫在眉睫，他不得不走這條捷徑。

見他不語，麥穗又問道：「對了，器械房失火的事，你跟蘇將軍調查得怎麼樣了？」

「咱們正在調查，暫時還沒什麼頭緒。」蕭景田自然不會把他跟蘇錚的謀算告訴她，只是淡淡道：「這件事留下的線索不多，得慢慢查。」

「可是那晚我明明聽到是黃老廚的聲音……」她覺得這件事的罪魁禍首是誰，已經很明顯了。

「這件事妳別再過問，也不要貿然去問黃老廚，我跟蘇將軍自有主意。」蕭景田沈吟道：「妳一個女人，不要捲進這樣的事情當中來。」

「好。」麥穗如花癡般地托著腮，一個勁兒地盯著孩子的爹看，驚覺孩子的爹比以前更加帥氣了些，她淺笑道：「那你務必要注意安全，咱畢竟不是總兵府的人，能查就幫著查一查，若是不能，就不要勉強自己。等這邊的事情結束，咱們就回家，好好過日子。」

蕭景田微微頷首，起身道：「妳先歇著，我該走了。」

「好，我送你。」麥穗笑盈盈地起身，走了幾步，腳下突然一個趔趄，她哎喲一聲，忙扶著桌角站好。

「怎麼了？」蕭景田回頭問道。

「腿抽筋了。」麥穗楚楚可憐地望著他。

寶寶，不要笑話娘，娘是真的想留下你爹，才演了這齣爛戲。

「我看看。」蕭景田遲疑一下，扶著她上床，伸手握住她的小腿處，按了按，輕聲道：「放鬆，妳慢慢把腿放平，一會兒就沒事了。」

床帳中只有一絲微微的燭光透進來，氣氛有些曖昧。

她看著蕭景田專注又認真的臉，感受著他那帶有薄繭且微涼的大手，正透過薄薄的裡衣料子揉捏她的雙腿，力道輕柔又熟練。

想到之前兩人之間的恩愛纏綿，她的臉情不自禁地紅起來，待稍稍平靜了一下激動的思緒，忍不住開口問道：「景田，你、你想不想知道咱們以前的事？」

正在揉腿的大手頓了頓，他簡短答道：「想。」

「景田，那我問你，替你解毒的那個楚妙妙是楚國人，對吧？」這些日子，麥穗一直在翻看他的那本《閒遊雜記》，裡面記載，南楚人善醫、善蠱、善毒，她懷疑蕭景田的失憶，是人為所致。

「她是南楚人。」蕭景田雖然也懷疑過楚妙妙，卻沒有證據。不管怎麼說，都是楚妙妙救了他，他只能感恩。

「景田，我懷疑你的失憶就是她造成的。」麥穗直言道。「至於她為什麼這麼做，我並不知道，但我想，咱們只要知道是什麼原因造成你的失憶，就能對症下藥，慢慢找回那段記憶。」

「那段記憶對妳而言，真的很重要嗎？」蕭景田幽幽問道。

「是的，對我來說，的確很重要、很重要。」麥穗躺在床上，眼睛一眨也不眨地看著他，如實道：「你以前對我很好，很寵我，咱們的感情也很好，兩個人在一起的時候，總有說不完的話。」

「對不起。」蕭景田見她的腿無礙，起身給她倒了一杯水，遞到她面前，淡淡道：「我並非故意冷落妳，我只是忘記應該如何與妳相處了。」

「我相信你。」麥穗嬌嗔地看了他一眼，接過杯子，一小口、一小口地喝完，又道：「我還要一杯。」

「好。」蕭景田轉身又替她倒了一杯水。

麥穗一連喝了三杯，才停下來。

正思忖著要再想個什麼理由留住他，她胸口卻是一陣翻騰，一時沒忍住，把剛剛喝下去的水全都吐在蕭景田身上。

蕭景田冷不防被她吐濕了衣裳，嚇了一跳，忙問道：「妳怎麼了？」

「我、我……」麥穗來不及說話，又是一陣狂吐。

她在心裡哀號道：寶寶啊，你想留住你爹，也不該這樣折騰你娘吧。嚶嚶嚶，真的好難受啊！

「妳等著，我這就去請大夫。」蕭景田顧不得換衣裳，急匆匆地走出去，不一會兒，便領著大夫走進來。

麥穗認出這個大夫正是上次她救黃老廚回來後暈倒，負責醫治她的那個大夫，便順從地伸出手腕，任他把脈。雖然她已經知道自己這個樣子十有八九是懷了身孕，但總得讓大夫確認一番，她才能心安。若她不是有孕，只是胃口不好，那就真是鬧了大烏龍。

那大夫凝神把脈一番，笑咪咪地朝蕭景田作揖。「恭喜將軍、賀喜將軍，尊夫人已經有了兩個多月的身孕。尊夫人身子安好，胎象平穩，待老朽開幾服安胎藥，養養胎便可。」

「多謝大夫。」蕭景田抱拳還禮，送走大夫。他讓麥穗躺著好好休息，才起身去淨房洗漱。

直到他一身清爽地回到屋裡的時候，精神有些恍惚，他不禁想到，她的孩子也就該是他的孩子啊！

麥穗得知自己是真的有了身孕，不禁心花怒放，情不自禁地紅了眼圈。在這個異世，她將會有個跟她血脈相連的孩子，這是一件多麼幸福的事啊！

可一見到剛洗漱回來的蕭景田神情複雜，坐在桌前沈默不語，她突然覺得委屈，眼淚忍不住流下來。

若是以前，蕭大叔肯定會高興得抱緊她，他一直想讓她替他生個孩子。如今，他盼了好久的孩子終於來了，而他卻不記得他當初的期盼了。

「妳既然有了身孕，就好好養著。」蕭景田見她一副悶悶不樂的樣子，忙掏出手帕給她擦淚，道：「放心，我會好好照顧妳的。」

窗外閃過一道白光，緊接著便是一聲響雷，隨即便下起了傾盆大雨。

麥穗向來害怕打雷，扯過被子便縮在床上，大氣也不敢出一聲。

她是穿越而來的，不懼鬼神，卻唯獨害怕這樣的天氣。她擔心自己會隨著這滾滾雷聲離開這裡，又去到另一個陌生且不為人知的地方。

她不想走。她捨不得離開蕭大叔，捨不得她的孩子。

蕭景田迅速關好窗子，見床上的女人瑟瑟發抖，知道她在害怕，便從衣櫥裡取出一套被褥，鋪在地上，沈聲道：「睡吧，我在這裡陪著妳。」

「景田，咱們是夫妻，你無須避嫌的。」麥穗見他竟然要睡在地上，咬唇道：「你到床上來睡吧。」

她好想念蕭大叔的懷抱，真的好想。

「不必了，那麼小的床，兩個人睡太擠了，我怕妳睡不好。」蕭景田自顧自地躺下來，伸手彈滅了燭火，閉上眼睛，淡淡道：「睡吧，有事喊我。」

「好。」麥穗順從地躺下來。許是方才折騰了一番，太累了，她也顧不上多想，很快便沈沈睡去。

夢裡，蕭景田得知她有了身孕，興奮地將她攔腰抱起，還抱著她轉圈，嚇得她尖叫不已。「景田、景田，放我下來，我害怕！」

「有我在，妳怕什麼？」蕭景田爽朗地道：「放心，不會摔著妳的。」

「那我要轉得再快一點、再快一點。」她歡快道。

兩人的笑聲肆無忌憚地響徹雲霄。

而蕭景田躺在被窩裡，翻來覆去地睡不著，胸口翻騰著一種莫名的喜悅和興奮。

他要當爹了？

越想越激動，他猛地掀開被子起身走到床前，靜靜地看著躺在床上的女人。遲疑了片刻，他忍不住伸手撫摸她平坦的小腹，觸及她溫熱柔軟的身子，一股排山倒海的暖意從他的心頭蔓延開來。

這是他的媳婦、他的孩子，是他的妻兒……

他忽然想起秦溧陽說過麥穗本打算和青梅竹馬要私奔一事，而麥穗也親口向他承認了她跟吳三郎的過去，可見就這件事而言，秦溧陽所言不虛。

按理說，他應該懷疑她才是，可不知道為什麼，他明明不記得跟她之間的深情繾綣，卻依然對她腹中的孩子充滿了期待和憐惜，這當真是種奇妙的感覺。

第九十四章 丫鬟小梨

第二天，麥穗醒來的時候，天已經大亮。橙色的天光從窗外傾瀉進來，滿屋子都是雨後清新的味道。

想起昨晚的夢，麥穗忍不住笑出聲，她期待那一天的到來，她相信她的蕭大叔總有一天會真的回來的。

門輕輕地響了一下，一陣細碎的腳步聲傳來。「夫人，您起來了嗎？」是個稚嫩的女聲。

麥穗狐疑地坐起身來，迅速穿好衣裳，問道：「妳是誰？」

「回稟夫人，奴婢小梨，是蘇將軍派過來伺候夫人的。」小梨站在門口，小心翼翼地問道：「夫人，奴婢可以進去嗎？」

「妳等等，我這就起來了。」麥穗匆忙下床穿鞋。

只見一個梳著雙螺鬟的粉衣小姑娘，俏生生地站在門簾處看著她。小姑娘相貌端莊，雙眸靈動，嘴角噙著恰到好處的笑意。

發現麥穗狐疑地打量著她，小梨忙畢恭畢敬地上前施禮。「見過夫人。」

「小梨姑娘快快請起。」麥穗忙上前扶起她。

「小梨這就伺候夫人梳妝。」小梨端起木盆就出了門，打好水後，取過布巾，待麥穗洗漱完畢，又麻利地拿起梳子替她梳頭。

麥穗很不習慣被別人這麼伺候，笑著拒絕道：「我自己來吧。」

「夫人，還是奴婢替您梳吧。」小梨怯生生地道：「蘇將軍說，夫人身子不便，所以才讓小梨過來伺候夫人的。」

麥穗無奈，只得由她。

待她梳妝完畢，便聽見蘇錚敲門求見。

他進屋之後，抱拳道：「恭喜嫂夫人，嫂夫人是在我這總兵府診出的身孕，也是我總兵府的喜事，在下想來想去，覺得還是送個丫鬟給嫂夫人來得實在。這丫頭瞧著怎麼樣？若是用不順手，在下再出去替嫂夫人買幾個回來。」

一旁的小梨，正可憐巴巴地望著麥穗。

「多謝蘇將軍，小梨姑娘挺好的，不用換。」麥穗淺笑道：「我不過是個鄉下人，哪裡用得著使喚丫鬟，若是我把她帶回去，還不得讓村人笑話死了。我先說好，我在總兵府的這些日子，她倒是可以跟著我，但等我回村的時候，我可不能帶她回去。」

「哈哈哈，這個嫂夫人放心，我答應妳便是。蕭大哥最近幫我查案子，不能時時陪在嫂夫人身邊照顧一二，我找個人伺候嫂夫人也是應該的，嫂夫人不必客氣。」蘇錚哈哈一笑，起身道：「嫂夫人，我跟蕭大哥今天要出去一趟，晌午咱們就不回來吃飯了。」

「好。」麥穗應道。

蘇錚走了幾步，又折回來，滿臉肅容地看著小梨。「務必用心伺候好夫人，若是夫人有個什麼閃失，我唯妳是問。」

「是，小梨謹遵蘇將軍吩咐。」小梨應道，便送蘇錚出去。

不一會兒，小梨提著一個食盒走進來。「夫人，吃飯了。」

早飯是紅棗糯米糕、炸春卷，還有一碗黑米粥，看不出小姑娘還挺會做飯的。

「小梨，妳喊我姊姊就好，別喊我夫人。我不過是個鄉下人，不是什麼夫人。」麥穗認真道。

總兵府裡清一色全是男人，她連個說話的人都沒有，如今小梨來了，她也算有個伴了。

「奴婢不敢。」小梨戰戰兢兢地道。

麥穗只好作罷。

好吧，每個人都有每個人的難處，她想喊夫人就夫人吧！反正除了聽著彆扭，也沒什麼大礙。

吃完飯，閒來無事，她便跟小梨閒聊起來。

她問了小梨是哪裡人，以前是做什麼的，家裡還有什麼人等等。

「回稟夫人，小梨是土生土長的禹州人，因從小就沒了雙親，一直跟著祖母靠賣糯米糕度日。前年祖母去世，就剩下小梨孤零零一個人，經常受到村人的欺凌，無奈之下，才自賣自身，為人奴婢。」小梨絞著衣角，一字一頓地道：「之前奴婢曾經在京城一戶人家做丫鬟，可惜過了不到兩年，那戶人家便被抄家，奴婢只得回到家鄉，後來便偶遇了秦侍衛……秦侍衛名喚秦十三，他見奴婢可憐，才向蘇將軍引薦，讓奴婢入了這總兵府。奴婢能來夫人身邊伺候，是奴婢的福氣。」

「秦十三？」麥穗聽著這名字，覺得有些耳熟。

「他是溧陽郡主的侍衛。」小梨補充道。

「原來是他。」麥穗想起來了。

「怎麼，夫人認識秦侍衛？」小梨有些驚喜。

「以前見過一面。」麥穗笑了笑。「不過來總兵府以後，就再沒見過了。」

「秦侍衛如今也在總兵府呢。」小梨眉眼彎彎道：「也難怪夫人見不著他，他住在前院的書房，不到內院裡來的。他說郡主如今不在禹州城，讓他留下照顧蕭將軍，故而他也跟著住進總兵府。只是蕭將軍不讓他近身伺候，反而派他去海上撒網撈魚了。」

「原來如此。」麥穗恍然大悟。這麼說來，秦溧陽依然沒有放下蕭景田，就連他要來總兵府，還得派人跟著他。

聽小梨說原本被派來監視蕭景田的秦十三，居然被打發到海上捕魚，她的心情莫名地好起來。

見天色尚早，又有小梨陪伴，她便提出要去街上走走、散散心。來總兵府也有十多天了，她卻一次也沒有出去逛過呢。

小梨自然是欣然同意。

這會兒不算太熱，是個出行的好天氣，街上依然是熙熙攘攘的人群，熱鬧又嘈雜。

「夫人，當心腳下。」小梨小心翼翼提醒道。

「小梨，妳知道這禹州城最有名的大夫是哪家嗎？」麥穗問道。她想知道失憶的人，到底要怎樣做才能恢復記憶。

「回稟夫人，若說禹州城最有名的大夫，當數保寧堂的邵大夫了。」小梨道：「在我很小的時候，就聽祖母說過，邵大夫之前雲遊四海，嚐遍百草，五年前才回到家鄉，開了這家保寧堂。聽說邵大夫這五年來，醫好了無數疑難雜症，聲名大噪，每天求診的人絡繹不絕，動不動就得排隊呢。」

「好，那咱們就去保寧堂。」麥穗道。

正如小梨所言，保寧堂門口果然有人在排隊。好在排隊的人不多，也就兩、三個人。

「夫人，您先去涼棚下歇著，奴婢這就去排隊。」小梨說完，便自動自發地站到隊伍裡去了。

保寧堂門口設了涼棚，涼棚下放了一張大桌子和數十張椅子，供候診的病人歇歇腳。由此看得出來，保寧堂的這個邵大夫是個仁義之人。

麥穗坐在涼棚下，喝著小夥計端上來的茶，心裡很感動。這個世界上，有唯利是圖的人，卻也不缺宅心仁厚的人。

這時，一輛馬車急急地停在涼棚前面。

趕車的漢子齜牙咧嘴地跳下馬車，捧著胳臂進了藥鋪，嚷嚷道：「大夫呢？快出來給爺包紮一下，爺被咬了。」

可惡，那小娘兒們性子真烈，他不過是想乘機討點便宜，卻不想反倒被她給傷了。

哼，等他處理好傷口，看他不折騰死她！

「這位爺，請您排隊。」小夥計趕緊上前勸道。

「去你娘的排隊，沒見老子正流著血嗎？」漢子罵道。「趕緊讓大夫出來給老子止血，要是老子有個三長兩短，非砸了你們保寧堂不可。」

小夥計苦著臉，一溜煙地進了後堂。

片刻，又拿著一帖膏藥走出來，對那漢子道：「這位爺，請跟小的來，小的替您清洗一下傷口，然後再給您上藥。我家大夫說了，讓您上完藥後就去排隊等著，輪到您的時候，再給您看一看。」

漢子一把奪過膏藥，滿臉不悅地跟著小夥計去清洗傷口。

麥穗沒太在意裡頭吵些什麼，只是自顧自地喝著茶。

忽然間，她眼前的馬車搖晃一下，接著裡面傳出一聲悶哼，像是女人被堵住嘴發出的聲音。

麥穗心裡一沈，瞧那漢子一時半會兒應該不會出來，便鼓起勇氣，走到馬車的車窗前，飛快地掀開車簾往裡望了一眼。

她不看不要緊，一看卻嚇了一大跳，馬車裡竟然綁著一個被堵住嘴的女人。

那女人也發現了麥穗，她微微怔了一下，接著又拚命扭動身子，似乎是在跟麥穗求救。

麥穗看清那女子的臉，大吃一驚。這不是秦溧陽的貼身侍女碧桃嗎？她怎麼會在這裡？

碧桃嘴裡發出嗚嗚的聲音，楚楚可憐地望著麥穗，似乎在哀求麥穗救她。

麥穗的心不禁軟下來。雖然她跟秦溧陽不對頭，但如今她的丫鬟被人劫持，她又不忍心見死不救。

她趴在馬車上，悄聲道：「妳等著，我想辦法救妳。」

她不是蕭大叔，來硬的肯定不行，得想點別的辦法。

話音剛落，便聽見那漢子邊走邊罵地出來，嘴裡嘟囔道：「不過是一塊膏藥，還要老子兩文錢，我呸！就不信我不貼那膏藥，還會死了不成。」

麥穗若無其事地回到涼棚坐下，見那漢子上了馬車，準備要走，便開口道：「壯士不貼膏藥，的確不會死，但卻會感染，接著傷口就會慢慢潰爛，讓壯士生不如死。」

「嘿，妳個小娘子，妳這是在咒爺吧。」漢子甩了甩鞭子，指著麥穗道：「爺的腦殼上還有個碗大的疤呢。這點小傷，爺才不怕。」

「哼，不怕還來看什麼大夫，分明是怕的。」麥穗冷笑著從座位上起身，隨手從藥鋪門口擺著的盆栽上，摘了幾片葉子，遞給那大漢，道：「嚼碎以後吐在傷口上，跟貼了膏藥是一樣的，信不信由你。」

她一邊說著，一邊悄然把手裡的茶碗敲碎，然後迅速拿起一塊鋒利的碎片，眼疾手快地扔進馬車裡。

碧桃身上綁著的繩子並不粗，她相信碧桃能輕鬆脫身的，秦溧陽身邊的丫鬟想來也不是省油的燈。

漢子遲疑一下，伸手接過那幾片葉子，語氣明顯緩和下來。「好吧，爺暫且信妳一回。」

麥穗笑了笑，又重新回到涼棚裡，坐下喝茶。

馬車剛走沒多遠，便聽見那漢子氣急敗壞地叫嚷道：「我妹子呢？誰看見我妹子了？我妹子怎麼不見了？」煮熟的鴨子還能飛了，真是氣死他了。

眾人紛紛上前詢問，究竟發生了什麼事。

「我妹子不見了，剛剛還在的。」漢子慌慌張張地道。他心裡有鬼，只是含含糊糊地說了幾句，便不聲不響地溜走了。

知道碧桃脫險，麥穗心裡一陣輕鬆。

這一頭也剛好排到了小梨，她忙過來請麥穗進去。

得知麥穗的來意，邵大夫沈默片刻，緩緩道：「此症老朽之前也碰過，不是不能解，可是得讓本人親自過來給老朽把脈才行，望、聞、問、切，一樣不能少。」

「大夫的意思是說，失憶之症有藥可治嗎？」麥穗眼前一亮。

「失憶看似一個症狀，其實是分了好多種的。」邵大夫耐心地解釋。「有受到強烈撞擊失憶的，也有傷心過度失憶的，也有藥物所致失憶的，種類不同，解法也不同。」

「大夫所言極是。」麥穗點點頭，又問道：「敢問大夫，如果是藥物所致的失憶，治癒的可能性有多大？」

「因人而異。」邵大夫摸著花白的鬍鬚，有板有眼地道：「有時候很快就能恢復記憶，也可能一輩子都想不起那段記憶。不瞞小娘子，老朽並不擅長醫治失憶症，但老朽可以給妳推薦一個人，若是這個人能答應妳，那這失憶症肯定是能治好的。」

「誰？」麥穗急切地問道。

「大菩提寺的住持，妙雲師太。」邵大夫凝重道：「妙雲師太醫術了得，聽說能活死人、醫白骨，只是……」

「只是什麼？」麥穗疑惑地問道：「是診金太高嗎？」

咳咳，她承認她庸俗了，不過除了這個，她想不出還有別的原因。

「的確是。」邵大夫怔了怔，緩緩點頭。「小娘子若是有心，就去大菩提寺看看便是，大菩提寺就在禹州城的碧羅山上，不過半個多時辰的路程就到了。」

「多謝邵大夫指點。」麥穗心裡暗喜，能用銀子解決的問題，還真的不是大問題。

時值晌午，因此從保寧堂出來後，麥穗想也不想地便領著小梨進了對面的醉仙樓，打算在那裡用午膳。

她熟門熟路地上了二樓，要了個靠窗的雅間。

跟著她們上來的小夥計，殷勤地遞上菜單。

「夫人，在這裡吃飯很貴的。」小梨壓低聲音道。「不如回去吃吧，奴婢給您做飯。」

「我走累了，想歇歇腳，就在這裡吃吧。」麥穗心情不錯，隨手點了兩份鮮果湯，又把菜單遞給小梨。「想吃什麼自己點，我請客。」

「奴婢不敢。」小梨不敢接過菜單。

麥穗也不勉強她，翻了翻菜單，又點了一盤涼拌醬牛肉，一盤拉絲豆腐皮，還要了一斤馬鮫魚餡餃子。現在她終於可以不用問價錢，隨便點菜了，還真愜意啊！

寶寶，你娘如今也算是土豪了。咱們好好吃一頓，你可要乖乖的，別再讓娘吐了。

菜很快就上齊了。

不得不說，醉仙樓的菜，味道是真的好，做得也很精緻，主僕二人吃得連呼過癮。

「夫人，奴婢從來沒有吃過這麼好吃的餃子。」小梨也顧不得矜持，吃得額頭都冒出了汗。「奴婢之前在家裡跟著祖母賣糕點的時候，只有過年的時候才能吃上一頓餃子。後來去了京城，那女主子是南楚人，不喜歡吃餃子，府上連過年都不包餃子。算起來，奴婢已經兩、三年沒有吃餃子了。」

「妳的身世也是滿可憐的。」麥穗見小梨吃得津津有味，便把自己盤子裡的餃子給她撥過去一半，淺笑道：「既然妳喜歡吃，就多吃點，其實這馬鮫魚餃子咱們自己也能包。」

隔壁突然傳來一陣陣嘈雜的說笑聲。「來，咱們都敬吳大人一杯，吳大人飛黃騰達了，咱們兄弟也好跟著沾一沾光。」

「好說、好說。」吳三郎的聲音含糊不清地傳來。「那批貨我真的是無能為力，你們知道的，朝廷剛剛下了嚴旨，並非我有意為難你們。」

第九十五章　量力而為

小梨放下筷子，起身走到窗前，細細打量，低聲道：「夫人，許是因為天熱都開著窗子的緣故，您若是嫌吵，奴婢就把窗子關上，給夫人打打扇子吧。」

「不必，開著吧。」麥穗擺擺手，慢騰騰地喝著鮮果湯。「咱們吃完就回去了。」

小梨道「是」，盈盈落坐，繼續津津有味地吃餃子。

漸漸地，隔壁的嘈雜聲也消停了些。

「吳大人，您喝醉了，小的們送您回去吧。」有人勸道。

「不，我、我沒醉。」吳三郎舌頭打結道：「這次的事真的對不住了，朝廷是有律法的……」

「好說、好說，今天咱們不談這個，喝酒吧。」

「來、來、來，再敬吳大人一杯。」

突然，「砰」的一聲，聽起來像是重物落地的聲音。

接著有人責怪道：「你們怎麼回事？還不趕快把吳大人扶起來，送回鳳陽客棧去。」

「是。」立刻有人應道：「屬下這就把吳大人好生送回去。」

隨後，門開了，眾人鬧哄哄地走出去。

這邊，麥穗和小梨也剛好吃完飯，下樓結了帳，不緊不慢地出了醉仙樓。

醉醺醺的吳三郎則被眾人扶上馬車。

趕車的車夫是個滿臉橫肉的中年人，他上身穿了件無袖短褂，露出黝黑結實的臂膀。他甩了甩鞭子，把馬車調了個頭，緩緩朝前走。

其他人則騎馬的騎馬，步行的步行，很快地各自散去了。

街上人多，馬車走走停停，根本走不快。麥穗和小梨走著、走著，就這樣走到了馬車後面。

吃飽喝足了，小梨心情格外好，加上跟麥穗相處了大半天，也沒有了先前的拘束，反而親親熱熱地挽著麥穗的胳膊，嘰嘰喳喳地說個不停。「夫人，您看，奴婢小時候經常來這裡玩耍，那個時候這裡還沒有這麼多酒樓，只有幾個賣雜貨的小鋪子。您看那邊，那邊以前是條小河，夏天的時候河水可清爽了呢，可惜現在蓋了宅子，那條河也被填平了。」

麥穗面帶笑意，不發一語地聽著。

忽然間，前面的馬車突然加快速度，行走了一小段路後，在一家酒樓前停下來。

酒樓門前擺著許多怒放的花，牌匾上寫著三個大字：百花閣。

一個濃妝豔抹的老鴇正甩著帕子，巧笑倩兮地招攬街上來來往往的男子。「爺，進來玩玩，昨兒個來了一批新姑娘，包您滿意。」

車夫停下馬車，把吳三郎從馬車上扶下來。

「哎呀，兩位爺，這是喝多了嗎？我這就叫姑娘們出來好生伺候著。」老鴇跟車夫一起攙著吳三郎進門。

麥穗一頭霧水。

剛剛那些人不是說吳三郎住在鳳陽客棧嗎？怎麼把他帶到青樓裡去了？

想了想，她忙對小梨道：「小梨，咱們去一趟鳳陽客棧，我要去找個人。」

「夫人，鳳陽客棧就在前面，您慢點走。」小梨小心翼翼地攙扶麥穗。

主僕兩人剛到了鳳陽客棧，就見柳澄剛從一輛馬車上下來，正站在門口處。

見到麥穗，柳澄把手裡的扇子收起來，展顏笑道：「蕭娘子是來找我，還是來找吳大人的？」

「柳公子，適才我看到吳大人被人帶到百花閣去了。」麥穗顧不得跟他閒扯，忙道：「他喝醉了，毫無意識，煩請柳公子幫幫忙，把他帶回來吧。」

「豈有此理！什麼人如此大膽，竟然敢把朝廷命官往那種地方帶?!」柳澄吃了一驚，繼而沈聲道：「蕭娘子放心，我定會把吳大人毫髮無損地帶回來的。」

如此折騰了一番，麥穗跟小梨回到總兵府的時候，天色已經不早了。

蕭景田正和蘇錚坐在院子裡的石凳上喝茶聊天，見麥穗回來，蘇錚起身笑道：「嫂夫人回來了。」

蕭景田似乎剛剛沐浴過，頭髮還有些濕，他抬頭看了看麥穗，問道：「怎麼才回來？妳去哪裡了？」

「出去逛了逛，你們聊，我先去小廚房那邊看看。」麥穗見蕭景田的神色懨懨，當著蘇錚的面，也沒有說什麼，便轉身去了小廚房。出去了大半天，她有些惦記她的魚罐頭。

牛五正領著小六子他們幹得熱火朝天，見麥穗進來，興高采烈地上前道：「三嫂，我跟三哥今天出海的時候，三哥還下水撈了兩隻琴島海參呢！」

「嘿嘿，聽說琴島海參千金難求，一隻海參能賣上一萬兩銀子。」小六子興奮道：「三哥撈了琴島海參的消息一傳出，整個總兵府都沸騰了，他們都紛紛要出海去撈海參呢。」

「咱們也去試試吧。」另外兩個人也興奮起來，躍躍欲試道：「只要能撈上一隻，這輩子就不愁吃穿了。」

「你們只是看到我三哥賺錢，卻不知道他是怎麼遭罪的。」牛五搖搖頭，道：「琴島海參不是你們想得那麼容易捕撈的，我三哥撈這兩隻海參，可費勁了，我看他上船的時候，嘴唇都凍紫了。我告訴你們，深海裡的水可凍人了，換了你們任何一個人去，肯定受不了。」

「對啊，我三哥撈了大半天才撈兩隻，換作你們下去撈，肯定沒戲。」小六子得意道：「別忘了，我三哥可是有功夫傍身的，咱們呀，還是乖乖待在這總兵府當差吧。」

一番話，把兩人的雄心壯志都打壓下去，兩人吐吐舌頭，繼續忙著手裡的活兒。

他們沒有蕭將軍的本事，就只能安安分分地好好幹活了。

「三嫂，這裡有我和小六子，妳就不用操心了。」牛五拍拍胸脯道。「如果有什麼事，我再去找妳。」

「牛五，你知道你三哥為什麼要撈琴島海參嗎？」麥穗聽他們說捕撈海參如此凶險，心裡很不是滋味。蕭大叔為什麼要冒著如此大的風險去做這件事？

「三嫂，我也不知道呢。」牛五撓撓頭，道：「我也問過三哥，但三哥不肯說，妳也知道三哥的性子，他不肯說的事，是怎麼問也問不出來的。」

「也是。」若是以前，蕭景田還沒有忘了她的時候，或許她還能問出點什麼來，但現在怕是不能了。

牛五看了看麥穗，欲言又止。

「有什麼話是不能告訴我的？」麥穗皺眉道。

「三嫂，溧陽郡主在魚嘴村住著呢。」牛五期期艾艾地道：「那天我回去拉泥罐的時候，忘了取鳳頭草，隔天一早又匆匆忙忙地返回去，沒想到剛好看見溧陽郡主帶著碧桃，正在老宅的院子裡乘涼。一問才知道，她們在老宅住下來。」

「不管怎麼說，她都是你三哥的救命恩人，去家裡住幾天，誰也不好說些什麼的。」她總不能現在回去把秦溧陽給攆走吧？

再說她來總兵府之前，孟氏就跟她提起過這件事，說只是看在秦溧陽救了景田的分上，並非是為了孩子。

「三嫂，我知道妳心地善良，總是把人往好處想。」牛五嘆道：「可村人不是這麼說的，村人都說，溧陽郡主肚子裡的孩子是三哥的，而如今，她更是找上門來要三哥負責……總之，說什麼話的都有。」

麥穗無語，真是人言可畏啊！

待麥穗回了屋，蘇錚已經走了。

蕭景田似乎很疲憊，倚在被褥上打盹，見麥穗回來，揉揉眼睛，起身道：「回來了。」

「景田，既然琴島海參那麼難捕撈，你就別再去了。」麥穗挨著他坐下來，仰頭看著他有些蒼白的臉，柔聲道：「我一直忘了告訴你，咱們現在並不缺銀子，你若是想用銀子，就儘管從家裡拿，無須如此賣命的。」

「銀子哪有嫌多的。」蕭景田淡然道：「現在正是琴島海參的捕撈季節，反正閒著也是閒著，不如去試試。」

「可你身上的傷剛剛痊癒，現在應該好好休養才是。」麥穗勸道：「景田，要不咱們回家吧，回去讓你好好養傷，咱不住在這裡了。若是你不好開口，就由我去跟蘇將軍說，反正總兵府失火一事，讓他慢慢查著就是，再說了，趙將軍都不當一回事，咱們為什麼要操這份心呢？」

聽說趙庸至今都在外面逍遙自在，把府裡的事索性都扔給蘇錚和蕭景田。

扔給蘇錚也就罷了，他好歹是總兵府的人。可景田呢？他又不是總兵府的人，不在其位、不謀其政，若是他提出要回家養傷，誰也不會多說什麼的。

「待我跟蘇將軍查清此案後，我就回家。」蕭景田溫言道：「妳別擔心了，我自有分寸。」其實對他來說，查案是次要的，儘快還清他欠楚妙妙的那十萬兩銀子才是最重要的。

「那明天我跟你一起去。」麥穗自知勸不住他，認真道：「我給你帶點吃的去，再拿床被子，等你上岸後好暖和、暖和。」

「不用，這幾天都是早潮，必須起得很早，而且海上危險，妳去幹麼？」蕭景田看了她一眼，拒絕道：「妳如今身子不方便，這些事不用妳操心。」

「不，我就要操心。」麥穗索性耍賴道：「我就要跟著你去。」

蕭景田無語。難道女人都是這麼不講理的嗎？

沈默片刻，他指了指桌上大大小小的紙包，轉移話題道：「給妳買了些點心，吃看看喜不喜歡。」

他走在街上，看見不少人在禹州城有名的美味齋門前排隊買吃食，以往他每每見到這樣的情景，都十分不屑，覺得這些人簡直無聊到極點。就為了一點吃食，竟然也得排上半天隊，這不是浪費時間嘛。

可如今，想到他媳婦有了身孕，需要好好補一補，他便想也不想地跟在人群後面排隊，給她挑了幾樣零食和點心帶回來。

「喜歡。」麥穗心裡一陣甜蜜，忙把大包小包的紙包拆開，眼睛倏地濕潤了。

裡頭有糖醃梅子、蜜餞、山楂糕、綠豆糕、玫瑰酥，還有各色乾果。蕭大叔就是蕭大叔，還是跟以前一樣會選吃的，居然全是她愛吃的。

「喜歡就多吃點。」蕭景田彎唇笑了笑，目光在她小腹上落了落，心頭泛起一陣暖意。「吃完了，我再去幫妳買。」

「好。」麥穗心情愉悅地開吃。吃著、吃著，她突然想到秦溧陽住進魚嘴村的事，忍不住跟他提了提。「景田，聽說溧陽郡主現在在家裡住著……」

蕭景田面無表情道：「無妨，她住不了幾天的。」

他雖然不喜歡秦溧陽，卻很瞭解她，魚嘴村這種鄉下地方，她肯定住不慣的。

明明知道他跟秦溧陽沒什麼，但每次聽他談及秦溧陽，麥穗心裡還是會泛酸，她幽幽道：「沒想到，你還挺瞭解她的。」

蕭景田笑了笑，起身走到窗前，負手而立。

對他而言，秦溧陽不算是個麻煩，真正麻煩的往往是那些看不到、摸不著，隱藏在深處的人。

第九十六章 人在江湖，身不由己

鳳陽客棧裡，柳澄正手忙腳亂地給吳三郎灌醒酒湯。

吳三郎這才悠悠醒來，茫然問道：「我這是在哪裡？」

「你說你在哪裡？」柳澄憤憤道：「我的吳大人，你被人陰了知道嗎？若是我再晚去一步，你頭上的烏紗帽就沒了。」

見他並未會意過來，柳澄好笑又好氣地提醒道：「你好好想一想，你今天是出去幹麼了？」

「醉仙樓！」吳三郎猛然一拍腦袋，想起來了。成記船隊的成管事請他到醉仙樓喝酒，他推辭不過，就去了。

去了才知道，成福是給他擺了一道鴻門宴，想讓他通融一下，把前些日子他們被齊州海運司扣押的一批貨還給他們。

成記船隊的那船貨是來自趙國特有的紫檀木，這種紫檀木紋路細膩、質地堅硬，還帶著一股淡淡幽香，據說可以驅鬼辟邪，很受京城貴族們的追捧。

只是這種紫檀木五十年才能長成，極其難得，價格也高得嚇人。往往這種紫檀木一入境，就會有許多世家貴冑盯上，經常一上岸便被搶購一空。

如今，這船紫檀木被海運司扣押，成福很著急，想讓吳三郎幫忙從中周旋一下，把貨還給他們，並且許諾事後將有重謝。

吳三郎很為難，他雖然是一州知府，但海運司卻不在知府衙門的管轄範圍。再加上他新官上任，跟海運司的人雖然打過幾次交道，卻也不是很熟。再說這麼大的事，上面若是查下來，也不是他一個小小的知府能擔當得起的，因此吳三郎只好婉拒了成福。

當時氣氛尷尬，他原本想裝醉的，卻不想真的喝醉了。

「是你去醉仙樓把我接回來的吧？」吳三郎內疚道：「有勞你了，這次是我貪杯了。」

「哼哼，若是醉仙樓，倒也罷了。」柳澄無奈地道：「吳大人，我不是把你從醉仙樓接回來，而是從百花閣接回來的。你說說看，這到底是怎麼一回事？」

「什麼？百花閣？」吳三郎震驚道：「我、我怎麼會到了那種地方？」

不久前，禁衛軍大統領在青樓縱慾而亡，皇帝很生氣，立刻下了一道嚴旨，嚴禁朝廷的大、小官員涉足風月場所，一經發現，輕則杖責三十大板，並降級處分；重則罷官，永不能再回朝當官。

這一道旨意剛剛下了不足半月，吳三郎竟然被人用這陰險毒辣的招數陷害，不得不讓人震驚。

看來，成管事是在警告他，如果得罪了成記船隊，他這個官就別想做了。

「所以我才說你被人陰了啊！」柳澄雖然不是官場之人，但他成天跟吳三郎在一起，自然也聽說過皇帝剛剛頒布的這道嚴旨。他猛地搖了搖扇子，肅容道：「吳大人，你堂堂一個朝廷命官，居然被人如此陷害，就連我都看不下去了。要不是蕭娘子及時提醒我，把你給找回來，這指不定還會出啥事呢！」

「你是說麥穗親眼看見我被人帶進百花閣？」吳三郎頓覺尷尬，他在她心目中清風明月的形象就這樣毀了。

「哎呀，眼下顧不得這些了，快想想辦法怎麼解決此事吧。」柳澄見吳三郎都這個時候了，還在顧及自己的面子，有些哭笑不得地道：「眼下咱們兩家正在操辦親事，你說你若是有個三長兩短，我家妹子該怎麼辦才好？」

「可成記船隊的那批貨，我是真的無能為力。」吳三郎扶額嘆道：「此事若被舉發，那我就真的有大麻煩了。」

他這個齊州知府本來就有許多人眼紅，恨不得立刻找個錯處，把他給拉下來。如今他出現在百花閣的事，雖然是被人陷害，但落在有心人眼裡，要是大肆宣揚一番，他肯定會受到牽連。

「此事確實有些棘手。」柳澄沈吟片刻，又問道：「吳大人，有件事你得跟我交個實底，你到底得了成記船隊多少好處？」

「一萬兩。」吳三郎汗顏道。

「一萬兩？」柳澄驚訝道：「吳大人，你是朝廷命官，非江湖中人，怎麼還被他們同化了呢？」

「唉，人在江湖，身不由己！」吳三郎搖頭苦笑。

「要不，我去一趟海運司，幫你探探口風？」柳澄鄭重道：「我認識海運司裡的一個小官，等我回去就請他出來吃個飯，看他能不能幫忙探得一點消息。」

「如此，那就多謝了。」吳三郎點點頭。「此事牽扯到朝廷的法度，由我出面周旋真的不大好。」

他覺得人情是人情，律法是律法，不能混為一談。

「得，不用謝我。」柳澄搖著扇子道：「要謝，你就謝我妹妹吧，你若是出了什麼事，她肯定比誰都著急的。」

柳家世代經商，不缺銀子，就缺個掌權的親戚幫襯。而他跟吳三郎又十分投緣，他也很樂意把妹妹嫁給他的。

「慚愧、慚愧。」吳三郎臉上微微一熱。「之前是我辜負了小姐的美意，你放心，日後我定會對她好的。」

他的娘親很中意柳如玉，三天兩頭在他耳邊嘀咕，要他趕緊把柳如玉娶回來。

「好說、好說。」柳澄眼前一亮，猛地搖了搖扇子，笑道：「以後你的事，就是我的事，咱們不分彼此。」

當天晚上，柳澄便馬不停蹄地趕到齊州海運司。

第二天一大早，又匆匆地找到吳三郎，把從齊州海運司打聽到的消息說給他聽。「那小官說，總兵府的朱將軍特意到海運司去說情，說那批紫檀木因為裝船時是陰雨天，木頭吸了水，可航行多日來到咱們大周，木頭裡的水氣也散了不少，所以在海運司那裡才會對不上重量，也沒什麼大不了的。如今，海運司已經派人通知成記船隊把貨物拉走了。」

吳三郎驚訝道：「朱將軍？」

「沒錯。據我所知，朱將軍這些年鮮少插手海上的事，一心領著將士們打理趙將軍的農田和茶莊，沒想到這次卻突然出手幫忙。」柳澄無奈地笑了笑。「你也不要多心了，不過是一船木頭，在重量上出了些差錯而已，能有什麼紕漏？難不成你還以為裡面會挾帶兵器不成？」

「這倒不至於。」吳三郎汗顏道。

夜裡，麥穗的腿又抽筋了，這次是真的。

蕭景田只得爬起來，替她按摩腿，和顏悅色道：「妳這樣不行，得每天喝魚湯，好好把身子補一補才行，妳還是回家住幾天吧。」

在外面的日子，哪有在家裡來得安心。況且，總兵府遠遠沒有表面看上去的這般安寧。

「我不回去，你在哪裡，我就在哪裡，我要跟你在一起。」麥穗自然不肯。秦溧陽還住在家裡，她才不要回去呢。

婆婆現在眼裡只有秦溧陽的孩子，哪會在意她有沒有孩子？要不然，婆婆也不會不管那些流言蜚語，執意讓秦溧陽住到家裡去。

蕭景田很無奈，只得妥協道：「那我讓小廚房給妳每天燉一鍋魚湯，好補補身子。妳不想回家也行，只是以後要安心待在屋裡，哪裡也別去了。魚罐頭的事就交給我吧，妳放心，我保證不會耽誤交貨時間。但妳要答應我，這批貨做完後就回家安心養著，不要再到處跑了。」

「好，我聽你的。」麥穗點點頭，淺笑道：「但我有個要求，那就是明天讓我陪你一起去撈海參，行嗎？」

之前聽牛五說得怪嚇人的，她想跟著去看看，就算幫不上什麼大忙，能給他去送口熱水喝也行啊。

「不行。」蕭景田想也不想地拒絕。「剛剛答應不到處亂跑，怎麼又不聽話？萬一海上起了風浪咋辦？」出海可不是鬧著玩的，況且有身孕的女人，不就該安安靜靜地待在屋裡養著嗎？

「我又不下水，就在船上陪你。」麥穗嬌嗔道：「放心吧，我現在不比從前，斷不會魯莽下水的，而且我也聽說過捕撈海參時的禁忌，不能亂說話、不能說笑，去的時候要焚香，而且心要虔誠，對不對？」

蕭景田沒想到她居然會相信這些迷信的傳言。他是帶她呢，還是不帶她？

第二天一大早，麥穗醒來的時候，卻已不見蕭景田，心裡不禁一陣懊惱。她竟然沒有察覺到他起身……

她匆匆地穿了衣裳，下了床。

小梨掀開門簾，走了進來。「夫人，您怎麼起得這麼早？」

「蕭將軍呢？」麥穗問道。

「蕭將軍和牛五已經出門了。」小梨笑道：「他臨走的時候還吩咐奴婢，記得去小廚房給夫人端魚湯呢。」

「他走多久了？」麥穗有些著急。

「走了約莫一盞茶的工夫。」小梨不明就裡。「夫人，怎麼了？」

「快，去廚房收拾點吃的，再帶上一床被子，我要去海上找景田。」麥穗邊說邊走到木盆前洗漱。

「好。」小梨撒腿就跑。

兩人匆匆吃了點早飯，便提著食盒、抱著被子，直奔海邊。

「小梨，妳會划船嗎？」麥穗問道。

「會。」小梨挽起袖子，上了船，拍拍胸脯道：「夫人，您別忘了，我可是這裡土生土長的本地人喔。」

她不但會划船，而且還會撒網。雖然離開家鄉好幾年，但這些事做起來還是手到擒來。

陽光明媚，萬里無雲。海面上風平浪靜，看上去宛如鋪滿一大片湛藍的寶石。

小船一路順風，很快就到了琴島。

而在一艘大船上，蕭景田早就換上鯊魚皮潛水衣，腰上繫了根繩子，猛地跳入水中，轉眼便不見了蹤跡。

牛五聚精會神地拽著繩子，目不轉睛地盯著海面看，時刻準備著要把蕭景田給拽出來。

一拉一拽看上去簡單，實際上最考驗兩人之間的默契。要是拽得早了，水下的人或許還沒摸到海參，或者是剛剛要摸到海參，可拽晚了，水下的人則會有生命危險，畢竟下水容易、出水難，從水裡出來，需要消耗很大的體力，得由船上的人幫忙拽出來才行。

「夫人，您看，是蕭將軍他們。」小梨興奮道。

「噓，別打擾他們。」麥穗想到海上的禁忌，忙豎起指頭示意道：「咱們先不過去，就在船上悄悄地看著，等他們捕撈結束後，咱們再過去找他們。」

「好。」小梨把船靠到一處礁石旁，停了下來。

麥穗坐在船頭，盯著水面看，看似寧靜無波的水面下，實際上暗礁遍布、波濤暗湧，想到蕭景田正冒著刺骨的寒意捕撈海參，她心裡一陣難過，到底是什麼原因讓蕭大叔如此執著地去冒這麼大的風險賺錢？

以她對他的瞭解，他並非重利之人。

這時，牛五拽了繩子，蕭景田頓時浮出水面換氣，抹了一把臉上的水漬，交代牛五幾句後，又再次下了水。

小梨低聲道：「夫人，琴島海參是最難捕撈的，您看蕭將軍這次啥也沒有撈上來。」

她是當地人，知道琴島海參的名聲，卻從來沒聽說有人撈到過這種海參的。如今，見蕭景田是備足了行頭前來撈海參，頓覺不可思議，這些海參可都是有神靈庇佑的，哪是隨便就能撈到？

麥穗遠遠地瞧見蕭景田凍得嘴唇發紫，心疼道：「若是容易捕撈的話，這琴島海參也就不那麼值錢了。」

牛五又拽了下繩子，這次蕭景田依然一無所獲。
他似乎不甘心，又猛地跳了下去。
麥穗在一旁看著，再也忍不住了，連忙讓小梨把船划過去。
「三嫂?!」牛五很意外。
「專心看繩子。」麥穗急忙囑咐道：「不用管咱們。」
牛五應了一聲，低頭繼續盯著水面看，飛快道：「剛才三哥嫌我拽繩子早了，說他剛才發現兩隻海參的蹤跡，要不是我拽繩子拽得早了些，他就得手了呢。他讓我這次稍微等久一些再拽繩。」
「那就聽你三哥的。」麥穗望著深不可測的海面，擔憂道：「但也不能太久，要是在水裡太久，人會吃不消的。」
牛五點頭，心裡默數了幾下，果斷地拽了繩子。
繩子被拽上來了，卻不見蕭景田，三人一下子慌了。
「景田，你在哪裡？」麥穗緊張地站在船頭上，四處找尋蕭景田。要不是有孕在身，她早就跳下去了。
「三嫂，妳別慌，我下去看看。」牛五也嚇住了，剛要起身往下跳，卻聽見不遠處的礁石叢裡傳來蕭景田的聲音。
「我在這裡呢，快把船划過來。」
牛五心裡一喜，忙划著船過去，小梨也跟在後面。

「景田，你怎麼樣了？」麥穗疾聲問道。

「我沒事。」蕭景田揚了揚手裡的海參，道：「繩子有些短，所以我就解開了，總算撈到兩隻。」

「太好了，又撈到了兩隻。」牛五忙把木盆端過去，接過黑黝黝且渾身都是肉刺的海參，欣喜道：「三哥，這下子可發財了啊！」

蕭景田迅速地跳上船。

麥穗忙讓小梨把船靠過去，然後取了布巾給他擦頭髮，又扯過被子替他蓋在身上，吩咐小梨給他倒熱水。

蕭景田見她大張旗鼓地帶了被子，還帶了熱水和吃的，有些哭笑不得，展顏道：「我沒事，妳不用忙，妳看這被子都濕了。」

「你怎麼會沒事，看你的嘴唇都紫了。被子濕了就濕了，濕了還可以再曬，只要人舒服就行。」麥穗嗔怪道：「快喝點水暖和、暖和。」

一杯熱水下去，蕭景田身上暖和許多，見麥穗還是一臉擔心，他忙道：「妳放心，我沒事的。」

「景田，這海參咱們不撈了，回去吧。」麥穗心有餘悸道，簡直太嚇人了。

「三哥，咱們要回去了嗎？」牛五欣喜地問道。

他雖然不知道蕭景田為什麼執意要過來撈海參，但他卻知道這琴島海參的價格，一隻就能賣一萬兩銀子，是名副其實的世間珍品。

之前他只是聽說過，卻從來沒見過，如今冷不防見到這樣的寶貝，心裡很激動。活這麼大歲數，他總算見到傳說中的琴島海參了。

小梨更不用說，早已興奮得兩眼發光。

「不，再去別處看看。」蕭景田仔細地看了看海面上的暗潮，沈聲道：「明天就要起風了，至少有半個月不能再來，等風停了以後，這裡的海參就更難捕撈了。」

「三哥這都能看出來啊?!」牛五驚訝道。

「景田，起風後，海參就都跑了嗎？」麥穗自然不會懷疑蕭大叔的判斷，忙問道：「是不是到時候它們就都鑽到沙子裡去，咱們也就找不到了。」

「不是。」蕭景田笑了笑。「琴島海參之所以價格昂貴，自然有其獨特之處。在起風的時候，海面上浪頭滔天，動蕩不穩，海參雖然在海底，卻依然能感覺到，所以牠們會縮成一個個的小圓球，躲在沙子裡。等大風過後，牠們想要再恢復到原來的長度，卻得需要幾乎半年時間，所以捕撈起來，會更麻煩一些。」

「噢，是這樣啊。」牛五撓撓頭，笑道：「三哥啥都知道，我服了。」

「蕭將軍真是見多識廣。」小梨滿臉敬佩。

麥穗笑了笑。蕭大叔就是蕭大叔，還是這麼無所不能、無所不知。

蕭景田雖然跟他們聊天，眼睛卻一刻也沒有離開過水面，待船繞行到琴島另一端的一處暗礁叢時，他忙喊道：「停，就是這裡了。」

說完，他起身綁好腰間的繩子，又潛了下去。

麥穗的心也跟著沈下去。

蕭景田這次沒有空手，手裡竟然一下子就抓了三隻大海參，把牛五驚得差點掉了下巴。天啊，今天也太順利了！

回去的路上，牛五忍不住問道：「三哥，你前前後後撈了這麼多海參要幹麼？」

「自然有用處的。」蕭景田用布巾擦臉，緩緩道：「我欠了別人一個人情，唯有這海參能還得上。」

「景田，你欠了誰的人情？」麥穗心裡一動，忙問道：「要多少海參才夠？」

「不要擔心，這些足夠了。」蕭景田安慰道。

七隻海參差不多能賣上七萬兩銀子，等這次大風過後，他再去海上碰碰運氣，只要再抓到三隻，楚妙妙的銀子就算徹底還上了。

麥穗見他不肯多說，也沒有再問。

唉，他還是跟以前一樣，凡事都悶在心裡，寧願自己受著，也不肯說出來。

第九十七章 琴島海參

回到總兵府，蕭景田換了衣裳，便把捕撈上來的海參全都端進屋裡。七隻海參個大體長，黑乎乎的身上長滿了觸角般的肉刺，正在盆裡慢慢蠕動著。

麥穗好奇地湊過去看。

清冽的水面上映出了身後蕭大叔俊朗的眉眼，麥穗心裡一熱，轉過頭柔聲問道：「景田，這些海參你要一直養著嗎？」

「當然不是。」蕭景田撩起袍子，坐下來端詳著盆裡的海參，答道：「先養一晚上，等它們把體內的泥沙吐淨之後，再做成乾海參。」

「噢，原來如此。」麥穗恍然大悟，又問道：「那你會做嗎？」

蕭景田沈聲道：「會做是會做，只是不大內行，這件事還得找黃老廚幫忙。」

麥穗對蘇錚跟蕭景田徹查縱火案的進度，一直覺得很納悶，明明知道黃老廚嫌疑最大，卻遲遲按兵不動。如今又見他要讓黃老廚來幫忙弄海參，便壓低聲音道：「景田，你明明知道黃老廚是靠不住的。」

「放心，處理海參他還是靠得住的。」蕭景田若有所思地看著木盆裡蠕動的海參，笑道：「真的假不了，假的也真不了，事情總有水落石出的那一天。」

他懷疑黃老廚是蕭雲成的眼線。雖然他的記憶缺失，但以趙庸跟蘇錚向他描述上次海戰的種種細節來看，他覺得海戰背後的最大推手，應該就是蕭雲成。

上次失利，蕭雲成肯定不甘心，一定會想要捲土重來。

正如蕭景田所說，黃老廚對做乾海參果然內行。割參、煮參、醃製，每個步驟都很熟練，不到半天工夫，便把處理好的海參整齊地擺在瓷罐裡，笑道：「蕭將軍，這些海參醃製十天後，再用炭火烤過，然後拌灰，晾曬七、八天就可以收藏起來了。」

蕭景田連聲道謝，招呼黃老廚坐下喝茶。

「上次總兵府起火的事，查得怎麼樣了？」黃老廚問道。

「暫時沒有什麼頭緒。」蕭景田不動聲色道：「眼下趙將軍不在，蘇將軍又忙著在海上操練，我就是有心查也無從查起，我想還是得等趙將軍回來再說吧。」

「也是。」黃老廚笑了笑，端起茶，抿了一口，又道：「海邊雖然潮濕，但眼下天氣畢竟炎熱，有個火災啥的也沒什麼好奇怪的。好在及時撲滅，也沒傷著人。」

「正是。」蕭景田淡淡道：「趙將軍都不急，咱們還急什麼？」

黃老廚暗自鬆了口氣，又道：「在下聽說，趙將軍正在金山鎮養傷，跟郡主下榻在同一家客棧裡呢。」

「如此看來，趙將軍定是樂不思蜀了。」蕭景田語氣輕鬆道。

黃老廚又稍坐了一會兒，便起身告辭，到廚房忙去了。

蕭景田目送他的身影消失在院門口，才轉身回屋。

沒想到剛回來坐下，又有人敲門。

小梨前去開門，只見來人是秦十三。

觸及眼前男人含笑的眉眼，小梨微微紅了臉，悄聲問道：「你好些了嗎？」

她聽說他前兩天夜裡著了涼，肚子一直不舒服，一天跑了十幾趟茅房。她有心想去探望，偏偏又不得空。

「好多了，幸虧黃老廚給了個偏方。」秦十三展顏笑道：「有勞小梨姑娘惦記。」頓了頓，他又悄聲問道：「蕭將軍在嗎？蘇將軍有要事找他商量呢。」

「蕭將軍在屋裡，快去吧。」小梨莞爾一笑，看他精神抖擻的樣子，才暗自放了心。

總兵府書房裡，蘇錚早就泡好茶等著，見蕭景田進來，起身笑道：「蕭大哥，我可是聽說了，你今天又抓到五隻琴島海參，驚動了整個禹州城啊。敢情你不是來幫我查案，是專門來撈海參的。」

「的確如此。」蕭景田笑了笑。「查案子哪有賺錢來得起勁。怎麼，你今天喊我來，是專門問這事的？」

「當然不是。」蘇錚朝門口的侍衛揮揮手，侍衛會意，立刻退出去。他似乎還是不放心，神神秘秘地上前關了窗，壓低聲音道：「蕭大哥，一切都查清楚了，在黃老廚身後的那個幕後主使，是趙國大將軍趙廷。」

「黃老廚竟然是他的人?!」蕭景田皺眉道。

「不僅如此，成記船隊的幕後東家和天下盟的宗主都是蕭雲成，而且趙廷也派了不少人過來幫助他打理船隊和天下盟。」蘇錚凝重道：「蕭大哥，如今的成王已經不是昔日那個成王了。」

「這麼短的時間，蕭雲成竟然創立了成記船隊和天下盟？」蕭景田很驚訝。

「還不都是那個趙廷暗中資助的結果，否則成王哪有這個財力。」蘇錚肅容道：「趙廷是趙國說一不二的人物，名下的良田和鋪子不計其數，富得流油。有這樣的娘舅資助，別說一個成記船隊和天下盟了，就是十個成記船隊和天下盟也創得起。」

「原來如此。」蕭景田恍然大悟。

一切的一切，都在他心頭漸漸地明朗起來。

趙國趙廷大將軍支持蕭雲成謀朝篡位，黃老廚只是他們布下的棋子罷了。

「只是他們如此處心積慮地對付咱們，尤其還派人暗算你，想著我就來氣。」蘇錚憤憤道：「他應該對付的是龍座上的那個人，而不是你。」

「正因為他要對付龍座上的人，所以才想要除掉我，我不是擋了他的道嘛。」蕭景田輕輕摩挲茶杯，雲淡風輕道：「曹太后派人暗算我，擔心我為成王所用，對朝廷不利；沒想到如今趙廷也找人暗算我，唯恐我壞了他密謀已久的春秋大計。我還真裡外不是人了。」

「蕭大哥，如今形勢已明，咱們該怎麼做？」蘇錚急切地道：「咱們可不能坐以待斃哪！」

「蕭雲成這個人我瞭解，有勇無謀，若不是趙廷的鼓舞和資助，他根本就不是咱們的對手。」蕭景田沈吟道：「所以，眼下咱們唯一要做的，就是除掉趙廷。」

除掉趙廷，群龍無首。單憑一個蕭雲成，是掀不起什麼風浪來的。

何況他跟蕭雲成既是結拜兄弟，又有同袍之誼，不到萬不得已，他不想對蕭雲成下手。

他們昔日都是馳騁沙場的戰將，卻在榮耀歸來的時候，一個選擇退隱，安於田園之樂，一個選擇蓄勢待發，想要謀取那個更高的位置。兩人道不同，不相為謀，唯獨剩下了惺惺相惜之誼。

「蕭大哥放心，咱們手上有的是高手。」蘇錚頓時熱血沸騰，拍案而起，慷慨激昂道：「我這就派人去趙國，神不知鬼不覺地除掉趙廷，還我大周一個真正清明的世道！」

他是經歷過海戰的人，親眼目睹了那些海蠻子的凶狠殘忍，因此他從骨子裡痛恨那些挑起戰爭的無恥之人。

「你先別激動，聽我說。」蕭景田淡淡一笑。「我覺得這件事，只有鐵血盟才能做到萬無一失，還是讓鐵血盟的人去辦吧。」

「蕭大哥，鐵血盟的人，咱們可是用不起哪。」蘇錚對謝嚴的印象不好，故而對鐵血盟也沒什麼好感，揶揄道：「你不知道他們那個宗主謝嚴，仗著自己手下有兩把刷子，走路都是抬著頭，誰也瞧不起。這麼機密的事若是交給他去做，那他豈不是要臭屁得上天了？」

「我去跟他說。」蕭景田不容置疑地道：「謝嚴會知道應該怎麼做的。」

「還是蕭大哥厲害啊。」蘇錚愈加敬佩蕭景田，拍拍胸脯道：「有什麼需要我蘇錚幫忙的，蕭大哥儘管開口，我定會全力支持。」

兩人越說越投機，大有相見恨晚之感。因此待蕭景田回屋的時候，已經是三更了。

屋裡依然亮著燈，麥穗正倚在被褥上看書等他。

「這麼晚了，怎麼還沒睡？」蕭景田溫言道：「妳不用等我的。」

「也沒有刻意等，我在看書。」麥穗揚了揚手裡的《閒遊雜記》，淺笑道：「起初看這本書是解悶，現在看久了，竟是欲罷不能。」

「的確，這本書我也是看了好久，每看一次都有新的收穫。」蕭景田洗漱一番，照例在地上鋪了被褥，隨口問道：「今天怎麼樣？腿有沒有抽筋？」

「沒有，好多了。」麥穗笑道：「每天喝魚湯，還挺管用的。」

這些日子，她的孕吐也好了許多，能吃、能睡，心情也就格外好。

「那就好。」蕭景田展開被子躺下來，捏了捏眉間。「睡吧，有事喊我。」

「好。」麥穗放下書，熄了燈。

許是白日裡太疲憊，蕭景田很快便沈沈睡去，麥穗卻破天荒地失眠了。

白天的時候，蕭景田說他欠了別人人情，得用這些海參還。

她想來想去，覺得蕭景田肯定是欠了秦溧陽的人情。不管怎麼說，這次他受傷，都是秦溧陽救了他，而蕭景田又是最不願欠別人人情的人。

可這些，蕭景田又從來不肯對外人吐露，也不肯對她說，害得她只能乾著急。

兜兜轉轉地想了一番，麥穗覺得眼下蕭景田最信任的人就是于掌櫃，便決定明天就去于記飯館問一問于掌櫃。她聽說于掌櫃已經回來好幾天了。

隔天，海上果然起了大風。

一大早，蕭景田便跟蘇錚去了海邊，迎著呼呼的海風繼續操練士兵。海上作戰，隨時都會碰到這樣的天氣，作為總兵府的將士們，自然得適應海上的各種天氣。

麥穗則喊上牛五，去了于記飯館。

于掌櫃見到麥穗，很熱情地把她請進客房，吩咐夥計上茶，笑道：「我聽說你們兩口子都在總兵府那邊做魚罐頭，怎麼今兒個就妳一個人來，景田呢？」

小夥計上了茶之後，畢恭畢敬地退下去。

「他忙著呢。」麥穗笑問道：「九姑呢，怎麼不見她？」

「我一走就是兩個多月，她生氣了，還跟我鬧彆扭，如今回娘家去了。」于掌櫃捧著茶杯道：「不說她了，妳來是有什麼要緊的事吧？」

麥穗不好追問人家兩口子之間的事，便說出自己原本想問的。「我想問問于掌櫃，景田是遇到什麼麻煩了嗎？或者他有欠誰的人情嗎？」

「他怎麼了？」于掌櫃驚訝道。

「他最近在捕撈琴島海參，可你也知道，琴島海參不是那麼好抓的，昨天我跟著他去海上看了看，看得我心都要揪起來了。」麥穗嘆道：「以我對景田的瞭解，若不是有很緊要的事，他斷不會冒這麼大風險，去琴島那邊捕撈海參的。可我偏偏阻止不了他，所以心裡很難過。」

于掌櫃靜靜聽著，沈默不語。

「于掌櫃，我和景田的感情，你是知道的。」麥穗見他不吱聲，淺笑道：「咱們是夫妻，理應患難與共，沒道理他水深火熱，而我卻渾然不知。我求求你，告訴我這到底是怎麼回事吧。」

「事到如今，我也不瞞妳了。」于掌櫃只得如實道：「上次海戰，是溧陽郡主的表姊楚妙妙救了他，楚妙妙開口要十萬兩銀子的診金，景田的確是逼不得已才會去捕撈琴島海參。他說只有這琴島海參，才能讓他快速還清欠楚妙妙的銀子，他這也是沒有辦法了。」

「于掌櫃，眼下景田已抓了七隻海參，你說，大約能值多少銀子？」麥穗聽得心頭直跳。十萬兩啊，怪不得蕭大叔執意去捕撈海參，原來是為了還債。

「我估摸著值七萬兩。」于掌櫃摸著下巴道：「還真有他的，竟然抓了七隻海參，他早這樣勤奮，不就早發財了嗎？說來慚愧，我雖然經營飯館這麼多年，卻也只能拿出一萬兩銀子來幫景田，剩下的二萬兩，還是個大問題。只是我總覺得那楚妙妙是個騙子，就算她是神醫，還救了景田，也不該獅子大開口地漫天要價。」

「可她畢竟救了景田的命，欠債還錢，天經地義。」麥穗得知真相，心裡反而鬆了一口氣。「多謝于掌櫃實言相告，我這就回家把家裡積攢的海貨給賣了，看看能湊出多少銀子。」

一想到蕭景田雖僥倖活著回來，卻被人追債，討要十萬兩銀子的救命錢，而除了于掌櫃，蕭景田竟然誰也沒有吐露，獨自一人承受這麼重的債務，她真是越想越心酸。

家裡還有兩萬斤的海娃娃魚乾，賣掉！

三千瓶庫存的魚罐頭，賣掉！

壓箱底的兩根金條，賣掉！

她要通通賣掉，好替蕭大叔還債。

麥穗回到家後，立刻吩咐牛五把魚罐頭全都送到齊州府的柳澄那裡，再三囑咐一定要拿了現銀回來。

而眼下徐家正在鎮上收海娃娃魚乾，她便親自回老宅一趟，讓公公幫著把家裡的海娃娃魚乾全送去徐家賣了。

蕭宗海一聽兒媳婦讓他去賣魚，欣然同意，喊上老大、老二兄弟倆，又去姜木魚那兒借了一輛架子車，父子三人忙活整整一天，才跟著麥穗一起把家裡的乾貨全送到徐家的鋪子裡。

徐四見蕭家這麼急著要出手這些海娃娃魚乾，心中大喜，馬上乘機把價格壓兩成。

他還以為蕭家小娘子是什麼了不起的生意人，如今看來，也不過如此。這些海娃娃魚乾放到過年也不會壞，那個時候價格肯定會翻上一倍，可她卻這般沈不住氣，哪裡會是他們徐家的對手？

蕭宗海很生氣，轉頭就走。

這不是明擺著欺負人嘛！別人都賣得好好的，怎麼換成他們來賣，價格就跌了呢？

「爹，您別生氣，還是賣了吧。」麥穗急著籌銀子，也沒心情跟徐家喊價，如實道：「我這裡等著用銀子呢。」

「老三媳婦，妳實話實說，妳急著賣這些海娃娃魚乾，到底是碰到啥事了？」蕭宗海知道自家兒媳婦不是魯莽的人，這一回來就急匆匆地把存了這麼久的海娃娃魚乾全賣了，肯定事出有因。

「爹，我想早點把鋪子蓋起來，所以手頭上總得備著一些銀子吧。」麥穗自然不能把實情告訴公公，她故作輕鬆道：「等咱們有了鋪子，景田就算不出海，也不愁沒活兒幹。到時候，我就跟他一起守著鋪子，吃穿也是不愁的。」

蕭宗海一想也是這麼個理，等蓋了鋪子，兒子以後就不用再冒著風險出海了。於是，他又轉身回了鎮上，陪麥穗把魚乾全賣了。

到了夜裡，麥穗在燈下認真地算了算，賣掉家底得了一萬五千兩銀子，算上蕭景田那七萬兩銀子，還有跟于掌櫃借的一萬兩，還差五千兩銀子沒著落。她手裡雖然還有個幾百兩，但明顯不夠，況且，她得留些銀子來蓋鋪子。

沈思片刻，麥穗突然想到成福最近在金山鎮裝貨，心裡便有了主意。若從成記船隊那裡預支一些貨款，總可以吧？先不管了，碰碰運氣再說。

第九十八章　公公的態度

第二天一大早，麥穗便叫上牛五，急匆匆地去了金山鎮的一品居。

她知道成福每次來，都會下榻在那裡。

成福得知麥穗的來意，沈默片刻，皺眉道：「蕭娘子，五千兩銀子不是小數目，妳打算拿什麼抵押？」

他是生意人，不得不考慮自家生意的得失。

「我家裡有房子，在鎮上也有地，最近正打算蓋鋪子。」麥穗見他這樣說，臉微微紅起來，咬牙道：「還有、還有我做生意的誠信，這些都能拿來抵押的。」

唉，跟人借錢的滋味，真不好受啊。以後她一定要賺很多、很多銀子，再也不跟別人借錢了。

「蕭娘子說的這些，值五千兩？」成福眉心微攏。

天氣陰陰的，屋裡有些昏暗，蒼白的天光透過糊著白麻紙的窗櫺，影影綽綽地灑進來，有些許光暈在地上緩緩跳躍著、閃爍著。

麥穗無所謂地笑了笑，起身道：「若是成管事覺得我說的這些一文不值的話，就當我沒有來過。」

成福不動聲色地看著眼前這個眉眼如畫的女子，心頭微漾。他見過不少女子，形形色色的都有，卻沒有見過哪個女子像她這般堅韌又能幹。如今她放低姿態，上門要求提前預支貨款，想來是真的遇到難處。

在一陣漫長的沈寂過後，他鬆了口氣，點頭道：「好吧，我相信蕭娘子的誠信值這五千兩，此次就當送妳個人情，以後若是有什麼新貨，務必先提供給咱們成記船隊。」

從一品居出來，麥穗還有些暈乎乎的感覺，她捏了捏手裡的銀票，心裡才徹底鬆了口氣，總算能幫蕭大叔把債給還清了。

「三嫂，咱們現在去哪裡？」牛五問道。他怎麼感覺三嫂這兩天格外忙呢。

「去于記飯館找于掌櫃，然後再回村。」麥穗上了馬車，興奮道：「牛五，咱們得儘快把鎮上的鋪子蓋起來，這樣就可以盡情地接大單子了。」

牛五撓撓頭，道：「是說三哥他同意嗎？」

三哥已經不是原來那個三哥，他都不記得三嫂了，會不會同意這件事，還很難說呢。

「他會同意的。」麥穗抱膝坐在馬車裡，笑道：「他雖然失了記憶，但他還是原來的蕭景田，不是嗎？」

「這倒也是。」牛五連連點頭。

而于掌櫃對麥穗這麼快就籌到銀子，感到很驚訝，得知她是賣了家底又預支了貨款，不禁感慨道：「景田有妳這樣的媳婦，真是三生有幸。妳放心，他若是真的想不起妳，我第一個就不饒他。」

「于掌櫃快別這麼說，景田有你這樣的至交，才是真正三生有幸。」麥穗輕笑，又囑咐道：「不過這件事你先幫我瞞著他，就說這些都是賣海參的銀子，而你那一萬兩銀子，我以後再慢慢還給你。」

「曉得、曉得。」于掌櫃連連點頭。

其實他那一萬兩銀子，壓根兒就沒想讓他們還。他跟蕭景田是過命的交情，別說一萬兩銀子，就是讓他傾家蕩產，他也願意。

姜孟氏坐在門口織漁網，冷不防瞧見了麥穗，驚訝道：「哎呀，景田媳婦，妳啥時候回來的，我不是在作夢吧？」

「我昨天才回來一趟，有點忙，沒顧上過來看妳。」麥穗把手裡的點心遞給她，笑道：「妳家狗子呢？我有事找他商量。」

「哎呀，妳看看妳，來就來唄，還帶點心，真是見外了。」姜孟氏眉開眼笑地接過點心，拉著她進屋。「妳可真是來巧了，狗子剛剛回來，正準備去妳家喊他媳婦回來吃飯呢。」

狗子正坐在炕上理網線，見麥穗進來，也很驚訝。「三舅媽，啥時候回來的？」

「今天剛到家。」麥穗問道：「狗子，你最近活兒多不多？」

「不多，手邊的活兒，明天就可以交差了。」狗子疑惑地問道：「三舅媽是有什麼事嗎？」

「那正好，你領著你的那幫人，替我把鎮上的鋪子蓋起來。」麥穗鄭重道：「回頭我給你一張圖紙，人工和用料的話，你看著辦，估摸著得花多少銀子，你得提前告訴我，這樣我大體有個預算，能先把銀子給你，你該買什麼就買什麼，好好準備一下。」

「三舅媽這麼相信我？」狗子嘿嘿笑道：「我怕做不好啊。」

「說什麼呢？」麥穗嗔怪道：「我不信你，還能信誰呢？反正蓋鋪子這件事，我是賴上你了。」

「哈哈，狗子，你三舅媽都這麼說了，你痛快答應就是。」姜孟氏笑道：「你三舅媽這活兒可是長久的，少說也得做一、兩個月吧。」

「嗯，好，既然三舅媽不嫌棄，我就包下了。」狗子拍拍胸脯道：「別的不敢說，我保證這鋪子蓋得比誰家的都結實牢靠。」

「好，那就這麼定了。」麥穗放下一百兩銀子的銀票，叮囑道：「你明天交完工之後，幫我多找幾個人，先去買一些蓋鋪子必備的物件。等過兩天我把圖紙交給你，越早開工越好。」

狗子連連點頭道「是」。

蕭宗海坐在大門口乘涼，見到麥穗，面帶喜色地問道：「老三媳婦，老三啥時候回來？」

「爹，景田還有些事要處理，得過幾天才能回來。」麥穗朝院子裡張望一眼，又問道：「娘在家嗎？」

「她去菜園了。」蕭宗海笑了笑，從懷裡掏出一張銀票，皺眉問道：「老三媳婦，昨天事情太多，妳又走得急，有件事沒顧得上跟妳說。前些日子放在鎮上廟口的那些木頭，放了不到半個月便全都拉走了，這銀票是不是得退給人家哪？」

若是人家放了一個月，這銀了他也收得心安理得。可不承想，人家只放了不到半個月，他總覺得收人家這一百兩銀子，很不地道。他也跟那小夥計提過這件事，可是那小夥計說，這事他作不了主，不敢收回這些銀子。

為了這件事，最近他一直寢食難安。

「不用了，爹，這錢是您賺的，您就拿去花了吧。等下次他再過來放貨，咱們不收他銀子就是。」麥穗鄭重道：「您放心，他以後還得在咱們那裡放貨呢。」

「那下次人家再來放貨，妳務必跟我說一聲。」蕭宗海這才放心，連聲囑咐道：「我還去給他們看貨，保證看得好好的，咱們不收人家銀子了。」

「好的，爹。」麥穗點點頭，笑道：「既然娘不在家，我就先回屋去了。」

「好，妳忙妳的。」蕭宗海痛快道。

如今這個媳婦，他是越看越順眼了。

麥穗一進門，黑風便搖著尾巴迎上來，親熱地蹭著她的裙襬。

小傢伙又胖了一圈。

看來，她不在的這些日子，蘇二丫把黑風照顧得很不錯。

見麥穗這麼快又回來，蘇二丫跟蕭芸娘很高興，嘰嘰喳喳地圍上來，問個不停。

牛五坐在一邊，嘿嘿地笑。「妳們先讓三嫂歇會兒再說吧。」

蕭芸娘嬌嗔地瞪了他一眼，轉身回屋去給麥穗倒了杯茶。

不等麥穗開口問，蘇二丫便主動道：「三舅媽，您放心吧，家裡的魚罐頭咱們能做得完的。」

「那就好。」麥穗抿了口茶，朝牛五招招手，清清嗓子道：「既然大家都在，咱們正好討論一下。我準備把鎮上的鋪子蓋起來，大家商量、商量，要把鋪子設計成什麼樣子，做起魚罐頭來才順手。」

昨天的事太多，她忙得沒顧上跟他們說這件事。

蓋鋪子可是大事，馬虎不得，她得找人好好商量。

「三嫂，我覺得後院那樣就挺好的。」蕭芸娘道：「雖然地方小了些，但用起來方便啊。」

「不是，三嫂的意思是鋪子的大體架構，就是倉庫在什麼地方，洗魚該在什麼地方等等，對吧，三嫂？」牛五問道。

「對的。」麥穗點點頭，轉身取來紙筆，唰唰幾筆，便勾勒出她想了好久的平面圖，然後推到眾人面前，問道：「都說說看，有哪個地方不夠理想，咱們就改改。」

「三舅媽，我覺得這樣就挺好的。」蘇二丫看著麥穗不過寥寥幾筆畫出來的圖，居然如此逼真明瞭，心裡敬佩不已，彎唇笑道：「我只會做魚罐頭，蓋房子我可不會。」

牛五也覺得設計得不錯，挑不出什麼毛病來，便道：「就是啊，三嫂，妳說這樣就這樣吧。要不，去問問三哥？」

「行，那就問問你三哥再說吧。」麥穗點頭道，雖然心裡主意已定，但她還是想跟蕭景田說一聲。

到了吃飯的時候，蕭芸娘神神秘秘地道：「三嫂，溧陽郡主那個小丫鬟碧桃，前些日子失蹤了好幾天，因為這件事，衙門還把六婆給抓起來呢。」

「郡主的小丫鬟失蹤，跟六婆有什麼關係？」牛五不解地問道。

蕭芸娘瞥了牛五一眼，接著就把六婆怎麼跟碧桃吵架的事，原原本本地說一遍，最後幸災樂禍道：「一開始六婆還嘴硬不承認，後來被打了幾板子，便什麼都招了，還真是她找了兩個小混混去劫持碧桃，你們說她這不是找死嗎？竟然敢動郡主身邊的人，嘖嘖，還真看不出這六婆是個敢說敢做的。」

麥穗恍然大悟，原來那天碧桃是被六婆找人給綁了。她又問道：「那碧桃回來了嗎？」畢竟，她在禹州城的時候曾經幫了碧桃一把，心裡還是希望那丫頭沒事的。

「聽說是回來了，只是這些日子溧陽郡主一直住在鎮上，我沒見著她們。」蕭芸娘說著，悄然拽了拽麥穗的衣角。

麥穗會意，跟著她進屋，蕭芸娘又道：「三嫂，溧陽郡主在金山鎮上買了宅子，昨天剛把東西全都搬過去，還把娘叫過去認了認門，說她準備在鎮上生孩子，還說這樣離三哥近一些。三嫂，待會兒娘肯定會跟妳說這些，妳可千萬別生氣啊。」

「人家願意在哪裡住，就在哪裡住，我生什麼氣啊？」麥穗無奈地搖搖頭，見過不要臉的，但還真沒見過如此不要臉的。罷了、罷了，由她們折騰吧。

晚上，孟氏喊麥穗過去吃飯，果然提起郡主的事。「媳婦，這事我不能瞞著妳，如果溧陽郡主腹中的孩子真是景田的，咱們可不能不管。」

「娘，那您想怎麼管？」這些話，麥穗已經聽得耳朵都要起繭了。

「溧陽郡主身分貴重，住不慣咱們鄉下。」孟氏訕訕道：「她如今在鎮上住著呢。娘想著等她生下孩子，要是她願意，就先把孩子認下來吧。」

「娘，景田以前就不承認秦溧陽的孩子是他的，現在更是不承認，您怎麼就一根筋地認為那就是景田的孩子呢？」麥穗越聽越生氣，惱火道：「這件事您去跟景田說，他要是同意您這麼做，我馬上給他們母子倆騰出地方，我走。」敢情婆婆是想要孫子想瘋了吧。

「哎呀，妳別這麼說，妳知道娘不是這個意思。」孟氏見麥穗變了臉色，忙道：「咱們這不是在商量嘛。」

麥穗剛想說什麼，只覺胸口一陣翻騰，摀著嘴就往外跑。

孟氏跟著追出來，見她嘔吐得厲害，狐疑地問道：「媳婦，妳是不是有身孕了？多久了？」她畢竟是過來人，見媳婦吐得這樣厲害，十有八九是懷上孩子了。

「兩個多月了。」麥穗心裡頓覺委屈。她一回來，婆婆就拉著她說秦溧陽的事，敢情對婆婆來說，秦溧陽比她這個明媒正娶的媳婦還要重要得多了吧？

「三嫂，妳有身子了啊?!」蕭芸娘上前興奮地扶著她，歡呼道：「太好了，三哥要當爹了，我要當姑姑了。」

「哎呀，妳有了身子也不早說。」孟氏很激動，忙扶著麥穗進屋。「媳婦，咱不說這些不開心的了，妳想吃點什麼，娘給妳做。」

「三嫂這不是還沒來得及說嘛。」蕭芸娘不滿道：「三嫂一進門，您就一直在說溧陽郡主的事，三嫂哪有機會開口啊？」

「妳個死丫頭，就妳嘴快。」孟氏白了蕭芸娘一眼，又轉身笑著問麥穗。「媳婦，妳想吃什麼？」

「娘，我什麼也不想吃。」麥穗心塞道：「我累了，想回去歇著。」

孟氏連連點頭。「那妳先回去歇著，待會兒餓了，娘再給妳做。」她讓蕭芸娘陪麥穗回去，自己則回屋翻箱倒櫃地找紅棗，打算給媳婦熬一點紅棗粥。

蕭宗海得知麥穗有了身孕，一向緊繃的臉上破天荒地有了笑容。「得趕緊讓景田回來，他都快要當爹的人了，還在外面幹什麼？過幾天他要是再不回來，我就去禹州城把他叫回來。」

「老三媳婦剛剛從總兵府回來，興許老三是知道她已經有了身子，若得空了，他肯定會回來的。」孟氏喜孜孜地道：「總算盼來老三媳婦懷上孩子了。」說完，她似乎又想起什麼，臉色微變，期期艾艾地問蕭宗海。「孩子他爹，老三一走就是兩個多月，你說這孩子……」她總覺得時間好像對不上。

「瞎說什麼？老三媳婦不是那樣的人。」蕭宗海會意，沒好氣地道：「不管怎麼說，她才是景田明媒正娶的媳婦。我告訴妳啊，以後不准再去見那個溧陽郡主，連景田都不承認她的孩子了，妳跟著起什麼鬨？現在老三媳婦懷的才是妳的親孫子。」

娘兒們就是娘兒們，就知道成天瞎想。老三媳婦可是賺大錢的人，豈會跟村裡的尋常婦人一樣不知分寸，這些日子他瞧著，這個媳婦是真的好。

那一百兩銀票，他每天都貼身帶在身上，就連自己的妻子也沒說。他想著等成記船隊下次來放貨的時候，他再去給人家看一看貨，那這一百兩銀子才算真正賺得安心。

孟氏見蕭宗海這麼說，沒敢再吱聲。

她突然覺得老爺子自從替成記船隊看了十多天的貨，回來就像變了個人似的。以前他多麼不待見老三媳婦，可現在瞅著，他對老三媳婦的態度不像之前那樣冷冷淡淡，反而動不動就在村人面前誇老三媳婦怎麼怎麼賢慧，怎麼怎麼能幹的。

對於自家老爺子的轉變，她真是想不透啊！

第九十九章　大菩提寺

第二天一大早，麥穗又跟牛五回了禹州城。她得把禹州那邊的事安排妥當，才能回去安心蓋鋪子。

孟氏包了一鍋蘿蔔餡的包子讓她帶上，說是蕭景田愛吃，弄得馬車上全是蘿蔔味，麥穗差點又吐了。

她不禁在心裡吐槽道，蕭大叔分明是愛吃她包的肉包子，哪裡愛吃這種寡淡無味的蘿蔔餡呢？但人家當娘的一番心意，她又不好說什麼。

抵達總兵府之後，麥穗一下馬車便直接去找蕭景田。

蕭景田看著麥穗手繪的圖紙，心中驚訝，想不到這個女人竟然還會畫圖。

他仔細端詳一番，提議道：「這鋪子設計得很不錯，不過我建議，妳再把這鋪子的位置稍稍往後挪個兩、三丈，跟周圍的鋪子對齊。一來門前能讓出一條路的距離，有利於放置車馬，而且還不影響整條路的格局。二來呢，也能好好利用後面那條河，這樣清洗一些鍋碗瓢盆什麼的，比較方便。」

鎮上的那條護城河，正好從廟口這塊地的後邊經過，緩緩往海裡流去。那條河麥穗知道，河底全是大大小小的鵝卵石，很是清澈。

「對呀，我怎麼沒想到這一點呢？把鋪子往後挪一些，然後在後院開個後門，就能去河邊洗東西了。」麥穗眼前一亮。原先那塊地其實並不規整，超出周圍其他商鋪半個店面，之前狗子還說起這件事，她也沒有在意。

「妳錯了，我讓妳把鋪子往後挪，不是要讓妳去河裡洗東西，而是讓妳把護城河中的水拐個彎，從院子裡經過而已。」見麥穗不解，蕭景田從容道：「就是在後院做個流動的水渠。妳不明白不要緊，到時候跟狗子說一聲，他肯定知道該怎麼做。」

「我明白了，你是說在護城河邊上挖一條暗道到後院，做成水渠。這樣一來，河水從水渠流過，便會再回到護城河裡。」麥穗恍然大悟，欣喜道：「只要河水不乾涸，我的水渠裡就一直有水用，而且還不用出門倒污水，可謂一勞永逸。」

蕭大叔就是蕭大叔，簡直太厲害了！

「正是如此。」蕭景田嘴角微翹。沒想到這個女人還算機靈，一點就透。

「景田，眼下我身子不便，等日後有了孩子，就不能再像以前那樣東跑西躥，鋪子裡的事就全靠你了。」麥穗仰臉望著他年輕俊朗的臉龐，嬌嗔道：「等你這邊的事結束後，你就回去幫我一起打理鋪子，好不好？」

「好。」蕭景田淡淡地點點頭。

麥穗見他對自己依然客套疏離，心裡泛酸道：「景田，過兩天我就要回去了，在走之前，我想讓你陪我去一趟大菩提寺，可以嗎？」

「大菩提寺？」蕭景田有些驚訝。「妳去那裡幹麼？」

大菩提寺他是知道的，當年的大長公主正是大菩提寺的住持——妙雲師太。

「我聽說大菩提寺的住持妙雲師太擅長各種疑難雜症，我想請她看看你的失憶症。」麥穗抬起眸子，迎上他的目光，眼圈泛紅道：「景田，以前你還沒回來的時候，我就想著，只要你平平安安地回來，讓我做什麼都願意。可如今你雖然回來了，卻忘了咱們之間的點點滴滴，我突然覺得你好像沒有回來過一樣。我承認是我貪心了，我想讓你想起咱們以前的那段時光，想起我。」

女人半仰著頭，目光殷切地看著他。

蕭景田心頭微漾，點頭道：「也好，那我就陪妳去大菩提寺走一趟，若妙雲師太能醫好我的失憶，那是再好不過了。若不能醫，咱們就當出去散散心。」

雖然他不記得她了，也不記得跟她之前的點點滴滴，但不知道為什麼，每每觸及她清亮烏黑的眸子，或是想起她腹中的孩子，他心裡總是湧起一股想要保護他們母子倆的慾望，因此他無法拒絕她的這個請求。

麥穗心裡一喜，唯恐蕭景田變卦，忙道：「那咱們明天就去。」

蕭景田微微頷首。

從總兵府啟程，約莫半個多時辰，馬車便到了碧羅山西邊的山腳下。

層層石階順著山勢蜿蜒而上，半山腰上依稀傳來晨鐘暮鼓之音，給薄霧靄靄的山谷間徒增幾分莊嚴肅穆的韻味。

石階並不陡峭，且一直蜿蜒到大菩提寺門口，一路上都很好走。

大菩提寺門前兩旁，栽了許多纖纖翠竹，竹林旁有石桌和石凳，桌上刻著一副棋盤，由石頭做成的黑、白兩色棋子，隨意地散落在棋盤上。

蕭景田隨意瞥了一眼，目光怔了怔，隨即停下腳步，摸著下巴，細細地端詳棋局。

早就聽聞蕭大長公主愛棋成癡，如今看來，這一愛好是有增無減，居然連門口處都擺著殘棋。究竟是愛好使然，還是有意為之？

麥穗也好奇地停下來看。

「會下棋？」蕭景田扭頭問道。

「會一點點。」麥穗謙虛道，若說水平，她勉強能算個中等吧。

蕭景田指著棋盤問道：「能看得出輸贏嗎？」

「我若執白子，三步之內必贏。若執黑子，則需四步，險中求勝。」麥穗從容道。

「那就不只是會一點點了。」蕭景田頗有深意地看了麥穗一眼，笑道：「要不，咱們來一盤？」

「咱們是來找妙雲師太，又不是來下棋的。」麥穗拽了拽他的衣角。「走了，咱們去找妙雲師太吧。」

大菩提寺的門口素淨雅致，像是世外桃源的樣子，可進門之後，卻是另一番景象。

院子裡花團錦簇、小橋流水，幾個身穿僧服的小尼姑手拿掃帚，來回清掃地上的落葉。

正殿門口，擺著一個偌大的香案，香客們三五成群地輪流上前燒香跪拜。

小橋邊上，還有兩個老婆子提著籃子，小聲地向來往的香客兜售香囊和帕子，甚至還有幾個小孩在假山那裡玩躲貓貓，不時發出陣陣歡笑聲。
麥穗大吃一驚。這裡確定是大菩提寺，而不是集市？
她雖驚訝，卻還是不緊不慢地跟在蕭景田身後，畢恭畢敬地去香案上了香，放了香油錢，又進了大殿磕頭，兩人才跟著其他香客去了後殿，準備用齋飯。
大菩提寺的素齋夙負盛名，之前來上香的香客們，至少有一半是衝著齋飯來的，據說吃了可以包治百病、延年益壽。
故而前來吃齋飯的人們絡繹不絕，甚至到了踏破門檻的地步。
後來妙雲師太想了個辦法，把寺裡的齋飯明碼標價，讓香客們得自掏腰包吃齋飯。由於價格不菲，前來吃齋飯的人才少了許多。
如此一來，能留在大菩提寺吃素齋的香客，幾乎都是非富即貴之人。
對麥穗來說，區區幾十兩銀子，她還是花得起的。
兩人進了後院，便找了個靠窗的廂房坐下來。
立刻有個老尼姑拿著菜單走進來，跟尋常飯館一般無二地報完菜名後，便雙手合十道：「貧尼法號靜空，兩位施主想吃什麼，請儘管吩咐。」
醬牛肉、紅燒獅子頭、大盤雞、清蒸魚和鮮果羹，都是寺裡的招牌菜，價格略貴一些，都是每盤十兩銀子，而其他素菜則都是三兩銀子一盤。
明明是素菜，卻打著葷菜的名頭。
「招牌菜再加個鮮果羹？」麥穗問了問蕭景田，她記得蕭大叔就喜歡這樣點菜。

「好。」蕭景田爽快地點點頭，二話不說就掏出銀子付帳。

麥穗也掏出荷包，取了一小塊碎銀放在老尼姑的盤子裡。「靜空師父，咱們想見一下妙雲師太，煩請師父幫忙引見一下。」

「這……」靜空為難道：「不瞞兩位施主，今兒個師太有貴客來訪，不見外客。」

「那師太什麼時候有空？咱們可以等。」她可不想無功而返。

靜空有些不知所措。這銀子她是要接呢，還是不該接？

「咱們是真心想見妙雲師太的，還望靜空師父多多周旋。」麥穗伸手輕輕推了推散著淡淡幽香的紫檀托盤，又在上頭多放了一些銀子。

靜空會意，畢恭畢敬地拿了銀子，便退出去。

蕭景田略帶深意地看了看麥穗，心想這個女人還真機靈。

麥穗冷不防一抬頭，觸及他看過來的目光，倏地紅了臉。

話說蕭大叔很久沒有這麼看過她了，也不知道他是不是覺得她既世故又圓滑，就不喜歡她了。但她真的不是故意的，她只是想早點見到妙雲師太而已。

「先吃飯再說。」蕭景田見她沒來由地紅了臉，忙收回目光，起身給她倒了杯茶，淺笑道：「佛門最講究緣分二字，不要著急。」

麥穗莞爾，點頭道「是」。

飯菜很快地端上來。不得不說，大菩提寺的素齋果然名不虛傳，明明是素菜，卻硬是做出地道的葷菜味道。

醬牛肉是用黃豆粉做成的，外面還雕刻了逼真的紋理，聞著也是一股子牛肉味。

紅燒獅子頭則用各種菇和著麵粉上鍋蒸熟，然後又用油炸了，入口生香。

大盤雞做得更讓人拍案叫絕。過水的豆皮一層層疊在一起，擺出整隻雞的模樣，連雞皮上的毛孔都做得唯妙唯肖，吃起來特別美味。

清蒸魚做得也不錯，把上好的江米磨成粉，再放到鍋裡去蒸，吃起來清淡可口。

「明明是素齋，卻非要叫著葷菜的名字，做出葷菜的味道。」麥穗感嘆道：「可見佛門也在紅塵之中哪。」

「確切地說，是心在佛門，人在紅塵。」蕭景田眸光黯了黯，看來，妙雲師太終究還是那個大長公主。

「的確，想不到久負盛名的大菩提寺竟像個酒樓。」想到花出去的六十兩銀子，麥穗頓覺心疼，那可是六十兩啊！

許是麥穗遞了銀子的緣故，兩人才剛吃完飯，靜空就上前來，雙手合十道：「兩位施主，後院還空著幾間廂房，若是兩位不急著下山，就去廂房歇息一下吧。」

「多謝師父。」麥穗施施地起身還禮。

因為齋飯價格昂貴，用膳的香客不多，留宿的香客更是沒幾個。

後院專供住宿的廂房都沒住滿，兩人便挑了一間靠牆邊的廂房進去休息。廂房裡的擺設很簡單，一張床、一張桌子加上兩把椅子，再無他物。

透過房裡的窗子往外看，視野寬闊，能看見山谷中那條蜿蜒而下的小路，還能看到半山腰那片茶園，看來碧羅山挺適合種植茶樹的。

麥穗爬了山，身子很累，一進屋就趴在床上，睡了過去。

蕭景田有些驚訝她居然一眨眼工夫就能睡著，他扯過被子替她蓋在身上，抱胸站在床前靜靜地看著她。

女人的睡顏很寧靜，嘴角還彎著一絲笑意，在陌生的環境裡還能睡得如此香甜，這個女人還真是心大。抑或是她信任他，跟他在一起，她很有安全感，所以才睡得沈？

窗外，依稀傳來一陣馬蹄聲。

片刻，山間小路上出現了兩匹快騎，朝這邊飛奔而來。

蕭景田眼力極佳，很快就認出其中一個正是蕭雲成，他雖然戴著斗笠，還把帽簷壓得極低，但蕭景田還是認出了他。

到了寺院後門，馬背上的兩人翻身下馬，沒有絲毫猶豫地進了門。看樣子，他來這裡已經不是一、兩次了，而是經常來。

一個被朝廷通緝的落魄皇子跟一個帶髮修行的大長公主來往密切，這意味著什麼？若說只是喝茶敘舊，他可不信。

蕭景田悄然出了門，閃身進了後殿。只見蕭雲成熟門熟路地走到一間廂房前，輕輕地叩門。

門「吱呀」一聲開了。一個青衣女子探出頭來，見到蕭雲成，眼前一亮，笑盈盈地把他請進去。接著，她警惕地向外張望一番，緊接著迅速地關上門。

蕭景田也馬上縱身一躍，跳到廂房門前的梧桐樹上。這棵梧桐樹枝葉繁茂，亭亭而立，別說藏一個人，就是再多藏幾個人也沒問題。

初秋日炎熱，廂房的窗子微微開了半扇，而蕭景田所在的位置稍稍高了一些，恰好能將屋裡的一切盡收眼底。

「嫣妹，想死我了。」蕭雲成一把擁住青衣女子，低頭吻住她。

「好了，先喝口茶再說。」趙嫣嬌羞無比地推開他，取來桌上的茶壺替他倒茶，高聳的酥胸時不時地蹭著他的肩膀，眉眼間盡顯媚色。

蕭雲成哈哈一笑，一手端茶，一手掀開衣襟探過去，揉捏著胸前的柔軟，弄得趙嫣嬌喘連連，索性倒在男人懷裡。溫香軟玉在懷，男人哪裡能把持住，兩人很快就纏作一團。待雲雨過後，兩人又卿卿我我一番，這才起身穿衣。

「嫣妹，你們這次來，打算住幾天？」蕭雲成半裸著胸膛，把玩著女人的一縷頭髮，在她耳邊吹氣。「既然來了，就別走了，乾脆咱倆成親，這樣妳我就不用飽受相思之苦了。」

「我又何嘗不想早點嫁給表哥。只是爹爹說，要等表哥登上那個位置，才肯把我許配給你。」趙嫣哀怨地看了蕭雲成一眼。「爹爹替你謀劃了這麼多，接下來就看表哥你的了。」

蕭雲成拍拍她的肩膀，起身走到窗前，緩緩道：「上次海戰，我打著海蠻子的旗號跟總兵府切磋了一番。結果妳也看到了，我幾乎是全軍覆沒，想要東山再起，談何容易？」

「難道表哥就這樣放棄了嗎？」趙嫣理了理衣衫，從背後環住他結實的腰身，幽幽道：「上次的事不怪你，等爹爹把總兵府那三個將軍悄悄地處理掉了，你就有希望了。爹爹說，尤其是那個蕭景田，有他在，咱們幾乎毫無勝算。」

「蕭景田是我昔日的結拜兄弟，又是我的救命恩人，我下不了手。」蕭雲成嘆道：「這件事，我會再跟舅父解釋，妳就不要管了。至於其他兩個人，我勸你們也不要動，他們兩人的身分背景太複雜，牽一髮而動全身，千萬別惹上不必要的麻煩。妳想，他們一個是當今皇上的大舅子，一個是蘇侯爺的姪子，不管是他們當中任何一個人出事，朝廷肯定不會善罷甘休，一查到底，到時候，咱們就只能處於被動了。」

「你總是這樣，思慮太多，前怕狼、後怕虎的。」趙嫣嗔怪道：「都說成大事者不拘小節，你倒好，這也動不得，那也動不得，敢情咱們倒成了最被動的那個了。」

「好、好、好，我的好表妹，我錯了還不行嘛。」蕭雲成擁住她，哄勸道：「待我登上大位，就立刻立妳為后，母儀天下。」

「這還差不多，如今萬事俱備，只欠東風，在關鍵時刻，你可不能心慈手軟。」趙嫣微微垂眸，掩住眸底的狠戾，一字一頓道：「凡是阻擋你上位的人，只有死路一條。」

廊下，一個小尼姑盈盈地上前敲門。「趙小姐，師太有請。」

「就來了。」趙嫣的語氣立刻變得歡快起來。

兩人一前一後地出門，蕭景田也悄無聲息地跟上去。

第一百章　妙雲師太

麥穗一覺醒來，天已經快黑了，屋裡就她一個人，蕭景田已不知去向。

她稍稍整理一下衣裳，推門走出去，幾個留宿的婦人正坐在葡萄架下，一邊喝茶一邊打葉子牌，不時發出陣陣低笑聲。

見麥穗出來，其中一個婦人招手道：「這位妹子，過來玩一盤，替我換換手氣唄，我再打下去，怕是連回家的盤纏都沒有了。」

眾人一陣哄笑。

「對不住了，這位嫂子，我不會打牌。」麥穗歉意地朝她們笑了笑，信步出了院子，心裡嘀咕道，原來古代女人也打牌哪？真是長見識了。

出門剛走沒幾步，就見蕭景田腳步匆匆地走過來。「天色不早了，咱們今晚就住下吧。」

「你剛剛去哪裡了？」麥穗一頭霧水地看著他，若是他再不回來，她都以為他自己下山了呢。

蕭大叔，你可不要扔下我一個人走了啊！

「我見妳睡著，就隨便出去走了走。」蕭景田溫言道：「咱們先去吃飯，吃完飯早點回屋，山上風大，可別著涼了。」

「好。」麥穗順從地點點頭，反正要是見不著妙雲師太，她也有些不甘心，住下就住下吧，或許等明天妙雲師太就有空見他們了呢。

她只希望能早點見到妙雲師太，讓她替景田好好瞧一瞧。

吃完飯，兩人回了屋。

麥穗又犯了睏，倚在被褥上昏昏欲睡。奇怪了，她怎麼上山後特別容易犯睏呢？

「早點睡吧。」蕭景田見她瞌睡得厲害，眉頭蹙了蹙。這個女人還真能睡。

麥穗點點頭，躺進被窩裡，見他還坐在桌前喝茶，沒有要歇息的樣子，打著哈欠問道：「景田，你不睡嗎？」

「睡不著，妳先睡。」蕭景田伸手替她拉了床幔，心裡還在想著他不久前看到的那一幕。那個趙嫣分明是趙廷給蕭雲成設下的美人計，是用來籠絡住蕭雲成的溫柔鄉，一切的一切，果然都是這個趙廷在背後操縱指使。

只是大長公主在這當中占了什麼角色呢？當今皇帝跟蕭雲成都是她的親姪子，她為什麼要幫蕭雲成謀權篡位呢？看樣子，他是真該見見這個大長公主了。

一扭頭，見床上的女人已經沈沈睡去，他便悄然披了外褂，推門走出去。

月色如水，地上一片淺淺的白。遠處的山，近處的樹，都蒙上一層朦朧皎潔的光暈。

一個黑色的身影不知從哪裡突然冒出來，匍匐在他腳下，低聲道：「屬下見過將軍。」

「你是什麼人？」蕭景田不動聲色地問道。

「回稟將軍，屬下是鐵血盟的左護衛，奉宗主之命，前來保護將軍的。」左護衛壓低聲音道：「將軍在楚國的那段日子，屬下們也暗中保護您多日，將軍回來後，宗主還是不放心，便仍然讓屬下們跟隨將軍左右。」

「鐵血盟的人……」蕭景田點點頭，上下打量他一眼，悄然環視一下左右，問道：「你是左護衛，那右護衛呢？」

「回稟將軍，右護衛守護在將軍居住的那間屋子附近，以確保夫人的安全。」左護衛畢恭畢敬地奉上一根竹笛。「日後若是將軍有什麼吩咐，只管吹響它，屬下們會立刻出現在將軍面前。」

「知道了。」蕭景田接過竹笛，淡淡道：「正好，你幫我給你們宗主傳個信，讓他過兩天去一趟總兵府，就說我有要事找他相商。」

「是。」左護衛神色一凜，縱身一躍，轉眼消失在茫茫夜色裡。

第二天，兩人去前殿上過香後，便去偏殿找了靜空師父，說要見妙雲師太。

靜空雙手合十道：「貧尼已經將此事告知師太，師太說上過早課後，就會見兩位施主，還請兩位施主靜候。」

靜空看了看兩人，微挑眉頭道：「兩位施主，診金一百兩。」

「一百兩就一百兩。」麥穗暗暗倒吸一口涼氣，心道這妙雲師太還真敢要價。

雖然這樣想，但還是毫不猶豫地掏出銀票，只要能見到妙雲師太，幫蕭大叔找回記憶，花多少銀子，她都是願意的。

靜空接了銀票，朝兩人施了一禮，便悄無聲息地退出去。

蕭景田瞧見麥穗臉上的笑意，心裡一暖。自從他失憶以來，見過的所有人當中，只有她最期盼他能記起往事。想來，以前他跟她確實是極好的。

麥穗沈浸在將要見到妙雲師太的喜悅中，並沒有察覺到蕭景田臉上的表情。她揚起笑臉好奇地打量偏殿的擺設，寬大的紫檀木方案，擦拭得能映出人影來，案上放著筆、墨、紙、硯等文房四寶，四周牆上掛滿了氣勢磅礴、用各種字體書寫的字畫。

其中一幅字畫的字體凌亂如草，又似烏雲壓境，麥穗頓覺有些眼熟，好奇地停下來細細觀看。

她想起來了，這種字體正是她當初從飛鏢上臨摹下來的那種，趙庸說，那是趙楚邊境的交界處，特有的趙楚體。

想到這裡，麥穗心頭跳了跳。難道暗算蕭景田的幕後凶手，跟這大菩提寺有關係？

不容她多想，靜空又推門而入，雙手合十道：「兩位施主，師太有請。」

「多謝師父。」麥穗心裡一喜，拽著蕭景田就往外走。

「慢點，不著急。」蕭景田低聲囑咐道。

「嗯。」麥穗輕輕應著，心裡漾起一陣甜蜜。

兩人跟著靜空出了偏殿，沿著寺裡彎彎曲曲的小徑，七彎八拐地到了一座樓閣前。

靜空閃身而入，片刻，又走出來，畢恭畢敬道：「兩位施主請。」

蕭景田率先走進去，麥穗則亦步亦趨跟在他身後。

一股好聞的檀香味迎面襲來，屋裡除了盤著一鋪臨窗大炕，再無一物。炕上端坐著一個身穿僧衣的中年婦人，她沒有戴僧帽，一襲青絲傾瀉而下，襯得她清秀脫俗的臉更加清新可人。她細長的丹鳳眼在兩人身上落了落，清脆的聲音傳過來。「坐。」

蕭景田撩袍坐下，大大方方地把手伸到她面前。

麥穗也跟著走過去，施施地坐在他身邊。

沒想到這個妙雲師太竟然是個大美人，而且還是帶髮修行的，怪不得這大菩提寺不像尋常寺院那樣莊嚴肅穆，而是有幾分江湖氣。正如蕭景田所說，她是身在佛門、心在紅塵，只是這樣眷戀紅塵之人，為什麼還要出家修行？

微涼的手指搭在蕭景田的脈上，他忍不住多看了妙雲師太一眼，驚覺蕭雲成的眉眼像極了眼前的妙雲師太，特別是這雙顧盼生姿的美目。他心中疑雲更甚，他跟妙雲師太雖然素未謀面，但大長公主的事還是略知一二的。

二十多年前，風華絕代的大長公主待字閨中的時候，上門提親的王公貴冑，整日絡繹不絕。就在人人都期待著花落誰家的時候，宮裡卻傳出大長公主染病的傳言，久而久之，大長公主便漸漸消失在世人面前。

後來先太后去世，悲痛欲絕的大長公主主動請旨到這大菩提寺帶髮修行，為太后和天下子民祈福，至於當年到底發生了什麼事，蕭景田並不清楚。

「施主中過寒冰毒？」妙雲師太表情微訝。

「正是。」蕭景田坦然道。

一雙美目在蕭景田身上落了落，朱唇輕啟道：「替施主解毒的大夫應該是個絕世高手，只是她解了你的寒冰毒，卻讓你失了記憶，貧尼很費解。」

「師太，我夫君的記憶能找回來嗎？」麥穗迫不及待問道。

「每隔十天來一次，一次一百兩銀子的診金。」妙雲師太輕拈佛珠，鳳目微閉道：「不出半年，包你徹底恢復記憶。」

「若是不能……」蕭景田直直地看著她。

「你就砸了我這大菩提寺。」妙雲師太毫不猶豫道。

「好，成交。」蕭景田乾脆俐落地道。

「師太，要行針嗎？」驚喜之餘，麥穗有些忐忑，她知道蕭景田的毒就是用銀針導出的，想想就替他疼。若是為了恢復記憶，要再讓他遭一次罪，她有些於心不忍。

「不用。」妙雲師太靜靜地看了兩人一眼，沈吟道：「貧尼會根據施主的脈象，配一個香熏的方子來喚醒施主被壓制的記憶，每次半個時辰即可。」

說完，她攤開紙筆，寫著方子，接著把候在門外的靜空喚進來，讓她去配香料。

「多謝師太。」麥穗心裡一喜，扭頭看著蕭景田，興奮道：「我陪你一起去。」

「女施主懷有身孕，不宜聞這熏香。」妙雲師太面無表情道。

麥穗十分驚訝，這妙雲師太果然醫術了得，不用把脈，就能看出她懷了身孕。

過了半個時辰，待蕭景田熏完香出來，麥穗忙迎上前去，問道：「景田，你感覺怎麼樣？」

「哪有這麼快。」蕭景田見她滿臉迫切，禁不住嘴角微翹，如實道：「只是在裡面打了個盹而已。」

「沒事，咱們慢慢來。」麥穗動作自然地替他理了理衣衫，柔聲囑咐道：「記得按時來熏香，切不可忘記了，銀子的事你不用擔心，十天後我會讓牛五帶著銀子去總兵府找你，讓他陪你來熏香。」

「好，待我忙完總兵府的事，就回家看妳。」蕭景田微微頷首，心裡一陣感動。若不是相濡以沫的妻子，誰會替他打點得如此細心周全，只是眼下還有許多事等著他去做，那個趙廷一日不除，天下就一日不得安生。

「嗯，我等你。」麥穗高興地點點頭。

近日，他對她是越發溫柔了，如果可以一直這樣下去，就算他想不起以前的事，也無所謂，他還是她的蕭大叔。

兩人各懷心思地下了山。

當天下午，麥穗便收拾行李，興沖沖地回了魚嘴村。

她得回去準備蓋鋪子賺錢，為她的蕭大叔、為她的孩子，賺上很多錢。

狗子按照圖紙上規劃的那樣，把鋪子往後挪了幾丈，又挖了暗渠把護城河的水引到後院，做成一道活水渠。

匠人們紛紛讚嘆東家真聰慧，護城河長年奔騰不息，如此一來，就不必為用水而發愁了。

鋪子正式動工那天，麥穗特意在于記飯館擺了兩桌，請狗子的那幫夥計們吃飯，以示開工大吉。

蕭景田沒有回來，麥穗便請公公出面幫忙招待匠人們。

蕭福田和蕭貴田兩家人不請自來，還把孟氏和蕭芸娘也一起拽來，厚著臉皮說他們是來給她捧場的。

麥穗很無語。她這是在招待匠人好嗎？

但一大家子都來了，也不好再攆回去，只得又叫了一桌菜。大好的日子，她不想因為這些瑣事鬧得不愉快。

一旁的孟氏看著麥穗忙得顧不上吃飯，還在看狗子拿過來的那些帳單，有些過意不去，上前悄聲問道：「媳婦，妳這蓋鋪子，還得每天管飯嗎？」

「老規矩，只管開工、上梁和完工三頓飯。」麥穗看著帳單，隨口道：「這些我都安排好了，不用娘操心。」

她看著狗子列出來的一筆筆開支，心頭突突地跳，就她手裡這些銀子，等蓋完鋪子，也所剩無幾了。再加上預支成記船隊的那五千兩銀子，還有欠于掌櫃的那一萬兩銀子……

天啊，她如今真的是「負翁」了。

「那就好、那就好。」孟氏這才放心，又囑咐道：「媳婦，這裡有妳爹看著就行，妳安心待在家裡就好。眼看著芸娘就要出嫁，妳去幫她打點一下，看還有什麼缺的。」

「娘，蓋鋪子是大事，我得親自監督，每天待在家裡算怎麼一回事？芸娘的嫁妝您不是一直在幫她置辦嘛，有您在，哪裡需要我操心？」麥穗看了看孟氏，不可思議地道：「娘如果有什麼事，儘管直說便是。」

她太瞭解婆婆了，要是沒什麼事，婆婆不會刻意這樣說。據她所知，小姑子的嫁妝早在跟牛五訂親前就置辦好了，哪裡需要現在打點。就算要打點，也輪不到她這個當嫂子的來打點吧？

「其實也沒什麼大事。」孟氏被媳婦輕而易舉地說中心思，老臉微紅，期期艾艾道：「就是妳三表姊最近也在鎮上，娘擔心妳們見了面會鬧不愉快。」

昨天外甥女還當著她的面，咬牙切齒地說麥穗跟吳三郎不清不楚的，她真擔心這兩人見了面會吵起來。再加上麥穗已有身孕，她擔心會出什麼意外。

「只要她不惹我，我懶得搭理她。」麥穗收起帳單，放進隨身攜帶的布包裡，轉身去洗了手，便上炕吃飯。

什麼亂七八糟的啊，怎麼蘇三一來，她倒成了不能見人的那一個了。

孟氏只是訕訕地笑。

見麥穗進來，喬氏笑得格外甜，熱情招呼道：「三弟妹，快上炕吃飯，就等妳了。」說著，一隻大雞腿就挾到她的碗裡。「這是替妳留的。」

「對呀，三弟妹，妳多吃點。」沈氏摸著大肚子，笑道：「如今妳也有了身子，跟以前可不一樣了，得好好養著。」

麥穗拿起筷子，把雞腿挾到蕭菱兒的碗裡，淡淡道：「我不喜歡吃太膩的。」

喬氏嘴角扯了扯，笑道：「三弟妹，妳如今蓋了大鋪子，需要更多人手了吧？我可得提前跟妳說一聲，我和妳二哥都想到妳這間鋪子裡幫忙呢，到時候，可別再說人手夠了啥的啊。如此一來，我也不用每天接送石頭進學堂了。」

她早就看出來了，做魚罐頭是真的賺錢，要不然，老三媳婦也不會蓋起鋪子。

「還有我、還有我。」沈氏笑咪咪地道：「等生下孩子，我也過來幫忙，咱們畢竟是一家人嘛。」

「知道了，這個以後再說吧。」麥穗不冷不熱地道。

說實話，她是真的不想用她們，但有些時候不是不想用就能不用的，就算為了蕭景田，她也不好一口拒絕。

「那是、那是。」喬氏拍著桌子保證道：「妳放心，咱們是一家人，肯定會幫妳照看得好好的。」

「大嫂、二嫂，妳們怎麼也要來湊熱鬧啊？」蕭芸娘不樂意道：「作坊裡的活兒並不比海上輕鬆哪。」

「小姑，妳能做的，咱們也做得了。」喬氏心裡不悅，臉上卻笑成一朵花。「再說了，用自己人總比用外人強吧？連三表姊都說了，打虎親兄弟，上陣父子兵呢。」

「對了，妳不提三表姊，我還差點忘了，她昨天還跟我要小娃娃的虎頭鞋樣來著。」沈氏拍了拍腦袋，懊惱道：「回頭菱兒她爹又得罵我了，明天還得讓他再來一趟鎮上，替三表姊送鞋樣。」

「三表姊有了？」喬氏好奇地問道。

「沒有，她說是替郡主的小娃娃做的。」沈氏看了麥穗一眼，輕咳道：「妳不知道嗎？三表姊到鎮上來，就是為了陪溧陽郡主待產的。」

「她們怎麼認識的？」蕭芸娘不解地問道。印象中，這兩人也沒什麼交集啊！

「袁庭是趙將軍的手下，趙將軍這些日子又跟郡主在一起，袁庭那是多聰明的一個人啊，為了投其所好，就讓三表姊過來伺候郡主了唄。」喬氏揶揄道：「妳們是不知道，三表姊在郡主跟前，嘴那叫一個甜，把郡主哄得高興著呢，聽說啊，昨天郡主還賞了她一支金簪呢！」

「原來如此。」蕭芸娘恍然大悟，心裡卻很不屑，什麼時候高高在上的三表姊也學會伺候人了？

「是的，三兒的確乖巧。」孟氏笑道：「起初我和妳們蘇姨媽還擔心三兒跟郡主相處得不好，現在看來，是咱們想多了，三兒懂事多了。」

麥穗忍不住扶額，敢情蘇三在她們眼裡還是個小孩子啊？

又一想，蘇三跟秦溧陽住在一起，怎麼想都覺得畫風違和，也不知道蕭景田見到那兩個人，會有什麼感想。

一個是他青梅竹馬的玩伴，一個是他救命恩人的女兒，兩人又都心儀於他。唉，蕭大叔還真搶手。

一頓飯下來，蕭福田和蕭貴田絲毫沒拿自己當外人，喝得酩酊大醉不說，還失手打翻了飯館裡的一個花瓶，弄得沈氏和喬氏兩人起了內鬨，都說那花瓶不是自家男人打碎的。妯娌倆竟當眾吵起來。

孟氏好說歹說才把兩人勸開，連說碎碎平安，是個好兆頭，私下卻對麥穗悄聲道：「媳婦，妳替妳大哥、二哥他們再買一個花瓶賠給于掌櫃吧，他們橫豎賺錢不多。」

「又不是我打碎的，憑啥讓我賠？我才不管！」麥穗一聽就來氣，她還是蕭景田的親娘不？憑啥什麼事都往她和蕭景田身上攬？她的銀子是大風颳來的嗎？

好在蕭宗海是個明事理的，臨走的時候，硬是賠了于掌櫃三十個銅板。

于掌櫃推辭不過，只好收了。

第一百零一章　趙將軍的困惑

許是情緒太過激動，沈氏回家後就見了紅，不出一個時辰，便生下一個女娃兒，母女均安。

蕭福田一聽又是個女娃，不禁腿一軟，跌倒在地，半晌說不出話來。

沈氏氣得在炕上直哭。「蕭福田，你個天殺的，這能怨我嗎？」

「哎呀，好了、好了，女兒好，正好一對金花。」喬氏幸災樂禍地勸道：「瞧瞧我，想生女兒還沒有呢。」

姜孟氏瞧著襁褓裡那個粉嫩嫩的小娃娃，越看越喜歡，忍不住道：「你們若是不喜歡，就送給咱們好了，我就喜歡女娃娃。」

蘇二丫在一旁聽了，心裡有些不舒服，於是便不聲不響地從蕭福田家裡出來。剛出胡同，便見到孟氏跟蘇三挽著胳膊，親親熱熱地迎面走來。

「姨媽，你們家這個月可是雙喜臨門啊，再兩個月，郡主也就生了，那可是景田的骨肉哪。」

蘇二丫聽她姑姑這麼說，見她們沒注意到自己，忙隱身躲在一邊的草垛後。

「唉，話是這麼說，可景田不認，執意說不是他的，我有什麼辦法？」孟氏嘆道：「再說人家是郡主，身分高貴，咱們也不敢高攀。這些日子，咱們老倆口也想過了，要是認了孩子，就等於認了郡主，妳說咱們家小門小戶的，怎麼配得上郡主的身分？」

「姨媽，您多慮了。」蘇三嗔怪道：「人家郡主是什麼人啊，她根本不在乎名分，只要您們認了她的孩子，她就心滿意足了。唉，說起來，咱們女人也是可憐，明明是男人的錯，但所有後果卻讓女人來承擔。這景田不認帳，您們可不能不要孩子哪！」

「那妳說，咱們該咋辦？」孟氏覺得蘇三說得在理，忙問道：「把郡主接回家來待產嗎？」她想了想，又覺得有些不妥。這沒名沒分的，生下來的孩子要姓啥？最重要的是，蕭景田不承認那個孩子也就罷了，就連蕭宗海都不同意，她一個人說了可不算。

「接回家就不必了吧，只要您們經常去看看她，把她當成自家人不就得了？」蘇三長嘆道：「人家郡主都已經懷了景田的孩子，可景田卻始終對郡主冷冷淡淡的，就連我都看不下去了呢。」

「對，妳說得對，等我得空了，就去看看郡主。」孟氏連連點頭，她也覺得此事兒子做得有些過分。

兩人邊說邊進門。

蘇二丫才從草垛後面走出來，思量一番，便趕緊跑到新宅，把方才聽見的話都告訴麥穗。「三舅媽，橫豎您懷的才是三表舅的孩子，怎麼姑婆還想著要把郡主給接回來呢？真是太氣人了！」她為麥穗感到不平。

忽然，她又想到方才自家婆婆說的話，忍不住紅了眼睛。婆婆是有多喜歡孩子啊，竟然想要抱別人家的孩子回家。

「二丫，就任由她們折騰吧。」麥穗對這些事都已經麻木了，不以為然道：「她們想把郡主接回來就接回來，想去鎮上照顧就去照顧，愛咋咋地。眼下我除了蓋鋪子，對其他事都不感興趣。」

「是我心急了。」蘇二丫有些不好意思道：「三舅媽，您會不會覺得我這個人太多嘴了？」

「怎麼會？」麥穗拉過蘇二丫的手，笑道：「我很喜歡妳爽朗的性子，等咱們鎮上的鋪子開了，我還得請妳當我的大掌櫃呢。現在呀，咱們的主要任務就是把鋪子蓋起來，其他那些亂七八糟的事，咱們聽聽也就罷了，別放在心上。」

「嗯，好，我知道了，三舅媽。」蘇二丫使勁地點點頭。

「對了，妳的藥吃完了嗎？」麥穗問道。

「吃完了，大夫讓我耐心等著有孕就是。」蘇二丫羞澀道：「若是這個月的月信沒來的話，差不多就是有了。」

「我等妳的好消息。」麥穗莞爾道。

「郡主，蕭家老大的那個小女娃，生得粉粉嫩嫩，還真是挺好看的。」蘇三坐在秦溧陽身邊，熟稔地飛針走線，在手裡一隻小巧的鞋子上繡著祥雲圖案，巧笑倩兮道：「不過因為上頭已經有了一個女娃，一家人都不怎麼高興呢！」

「愚昧。」秦溧陽低頭撫摸自己悄然隆起的肚子，冷哼道：「男娃娃有什麼好的，我就喜歡女娃娃。」頓了頓，又眉眼柔和道：「只是不知道二哥喜歡男娃娃還是女娃娃。」

自從她有孕以來，就一口咬定這孩子是蕭景田的，久而久之，連她自己也深信不疑了。

「男人嘛，自然都喜歡男娃娃。」蘇三把針放在頭上劃了幾下，嘆道：「袁庭家裡就兩個女兒，心心念念想讓我給他生個兒子，可他老是不在家，我哪能懷得上？」

哼，自從袁庭家裡那個黃臉婆知道袁庭娶了她以後，就三天兩頭讓人過來找袁庭回家，不是家裡的老人病了，就是孩子想念爹爹，分明是故意的。

偏偏她也攔不住袁庭，只能生悶氣。

當初她是昏了頭才會嫁給他，再這樣下去，她還不如絞了頭髮當姑子去。

「男人總是拋下女人，自己快活去了，還真不公平。」秦溧陽感同身受地道：「來生不要當女人，當女人真是太累了。」

「誰不當女人了？男人活得也不輕鬆哪。」趙庸滿面春風地走進來，笑盈盈地道：「妳們看我，胳膊上的傷至今都沒有好，一到下雨天就奇癢難忍。下輩子，我就想當女人，至少不用上戰場。」

「趙將軍真會說笑，大夫不是說只要不吃辛辣之物就無礙了嘛。」秦溧陽微微垂眸，不冷不熱道：「將軍整天胡吃海喝的，自己不忌口，怪誰呢？」

這些日子以來，趙庸一直跟隨她左右，嘴上說是在養傷，誰知道他心裡打什麼主意。難道是他發現了什麼？想想又覺得不可能，關於孩子的親生父親，她連碧桃都沒說，他就更不可能知曉了。

現在人人只知道，她腹中孩子的爹是蕭景田，趙庸不可能會想到這孩子其實是他的。

「哈哈，這倒也是，怪我、怪我。」趙庸拍拍腦袋，在她面前坐下來，好奇地看著蘇三手裡的小鞋子，饒有興趣地問道：「夫人繡的是什麼？」

「祥雲圖案，寓意平步青雲。」蘇三感受到男人身上隱隱的酒氣，羞澀地垂下頭，若早點遇見這個趙將軍就好了，嫁給他做妾，也比給袁庭做妾強。

趙將軍不但是皇親國戚，而且還腰纏萬貫，聽說手底下有好多山莊鋪子，出手異常豪爽，對女人也是和顏悅色，反正不管哪一點，都比袁庭強就是了。

「平步青雲，好啊！」趙庸連連點頭，讚許道：「夫人不但人美，手藝也好，袁庭真是好福氣哪。」

蘇三嬌羞一笑，風情更甚。

秦溧陽冷眼瞧著蘇三的媚態，心裡很鄙視。果然妾室都不是什麼好玩意兒，當著她的面，這是要勾引男人嗎？

她越看蘇三，越覺得骯髒，倏地起身就走。反正她也不介意蘇三去勾引趙庸，最好真的能把他給勾走，省得他一直纏著自己。

趙庸亦步亦趨地跟在秦溧陽後面，壓低聲音問道：「郡主留步，在下有件事一直想問郡主，只是不知道該不該問。」

「將軍若是覺得不該問，那就別問。」秦溧陽頭也不回地進了屋。

真不喜歡這個人的性子，優柔寡斷，一點男人氣概也沒有，若是蕭景田，必定不會像他如此忸怩。

蕭景田只會直截了當地說出口，不容她拒絕。

她就是喜歡蕭景田的霸道。

「之前在魚嘴村的海戰時，咱們兩人在船上喝酒，之後咱倆之間有沒有發生過什麼？」趙庸快走幾步，繞到她面前，目光在她悄然隆起的肚子上落了落，又抬眼定定地看著她，一字一頓道：「那晚妳不辭而別，我一直心懷愧疚。」

這些日子，他老是反反覆覆地作著同一個夢。

他夢見他跟她在船上行那巫山雲雨之事，他不是沒有過女人，可夢裡的感覺卻讓他格外神魂顛倒，難以忘懷。

他曾裝作隨意地打趣過蕭景田，說蕭景田家有妻室，外有紅顏知己，可以說是左擁右抱，豔福不淺，讓人好生羨慕。

不料蕭景田卻一口否認。他才知道原來在山梁村遇襲那晚，蕭景田是跟著援軍去了山梁村，在岳母家過的夜，並不在船上。

如果那晚不是蕭景田，那就是他了，其他人哪能近得了郡主的身。

而之前那幾個晚上，蕭景田都忙著指揮圍堵杜老大那幫人，跟將士們吃住都在一起，連吃飯、喝水的工夫都沒有，更別說要跟郡主做些什麼了。

以前忙於組建海事衛所，對於這件事，他不曾在意。如今他受傷閒了下來，越發覺得那一晚的事，很是蹊蹺。

「趙將軍想多了，那晚，咱們什麼都沒有發生。」秦溧陽臉色一變，反問道：「將軍以為咱們會發生些什麼？」

她不喜歡這個人，一點也不喜歡。

她孩子的爹，只能是蕭景田。

「據我所知，那晚蕭將軍並不在海上，而是去了山梁村找他媳婦過夜。」趙庸也豁出去了，毫不掩飾地道：「如今蕭將軍失憶，自然不記得，但我並沒有失憶。那晚我雖然喝醉酒，還是有些印象的，咱們是不是……」

如果真的是他，他肯定得負起責任來。

這些年他過著醉生夢死的日子，不是沒想過娶妻生子，只是覺得身邊若莫名其妙多了個女人，總是麻煩。

皇上和他那個貴妃妹妹雖然沒少催過他，卻都被他找藉口搪塞過去，時間一長，也就沒人再過問他的婚事。

但這些日子，他跟秦溧陽朝夕相處，越發覺得身邊有個女人也是不錯的，尤其是像秦溧陽這樣的女人。

他別的不行，看人還是很有一套的。

秦溧陽這個女人看上去凶巴巴，其實內心還是很善良的，她喜歡蕭景田，卻並沒有真正為難過他，只是用一腔癡心，苦苦地等待著。這一點，不是尋常人能做到的。

「夠了，別再說了！我告訴你，那晚什麼事都沒發生過！你走吧，我再也不想看到你了。」秦溧陽被戳中心事，惱羞成怒，她抬腳進屋，「砰」的一聲關上門，忍不住紅了眼圈。

要不是大夫告訴她，她如果打掉這胎，這輩子就不會再有孩子，她怎麼可能留下這個突如其來的孩子，留下這個她並不喜歡的男人的孩子！

她可是郡主，從小被她爹捧在手心長大，一路順風順水，並未受過什麼委屈。不承想，卻在蕭景田身上栽了個大跟頭。

她那麼愛他，那麼執著地愛著他，心心念念地想嫁給他，做他臂彎下的女人。哪知他對她卻始終冷冷淡淡，把她的真心踩在腳下踐踏。

她恨過他，也傷過他，卻始終捨不得放下他。

她也知道，以蕭景田的性子，是不可能承認這個孩子的。於是，她便寫信叫來她的表姊楚妙妙。

楚妙妙擅長下毒和解毒，尤其是下蠱。她早些年就聽說這世上有一種情花蠱，能讓男人只對一個女人念念不忘。

她像是抓住一根救命稻草般，立即叫來楚妙妙，哪知，還沒來得及商量下蠱一事，蕭景田便出了事。

她卻覺得這是個千載難逢的好機會。

可楚妙妙居然說，被下了情花蠱的男人，最多只能活十年……

她又猶豫了。

她不想讓他那麼早死去，他若因為情花蠱而死，那她活著還有什麼意義？

說到底，是她心軟了。

她雖然是郡主，卻終究是個女子，未婚先孕，是令世人不齒的。她讓他失憶，不是故意要害他，而是希望他能保護他們母子倆，為他們母子倆撐起一片天。

可誰知他失憶後，依然不喜歡自己，依然不承認她的孩子，待她甚至比以前更冷淡。

她覺得她就像是搬起石頭，砸了自己的腳，根本是自作自受。

外面突然傳來一陣震耳欲聾的鞭炮聲，震得窗櫺上的白麻紙嘩啦啦地響。

「什麼人在放鞭炮？」秦溧陽沒好氣地道：「吵死了，去告訴他們，不准再放了。」

「回稟郡主，是、是蕭將軍家的鋪子開張了。」碧桃小心翼翼道。「聽說這鞭炮要連放三天呢。」

上次麥穗不計前嫌地救了她，她一直心存感激。只是她知道郡主討厭麥穗，故而也不敢說出實情，只說是她自己乘機逃走的。

故而她逃回來後，也就沒有去找麥穗道謝，不是她不想去，而是不敢去。若郡主知道是麥穗救了她，說不定會懷疑她的忠心，她不想冒這個風險。

這個人情，只能以後再找機會還了。

「蕭將軍家的？」秦溧陽狐疑道：「我二哥什麼時候回這金山鎮蓋鋪子的？」

「是、是蕭將軍的夫人蓋的鋪子。」碧桃如實答道。「他們的鋪子就在廟口那邊，占地差不多有十畝呢。」

「知道了。」秦溧陽挑挑眉，端起茶杯，輕輕抿了一口。「妳去把蘇三叫進來，我有事要跟她商量。」

「是。」碧桃低眉順目地退下去。

第一百零二章　名分

蘇三一進門，就幸災樂禍道：「郡主，聽說景田把那個麥穗也給忘了呢！別看麥穗像個沒事人似的，背地裡不知道哭了多少回。以前她仗著景田待她還不錯，一副盛氣凌人的樣子，動不動就把我姨媽氣到不行。如今景田對她愛理不理的，她也是沒轍。」

要不是這個麥穗，她說不定就能嫁給蕭景田，也不用為人妾室了。她恨死麥穗了！

「唉，雖然景田忘了她，可她終究還是景田的妻，人家的名分還在呢。」秦溧陽心中泛酸道：「有了這個名分，就可以隨心所欲做任何事，哪怕這些事不堪入目、傷風敗俗，不是嗎？」

那個麥穗奪走了她心心念念的男人，她豈能讓她好過？要是二哥知道麥穗跟吳三郎之間的事，還會留著她這個名分上的妻子嗎？

「郡主說得是，麥穗未出閣的時候，就跟那個吳三郎不清不楚的，成親後也不知道收斂，兩人還是勾勾搭搭的，真不要臉。」蘇三毫不留情地罵著麥穗。

「妳說，如果吳三郎知道蕭景田已經完全忘了她，心裡會怎麼想？」秦溧陽輕輕摩挲把玩著手腕上的雞血石玉鐲，似笑非笑道：「那還不得趕緊跑來安慰他的心上人，兩人或許還會舊情復燃也說不定呢。」

「郡主說得極是。」蘇三會意，捏著帕子冷笑道：「那我做個好人，成全他們。只是如今吳三郎好歹是個五品官，再也不是當初那個窮秀才了，他能捨棄官位，就這樣帶著麥穗私奔去嗎？」

男人是什麼樣的，她比誰都清楚。麥穗以前跟吳三郎好過不假，但她現在已經嫁人，還被蕭景田破了身子，那吳三郎能不介意嗎？

「他倆是不是真的要私奔並不重要，重要的是讓景田知道真相，不是嗎？」秦溧陽懷疑眼前這個女人的腦袋裡都是漿糊，難不成她還真以為吳三郎會帶著麥穗私奔？她心裡不禁對蘇三愈加鄙視。

聽說蘇三曾經等了蕭景田十年，夢碎後才不得已嫁了袁庭為妾。真是活該！就她這樣的豬腦子，還想嫁給蕭景田，作夢吧！她還不如那個麥穗呢？

「我知道該怎麼做了。」蘇三恍然大悟。

她好歹是蕭景田的表姊，有這層親戚關係在，她只要和蕭家人多說個幾次，就不信吳三郎跟麥穗之間的醜事，會傳不到蕭景田的面前去。

狗子人緣好，找來幫忙蓋鋪子的人也多，再加上磚瓦什麼的早就準備妥當，因此不過短短二十天時間，一家嶄新的商鋪便拔地而起。

商鋪的廂房寬敞明亮，布局大氣精巧，更讓人稱奇的是，這家鋪子的後院有一道水渠穿牆而建，水渠中流水潺潺，用起水來，極為方便。

鋪子完工這一天，很多人紛紛跑過來看，邊看邊讚嘆，都說這鋪子蓋得真是好。

整個鋪子分為前院、中院和後院。

前院又一分為二，最前面一排廂房都是商鋪，中間隔著青石板路，後面那一排則是用來存放貨物的庫房。

中院是東家居住的地方，精巧地分成三個獨立的院子，東邊一個、中間一個、西邊一個。其中東、西兩個院落，各自分別造了一條能行駛馬車的青石板路，故而東、西兩院比中院稍稍窄了一些。

這兩條行駛馬車的青石板路，經過東、西院的外牆，可以連通前院和後院。

後院又一分為二，前面一排廂房全是一個個獨立的臥房，再後面，就是真正做魚罐頭的地方，那裡足足做了十座磚瓦臺。

從洗魚到最後的包裝，整個流程下來，每一座磚瓦臺需要十個人共同作業，再加上打雜的，總共要一百多人。

後院的院牆留了個後門，門外除了那條護城河，還有一條寬闊的大道，一直通到不遠處那條官道上，出入很方便。

當然，麥穗沒讓眾人參觀她住的地方和做魚罐頭的院子，僅僅讓他們在前院轉了轉，便客客氣氣地把人送出去。

晌午，麥穗照例在于記飯館設了完工宴，招待眾人。

讓她高興的是，蕭景田和牛五也從禹州城趕回來。

牛五和小六子提前做好了魚罐頭，便送到成記船隊，而蕭景田也跟著去了，他們來回奔波了大半天，正好趕上這頓完工宴。

「嘿嘿，以後再有大訂單什麼的，咱們也用不著再東奔西跑了，新鋪子這麼寬敞，多少訂單都能接得過來。」牛五興奮地道：「這以前在圖紙上看不出什麼，沒想到蓋起來一看，果然氣派。別說這金山鎮裡了，就連禹州城中也沒幾家鋪子能趕上咱們，三嫂真是太了不起了。」

蕭貴田也在一旁跟著道：「就是、就是，老三媳婦還真不是一般女人。竟然能蓋起這麼大的鋪子來，男人也不如她。來、來、來，哥們幾個，乾了。」說完，便自顧自地一飲而盡。

他問過狗子，這麼大一間鋪子，沒個三百兩銀子是做不來的，再加上之前買地的錢，這間鋪子竟然足足花了八百兩。

八百兩啊，他連想都不敢想，這輩子他還沒見過那麼多錢。他就納悶了，老三兩口子怎麼會有這麼多銀子？

「老三，如今海上安寧，家裡又開了這麼大一間鋪子，你得趕緊回來照應著。」蕭宗海心中高興，便多喝了幾杯，頭有些暈。他拍著蕭景田的肩頭，噴著酒氣道：「你媳婦現在是雙身子，勞累不得，你得回來幫幫她。你娶了個好媳婦，可要知足。」

「我知道了，爹。」蕭景田點點頭。

這些日子，他又去了琴島兩次，卻是一隻海參也沒有撈上來。好在那七隻海參賣了個好價錢，竟然足足賣了十萬兩，剛好還清楚妙妙的債務。

他心頭的一塊大石頭，也總算落了地。

楚妙妙既然都開口要十萬兩了，那還了銀子，也就等於還了人情。

眼下唯一的隱患，就是趙廷跟蕭雲成密謀造反一事。

他跟蘇錚已經商量好對策，要讓鐵血盟來除掉趙廷，他和蘇錚則密切關注蕭雲成的動向，勢必要把這場天大的陰謀，扼殺在搖籃裡。

這些年，海上屢屢不平靜，老百姓的日子也跟著動蕩不安。他雖然已經退隱，卻不能真的坐視不管，除暴安良、維護世間和平，不僅是一個將軍的責任，更是每個熱血男兒應有的覺悟。

他很想知道妙雲師太跟蕭雲成到底是什麼關係？妙雲師太在這場陰謀裡，扮演的又是什麼角色？

蕭景田心裡想著這些事，看著滿滿一桌子菜，也沒有多大胃口。

他放下筷子，悄然退出去。一出門，就看見麥穗撫著胸口站在花園邊上狂吐，她的背影顯得格外單薄瘦弱。

他心底湧起一陣憐惜，想也不想地快步走過去扶著她，柔聲道：「妳怎麼樣？要不要去看看大夫？」

「我沒事，一會兒就好了。」麥穗掏出帕子拭了拭嘴角，勉強笑道：「你不用管我，回去吃飯吧。」說完，胸口一陣翻騰，她又開始乾嘔起來。

天啊！真的好難受……沒想到孕吐是這麼痛苦的事。

「妳這樣不行，我帶妳去看大夫。」蕭景田很自然地彎腰抱起她，大踏步地出了門。

懷裡的女人很輕，幾乎感受不到重量，然而就是這個小小的身子，正孕育著另一個小生命，讓他感到不可思議。

麥穗伏在他結實的胸前，感受他有力的心跳，心裡異常踏實。她既想賴在他懷裡，又不想讓他累著，便直起身子道：「景田，你放我下來，我自己能走的。」

「無妨，妳又不重，還是我抱著妳走得快些。」蕭景田依然大踏步地往前走。

時值下午，橙色的陽光透過路邊細碎的樹葉，灑在男人剛毅俊朗的臉上，看得麥穗心裡一暖，情不自禁伸手環住他健壯結實的腰身，緊緊貼在他胸口上，盡情感受著他身上清冽的氣息。

她好想就這樣一直走下去，永遠不要停下來。

街上人很多，瞧見一個高大魁梧的男人懷裡抱了個嬌小的女人走在街上，頓覺新奇，不時朝兩人指指點點，竊竊私語。

麥穗臉一紅，索性埋首在他懷裡裝死。

「哎喲，景田來了，這是怎麼了？」李大夫迎出來，見蕭景田懷裡抱著一個年輕女人，忙引他進了裡屋。

同濟堂是百年老鋪，以前蕭景田經常在鎮上走動，跟這個李大夫有過幾面之緣。

「拙荊懷有身孕，吐得厲害，煩請李大夫幫忙看一看。」蕭景田輕輕把麥穗放下來，扶著她在椅子上坐下來。

把完脈後，李大夫笑了笑，語氣輕鬆道：「但凡婦人懷胎，不足四個月的時候，嘔吐是正常的，不必憂心。待我開幾服安胎藥，回去吃個幾天就好了。」

「大夫，不用開藥了，我沒事的。」麥穗忙道。

是藥三分毒，她才不要吃呢！

「得吃，吃了安胎藥，就不這麼難受了。」蕭景田溫言道：「大夫，煩請您開幾服藥吧。」說著，又拍拍她的手，低聲道：「聽話，吃了藥就好了。」

麥穗只得順從地點頭。

李大夫見蕭景田柔聲細語的樣子，驚訝得差點合不上嘴。

他雖然不是經常見到蕭景田，但也知道蕭景田的性子頗為冷硬，平日連個笑容都看不到，更不用說是哄女人了。

兩人拿了藥出來，便回到于記飯館跟于掌櫃說一聲，然後直接回了村裡的家。

「妳回屋歇著，我去給妳熬藥。」蕭景田說完，便拿藥包進了灶房。

他取來藥罐，又從外面撿了幾塊石頭，很快便搭起一個小小的灶口。

麥穗稍稍好受了些，便也跟著去了院子，站在蕭景田身後，問道：「景田，前些日子，你有再去過大菩提寺嗎？」

「去過。」蕭景田把紙包裡的藥材倒出來，放進泥罐裡，先用水洗去藥材上的塵土，才又重新加水，把藥罐穩穩地放在灶口上。

他抱了些細柴回來，拉了張凳子坐下來，便掏出火摺子生火。火苗很快地竄出來，溫柔地舔著罐底。

蕭大叔就是蕭大叔，連熬藥都這般有條不紊、一絲不苟。

麥穗也拿了一張板凳，坐在他身邊，雙手抱膝，眉眼彎彎地看著他，心裡很滿足。

也許是她太執著於以前的記憶，想讓他想起她，繼續待她好。可如今想來，眼下這樣也不錯，畢竟他待她，並不像她初嫁給他時那般冷漠了。

許是感受到她殷切的目光，蕭景田忍不住問道：「妳在看什麼？」

「自然是看你。」麥穗大言不慚道。

蕭景田無語。

什麼時候，這個女人說話變得這麼大膽了？

麥穗心裡一陣狂喜，她終於調戲了蕭大叔！若是以前，蕭大叔肯定會霸道地調戲回來的。可如今，蕭大叔跟她還處在相互試探的階段，除了沈默，大概也不好意思再有進一步的舉動。

麥穗見蕭大叔哭笑不得的樣子，不忍再逗他，便起身去了屋裡，取出那只飛鏢。

她把飛鏢拿給蕭大叔看，指著上面那處印記，問道：「你看這是什麼？」

「趙楚國的字體？」蕭景田有些驚訝，他在銅州的時候見過這種字體，知道這是趙楚邊境那邊特有的趙楚體。

趙楚體筆畫太多，寫起來極複雜，世上會寫這種字體的人不多見，而流傳出來的趙楚國字體，多半是用來觀賞的。

在銅州的時候，蕭雲成特別癡迷於這種字體，沒事總喜歡研究趙楚體的寫法，當年他住的帳篷裡就掛滿他所寫的趙楚體。

「你記不記得大菩提寺裡就有這麼一幅字畫？」麥穗提醒道。

這些日子，她越想越害怕，若是巧合倒也罷了，但若真的跟大菩提寺有關，那蕭景田豈不是又危險了？

「記得。」蕭景田暗讚她的細心敏銳，扭頭問道：「妳怎麼想的？」

大菩提寺偏殿裡懸掛著的那幅字畫，他早就注意到了，那是蕭雲成的筆跡。因此他更加篤定蕭雲成跟大長公主關係匪淺，憑直覺，他們絕對不只是尋常姑姪之間的情誼。

「景田，你不要再去大菩提寺了。」麥穗突然意識到這件事絕非看上去的這麼簡單，忙道：「我懷疑大菩提寺跟暗算你的人有關聯，你不能不防。我寧願你永遠失去那段記憶，也不想再讓你涉足險境了。」

「無妨，妳放心，我會小心的。」蕭景田添了把火，淡淡道：「有件事我也一直想跟妳說，以後不要再接成記船隊的訂單了，除了成記船隊，其他商家的妳可以隨便接。」

「為什麼？」麥穗驚呼道：「景田，成記船隊要的都是大單，而且價格也公道，更重要的是，他們一直很有誠信，咱們合作了幾次，都很順利的。」

「這些以後再跟妳解釋。」蕭景田不容置疑地道：「總之，妳聽我的就是。」

「不，我要你現在就跟我解釋。」麥穗不依不饒地說：「你若是沒有足以讓我信服的理由，我不會聽你的。」

至少要她現在就放棄成記船隊，是不可能的事。何況她才剛剛預支成記船隊的貨款救急，做人不能忘恩負義。

蕭景田沈默不語。

他覺得男人們這些打打殺殺的事，沒必要讓女人知道，尤其是她還懷著身子。

「你若不說，我就不聽你的。」麥穗上前晃了晃他的胳膊，嬌嗔道：「再說了，我跟成記船隊簽了六萬瓶的供貨文書，現在才交了不到一半，你是想讓我毀約嗎？」

「那就等做完這批貨再說吧。」蕭景田見她說得句句在理，只得讓步，沈吟道：「成記船隊的幕後東家就是蕭雲成，這個蕭雲成是跟我一起在銅州抗楚的成王爺，據我所知，他跟總兵府的黃老廚往來密切，所以我擔心妳跟成記船隊做生意，會引來一些不必要的麻煩。」

「那等我做完這批貨，就不做成記船隊的生意了。」麥穗見蕭景田神色凝重，知道此事遠遠比他說的還要嚴重得多，忙道：「反正現在鋪子已經蓋起來了，回頭再多招些人進來，這批貨很快就能做完了。」

最重要的是，她得先還上向成記船隊預支的貨款才行。

唉，這件事又不能明著跟蕭景田說，萬一他知道是她悄悄替他還了債，他又想再去捕撈海參怎麼辦？她不願再讓他去冒那個險了。

「好。」蕭景田面無表情地點點頭，又道：「如今妳身子不便，以後若是有什麼需要出面打點的事，就交給我吧。」

「景田，你是說你不去總兵府了？」麥穗欣喜地問道。

「不去了，我又不是總兵府的人。」蕭景田展顏道：「如今四海皆平，蘇將軍也能獨當一面，我打算回來繼續出海捕魚。」

反正他已經還清楚妙妙的債務，無須再冒著風險去琴島捕撈海參，也就沒必要再待在總兵府了。

他還是喜歡這種平靜無波的田園生活。

「那你回來，咱們一起打理鋪子。」麥穗心花怒放。

「好。」蕭景田笑著點點頭。

藥很快就熬好了。

「進屋吃藥。」蕭景田把藥湯倒在碗裡，端著碗進屋。

麥穗笑了笑，亦步亦趨地跟在他身後進屋，剛想說什麼，胸口又是一陣翻騰，她轉身捣嘴跑了出去，又是一陣狂吐。

蕭景田迅速放下藥碗，一個箭步走出去，伸手扶住她。「妳還好吧？要不要先喝點水？」

「沒事，一會兒就好了。」麥穗勉強笑道。

寶寶啊，你見了你爹，也不用如此興奮吧。你這樣折騰你娘，真的好嗎？

「妳先去床上躺著，我給妳倒杯水。」蕭景田有些不知所措。他指揮得了千軍萬馬，甚至能應付得了形形色色的陰謀詭計，唯獨不知該怎麼照顧懷孕的女人。

麥穗順從地上了床，倚在被褥上躺下來。
看著面前手忙腳亂的男人，她心裡又是一陣甜蜜。不管怎麼說，他還是回來了，回到她和孩子的身邊了。

第一百零三章　婆婆的顧慮

「先喝點水。」蕭景田給麥穗倒水，端到她身邊。「喝了水，趕緊吃藥，吃了藥就不難受了。」他從來不知道有身子的女人會吐得這麼厲害。

麥穗依言喝了水，可她一瞧見那碗濃濃的黑色藥湯，頓感頭痛，不用猜，肯定很苦的。

「再放下去就涼了。」蕭景田見她有些不情願，就用勺子舀了一點藥湯嚐了嚐，道：「不是很苦，快喝。」

這是蕭大叔悉心熬的藥，一定得喝。

麥穗在心中默唸著，緊接著一把接過藥碗，一口氣喝下去。

「好好休息。」見她吃了藥，蕭景田又扶著她躺下，替她蓋好被子。「一會兒，我讓娘過來陪妳，她是過來人，知道該怎麼照顧妳。」

「不，我就想讓你陪著我。」麥穗一把抓住他的衣角，撒嬌道：「景田，你不要離開我。」

她才不要婆婆過來照顧她呢！婆婆一過來，肯定會嘮叨秦溧陽的事，好像她懷的就不是景田的孩子似的。

再說了，哪個女人願意跟婆婆住在一起，當然還是自家老公伺候起來方便嘛。

「好，那我留下。」蕭景田畢竟是男人，體會不到女人心裡的彎彎繞繞，見她拽著他，不讓他走，有些無奈，只得道：「那妳先睡，我去把碗給洗了。」

「說話算數？」麥穗這才放手。

「算數。」蕭景田笑了笑，便拿著碗走出去。

洗了碗，他閒來無事，又把前院、後院裡裡外外地收拾一番，甚至連大門上的銅環都擦得明亮照人。

黑風邁著小胖腿，討好地迎上來蹭他的褲腿。

牠到現在還沒有吃飯，誰能告訴牠，這個家到底發生了什麼事？怎麼男主子回來後，牠就得挨餓了呢！就因為男主子長得帥嗎？

帥氣的男主子似乎挺反感這毛茸茸的傢伙蹭著他，便伸手捏著黑風的脖子，把牠提起來，扔回了狗窩，還把狗窩所在的小院的門給關上。

他剛剛才掃乾淨的院子，可不想讓這個小傢伙出來搗亂。

黑風氣得一陣狂叫。

不給飯吃就算了，還關住牠，果然男人都不是什麼好東西，尤其是好看的男人！

「閉嘴，再叫就把你扔出去。」蕭景田低吼道。

麥穗躺在床上，聽見院子裡的吼聲，有些哭笑不得。

她起身推開窗子道：「景田，黑風餓了，你餵餵牠。廚房裡有幾個肉包子，你去拿來放在牠碗裡就行。」

蕭景田應了一聲，抬腳進了廚房，取來兩個肉包子，放在黑風面前的大黑碗裡，便繼續忙去了。

黑風望著兩個小巧的肉包，欲哭無淚。

哼，就兩個肉包子，給牠塞牙縫都不夠，還是女主子好啊！

不一會兒，蕭宗海和孟氏便領著眾人，浩浩蕩蕩地回來了。

孟氏一下馬車，就匆匆進了新宅，見蕭景田拿著布巾擦拭門窗，心中不悅，忙上前拿過他手裡的布巾，嗔怪道：「景田，你的身子才剛剛好，要好好歇著，這些活兒哪裡是你該做的。」

「不是我該做的，那誰要做？」蕭景田伸手拿回布巾，不以為然道。「娘，您也累了一天，趕緊回屋歇著吧。」

「景田，你媳婦怎麼樣了？」孟氏沒見到麥穗，左右張望一眼，又道：「睡了？」

哎呀，當媳婦的居然在家睡覺，讓男人來做這些打掃的活兒？就算有了身孕也不應該這樣啊！

「嗯，她吐得厲害，剛剛吃了藥，現在睡著了。」蕭景田擦完門窗，又洗了洗手，挽起袖子去灶房燒水。

「哎呀，這些活兒還是讓我來做。」孟氏看不下去了，伸手接過水壺，進了灶房，一把拉過蕭景田，壓低聲音道：「景田，娘有件事要跟你說。」

「什麼事？」蕭景田知道自己爭不過娘親，索性坐在板凳上，看著娘親燒火。

記得小時候，娘親燒火的時候，他就喜歡坐在她身邊，給她遞柴火。

現在他成年了，這樣的機會倒也不多了。

橙色的火光，搖擺不定地跳躍在母子倆神情不一的臉上。

「原本我不想讓你煩心的，可這畢竟不是小事，總得跟你說說。」孟氏看了看蕭景田，期期艾艾道：「你走了兩個多月，你媳婦的身孕也是兩個多月，娘是過來人，總覺得此事有些不對勁。若是沒有那個吳三郎，倒也罷了……」

她不是不相信麥穗，而是蘇三說得彷彿真有那麼一回事，她不能不提醒一下兒子。

「娘，您到底想說什麼？」蕭景田臉色一沈，直截了當問道：「您是在懷疑麥穗肚子裡的孩子，是吳三郎的？」

真不知道娘到底是怎麼想的……他剛剛回想起來的那段童年美好記憶，瞬間消失不見了。

「唉，也不是娘瞎猜，的確是事出有因，你聽我慢慢跟你說。你出事那天，其實你媳婦也在，她原本是要去齊州府找吳大人的，走到半路才知道齊州府已經戒嚴，所以才轉而去找你。你若不信，就去問牛五，當時牛五是跟她一塊兒去的。」孟氏添著柴火，眼角餘光瞧見兒子不怒自威的眉眼，心裡顫了顫，但還是決定把此事和盤托出。「後來狐大仙說，必須讓她栽九十九棵桃樹來替你解桃花煞，另外還得買一只碧綠色的玉鐲來保你平安，這桃樹和玉鐲都是牛五替她張羅著買的。我聽牛五說，買這只玉鐲的時候，是吳大人出面，所以才便宜了八十兩銀子呢。」

見蕭景田不語，孟氏繼續道：「連你三表姊都說，要不是關係非比尋常，哪有這麼好的事？還有當初你媳婦要買鎮上那塊地的時候，吳大人還曾經當過她的保人呢！兩個多月前，你正在齊州幫趙將軍平定海亂，人也不在家，再說他們又是舊相好，會不會……」

她不好意思說下去了。

雖然她也不大相信媳婦肚子裡的孩子是吳三郎的，但那段時間，媳婦跟吳三郎來往密切也是事實，她親眼見過吳三郎曾到家裡來找過麥穗。

「這件事您有證據嗎？」蕭景田靜靜地聽著，淡淡地反問道。

「若說證據，玉鐲和買地的事就是證據。」孟氏按照蘇三同她說過的話回答道。

「娘，她買鐲子是為了我，對吧？」蕭景田肅容問道。

「是啊。」孟氏悻悻地道：「當初我還愁著該怎麼拿出這筆銀子，誰知你媳婦卻眼睛也不眨地就花了三百兩，買了一只鐲子戴。牛五說，這鐲子原價是三百八十兩，後來吳大人出面，掌櫃的才賣她三百兩。」

「娘，據我所知，齊州府如意樓中那些珠寶首飾的價錢，都是刻意抬高過的。就算不看在吳大人的面子上，任何人去買首飾，在成交的時候，價格也都會降一些，這是他們行內的規矩，怎麼到了您的嘴裡，就變得如此複雜？」蕭景田不耐煩地道：「我雖然失了記憶，對自己的媳婦沒什麼印象，但以這些日子以來我對她的瞭解，我相信她是真心待我，也相信她腹中的孩子就是我的孩子。至於其他人要說什麼，我管不著，但我的妻兒是不容別人懷疑的，以後這樣的話，您還是別再說了。」

在外這麼多年，他什麼事沒見過，不過是買東西打了一點折扣，算不了什麼的。

他知道蘇三這些日子以來，一直跟秦溧陽在一起，不用猜，他就知道這是誰的主意。沒想到，秦溧陽竟然把主意打到蘇三和他娘身上了，真是卑鄙！這不擺明了是在欺負他沒了記憶嗎？

孟氏一時語塞。

她雖然沒什麼主見，但也知道蕭景田所說的證據是什麼。

俗話說，捉賊捉贓，捉姦捉雙。又沒人親眼看見吳三郎跟麥穗做過什麼親密的事，憑什麼懷疑這孩子不是蕭景田的？

再說了，麥穗每次出去要麼是跟牛五一起，要麼就是跟蕭芸娘她們，幾乎從來沒有單獨出去過。

唉，這些事，別人不知道，她卻是知道的。

「娘，三表姊是個什麼樣的人，您比誰都清楚，以後您少跟她來往。」蕭景田知道他娘的性子就是容易被人左右，口氣也緩和一些。「麥穗嫁到咱們家也不是一天、兩天了，她是什麼樣的人，想必您這個當婆婆的最清楚。如今她有了孩子，您應該多照應一些，而不是聽風就是雨，跟別人一起說這些捕風捉影的事。再說了，這樣的事情瞞得了一時，瞞不了一世，一切等孩子出生後，自會見分曉。」

孟氏見蕭景田這麼說，老臉微紅，期期艾艾地應了一聲。她一聲不響地燒好水，便悻悻地回了老宅。

麥穗沒有睡著，她在屋子裡依稀聽見母子倆的對話，心裡一陣感慨。

蕭大叔就是蕭大叔，果然不會輕易被他人左右。有夫如此，她就是再苦、再累，也值得了。

寶寶，你有個好爹爹啊！

夕陽西下，如火如荼的晚霞鋪滿半個天空，絢爛奪目。

蕭景田緩緩漫步在落英繽紛的桃林裡，思緒萬千。

原來這些樹都是她為了等他回來所栽的，而她為他做的這一切，她竟然從來都不曾對他提起過，一句也沒有。

他回來後，把她忘了個乾乾淨淨，連她有孕這樣的大事，也是無意間才知道的。她卻不曾埋怨過他，她理解他的失憶，也包容他的一切。

一襲黑衣的左護衛，悄無聲息地出現在他身後。

「什麼事？」蕭景田站在桃樹下，細細端詳著。

繁茂的枝葉裡悄然結了小小的青果子，毛絨絨的很是可愛，他用粗礪的大手摸了摸那果子，眉眼間帶了笑意。

「將軍，曹太后昨天早上，因病薨於仁壽宮。」左護衛上前畢恭畢敬地回稟道。「目前皇上正在清查曹氏一族，朝廷上下都惶惶不安，從昨天到今天，一共抄了四位三品以上的官員府邸，其中兩位都是昔日立下赫赫戰功的大將軍，聽說這些人都是曹氏一族的人……」

這個消息，其實早已傳到秦溧陽那裡，不過因為她之前就一直稱病不出門，所以便上了摺子，說是自己體弱去不了京城，但一樣會在家裡替太后守靈七日，以表孝心。其實她心裡卻有點幸災樂禍，覺得好在自己不用親自去京城守靈，要不她的肚子可是完全藏不住了。

「知道了。」蕭景田面無表情地點點頭，大踏步出了桃林，頭也不回地回了村裡。

這些事早在他的預料之中，朝局向來不是東風壓倒西風，就是西風壓倒東風，正所謂人無千日好，花無百日紅。

村口，于掌櫃的馬車就停在路邊。

一見到蕭景田，于掌櫃趕緊從馬車上跳下來，咧嘴一笑。「知道了？」

「知道了，是你做的。」蕭景田雙手抱在胸前，似笑非笑地看著他。「前些日子你去京城，就是為了這件事。」

「要不要喝一杯？」于掌櫃長臂一伸，大大方方地搭在他肩膀上。「不醉不歸。」

「好，不醉不歸。」蕭景田展顏一笑，乾淨俐落地跳上馬車。「咱們去千崖島的明月居吧，聽說那裡剛進了一船生蠔。」

「麻汁生蠔！」于掌櫃眼前一亮。

他開飯館數十年，也算嚐遍人間美味，唯獨吃不夠的就是麻汁生蠔。

特別是明月居的生蠔。

「走，我請客。」蕭景田爽朗道。

酒過三巡，于掌櫃略帶醉意，感嘆道：「景田，你比我強啊，你有個好媳婦，哪怕是你不記得她了，她依然死心塌地跟著你過日子。不像我，不過是走了兩個多月，她就跟我賭氣，到現在也不回來。」

「她不回來，你就去接她回來便是。」蕭景田沈聲道。「她賭氣，難道你也跟著賭氣不成？」

「唉，你是不知道，我跟她，真的是說不到一塊兒，不過是各過各的日子罷了。」于掌櫃苦笑，端起酒杯一飲而盡，搖頭道：「她若是有你媳婦一半好，我也就心滿意足了。景田，我知道你失了記憶，忘了你媳婦，但是我告訴你，你媳婦是真的好，你若是負了她，我可不認你這個朋友了。」

「說說看，她怎麼個好法？」蕭景田心頭微動。

「你以為你那七隻海參，真能賣得了十萬兩？」于掌櫃打著酒嗝道：「實話告訴你，我只幫你賣了七萬兩，剩下那三萬兩，是你媳婦賣了家底，還預支了貨款，才幫你籌到的。這件事她不讓我告訴你，就是怕你再冒險去捕撈海參，這輩子你能娶到這樣的媳婦，你偷著樂吧你。」

蕭景田聞言，久久不語。

之前他還納悶，明明只有七隻海參，怎麼可能賣得了十萬兩，當時他還懷疑過是于掌櫃幫他墊付的，但于掌櫃卻口口聲聲說是真的賣了這麼多，他也就信了，卻從來沒有想到，竟然是她在背後一聲不響地幫了他……

九月初八，蕭芸娘臨嫁的前一天。

按規矩，女兒臨嫁的前一夜，一家子是要在一起吃團圓飯的。

蘇姨媽帶著蘇三早早就趕來，大大方方地坐在炕上，唾沫紛飛地數落孟氏。「不是當姊姊的要說妳，妳把咱們芸娘嫁給那個窮小子，實在是太委屈她了。妳讓我怎麼說妳才好呢？」

她之前聽說孟氏打算把蕭芸娘嫁在本村的時候，一開始不大在意，以為這親事也會跟前幾次一樣不成。

哪知蕭家竟然悄無聲息地定下這門親事，這麼快就要嫁閨女了。

「姊姊，咱們老倆口中意，芸娘也中意呢。」孟氏訕訕道：「再說芸娘明天就要嫁了，現在說什麼也晚了。」

「唉，我總覺得芸娘能嫁得更好。」蘇三是看熱鬧的不嫌事大，她捏著帕子道：「姨媽您就是成天待在家裡，看不到什麼好男人。您出去放眼看看，外面多少好兒郎哪，哪個不比牛五強啊？」

嘴上這麼說，她心裡其實還是挺羨慕蕭芸娘的。

沒有公婆、沒有妯娌，就算出嫁，也一樣在爹、娘的保護下過日子，以後不至於受丈夫的氣。

哪像她，袁庭一走就是好幾個月，她連面都見不著，害得她這樣一個如花似玉的可人兒獨守空房，她真是後悔啊！

蕭芸娘實在聽不下去了，她不顧即將為人婦的羞澀，理直氣壯道：「大姨媽、三表姊，嫁給牛五是我自願的。我不圖金、不圖銀，就圖他這個人，以後這樣貶低他的話，請妳們都不要再說了。」

「好、好、好，不說、不說。」蘇姨媽見蕭芸娘生氣，忙攬過她，笑咪咪地道：「別生氣，姨媽不過是心疼妳。」

沒多久，蕭貴田兩口子也來到老宅，蕭福田則是自己帶著大女兒過來的，沈氏還在坐月子沒來。而麥穗嫌老宅那邊太吵，一整天都沒過去湊熱鬧，待開飯的時候，才在蕭芸娘的催促下進了老宅。

蘇三看著麥穗微微隆起的肚子，越看心裡越不是滋味，故意跟蘇姨媽竊竊私語道：「景田還真是大難不死、必有後福，一回來就當爹了呢！」

「可不是嘛！」蘇姨媽眸光流轉一番，目光在麥穗臉上落了落，開口問道：「景田媳婦，妳這是幾個月了？」

「三個多月了。」麥穗大大方方答道。

「三個多月？」蘇姨媽沈吟片刻道：「上次景田離家去海上幫忙打仗，也差不多是三個多月前吧？」

「是的，姨媽還想問什麼？」麥穗在心裡冷笑。

蘇姨媽不就是想把她的孩子往吳三郎身上扯嗎？不過她身正不怕影子斜，不怕這些，放到明面上來也好，索性一次說個清楚。

「想問的事情可多了，但妳敢如實說嗎？」蘇三冷冷道。「還是算了吧，明日就是芸娘大喜的日子，咱們得給妳留個面子。」

「我面子、裡子都沒丟，不用妳留。」麥穗面無表情地回道。

「呵呵，姨媽就想問妳，景田這麼長時間不在家，妳這孩子是怎麼懷上的？」蘇姨媽理直氣壯道：「難不成是景田臨走那一晚給妳留下的？妳敢說事情就這麼巧？妳姨媽我和妳婆婆眼睛亮著呢！」

「眼睛亮著有什麼用啊，睜眼說瞎話的人多了去了。」麥穗不屑道。「我跟景田是夫妻，我的孩子當然就是他的孩子，您也不用拖著我婆婆當墊背，畢竟不是每個婆婆都像姨媽那樣，最喜歡聽兒子、媳婦的房事，人家兩口子每每同房幾次都要過問，連孩子是哪天晚上有的，都爛熟於心，我婆婆可沒您那樣的嗜好。再說了，咱們這孩子是哪天晚上懷上的，也沒必要跟姨媽您報告吧？」

喬氏搗嘴偷笑，老三媳婦還真敢說。蘇姨媽對兒子、媳婦管得嚴，甚至不讓兒子去媳婦屋裡睡的事，她早有耳聞，只是這件事一直沒被拿到明面上來說就是了。

「妳、妳到底是聽誰說的這些混帳話？」蘇姨媽被反咬一口，惱羞成怒。「我教訓我兒子、媳婦，跟你們這些外姓人有什麼關係？妳管好自己就行了，還有臉說別人？」說著，又扭頭瞪了孟氏一眼。「妳聽聽，妳媳婦說的都是些什麼話？我什麼時候喜歡聽兒子、媳婦的房事了？是妳跟妳媳婦說的吧？」

「姊姊，我哪會跟媳婦說這些事呢？」孟氏一張老臉脹得通紅，嗔怪地看了麥穗一眼，也不知道麥穗都是從哪裡聽來這些亂七八糟的事。

「哼，妳根本就是無事生非，刻意造謠生事。」蘇三恨恨地道：「居然對長輩無禮，真是沒教養。」

「無事生非、造謠生事的人是妳們。」麥穗沒好氣地道：「己所不欲、勿施於人，妳們不尊重別人，又要怎麼讓別人尊重妳們呢？」

蘇姨媽氣得滿臉通紅，卻是連一句話也說不出來。她怎麼從來都不知道蕭家的這個三媳婦，居然如此伶牙俐齒又刁鑽蠻橫。

「麥穗，妳血口噴人！」蘇三氣急敗壞道：「我娘會這樣說，不也是為了你們蕭家好嗎？」

「哪裡是為了咱們好？」麥穗寸步不讓。「少打著為了別人好的名義來教訓別人，沒有妳們，咱們可以過得更好。」

「好了、好了，不說這些了，不說了。」孟氏尷尬地笑了笑，打著圓場道：「別光顧著說話了，快吃點心，這是景田從禹州城帶回來的綠豆糕，可好吃了。」

「氣都氣飽了，還吃什麼綠豆糕?!」蘇三「啪」的一聲放下筷子，氣呼呼地走出去。

「噯，三兒，妳快回來，咱們不跟她這種人計較，可別氣壞了身子。」蘇姨媽拽了蘇三一下，卻沒拽住，懊惱道：「家門不幸、家門不幸哪！」

「姨媽，今天可是我家小姑的好日子，蘇家家門不幸，用不著在咱們面前念叨。」麥穗不緊不慢地補刀道。

蘇姨媽一時想不出什麼話來反駁，恨不得把這個小媳婦拖出去打一頓。

「姨媽，嚐嚐我做的銀絲小卷，消消氣。」喬氏忍著笑，勸道：「咱們都是一家人，不過是說說玩笑話罷了。再說咱們蕭家人行得正、坐得直，也不怕人說的。姨媽，您說是不是？」

她如今一門心思就想去麥穗的鋪子裡上工，自然得向著麥穗。

蘇姨媽哼了一聲，沒搭理她。

蕭家的媳婦一個比一個難纏，她算是見識到了。

第一百零四章　小姑出嫁

這時，男人們陸陸續續地入席，女人們的唇槍舌劍這才消停下來。菜都是提前做好，溫在鍋裡的。

孟氏和蕭芸娘很快就把菜都端上來，兩桌一塊兒開了席。

「姊姊，芸娘大喜，妳可要多吃點。」孟氏一個勁兒地替她姊姊挾菜，唯恐她再說出什麼不中聽的話來，拍著馬屁道：「這屋裡頭啊，就妳兒女雙全，真是好命人。」

蘇姨媽的碗裡很快就冒了尖。

被孟氏如此恭維，蘇姨媽心中受用，肅容道：「算了，我可不是小心眼的人，就不跟小輩們計較了。」

而孟氏又出去找到蘇三，好說歹說，好不容易把蘇三給勸回來。「三兒，妳是姊姊，要多擔待些，老三媳婦也是太年輕了，不懂人情世故，回頭我再說說她，妳快回屋裡吃飯吧。」

蘇三這才進屋，坐到炕上，絲毫不覺得尷尬。在看見蕭景田也脫鞋上炕後，她故意嬌聲道：「聽說前些日子成記船隊有一批貨被海運司扣押，為了這件事，齊州府的吳大人還差點丟了烏紗帽呢！」

哼，她就不信麥穗會不擔心吳三郎。

「咦，成記船隊怎麼會被扣了貨的？他們不都只是載一些海貨而已嗎？」蕭芸娘好奇地問道。她們現在做的訂單就是成記船隊的，冷不防聽蘇三這麼說，她不禁有些好奇。

麥穗會意，卻裝作沒聽見，只是津津有味地吃著菜。

吳三郎的事哪裡輪得到她來操心？真是笑話！

「哼，這妳就不懂了。」蘇三斜眼瞧了瞧麥穗，撇嘴道：「成記船隊來回是不空船的，從咱們這裡走的時候，運的自然是海貨，回來時帶的可都是趙國、渝國的特產，比如這次帶的就是趙國特有的紫檀木，聽說是千金難求哪！」

「那為什麼會被海運司給扣了？」蕭芸娘不解地問道。

「聽說是重量出了問題。」蘇三笑了笑。「那些木頭是在陰雨天裝船的，可在海上漂了幾天，風乾了不少，回來的時候重量對不上，就被扣了唄。」

「那跟吳大人有什麼關係？」喬氏忍不住問道。

「這我就不知道了，想知道的話，就去問吳大人唄。」蘇三又用眼角瞄了瞄麥穗。「不過是道聽塗說的流言，誰知道是真是假。」

哪知麥穗眼皮也沒抬一下，差點把她氣了個四腳朝天。哼，還真能裝！

「妳是在哪裡聽說此事的？」一直悶不作聲的蕭景田突然扭頭問道。

蘇三見蕭景田主動跟她說話，受寵若驚道：「溧陽郡主的丫頭碧桃跟吳三郎手下那個小廝喬生是舊相識，是喬生告訴碧桃的，碧桃一知道，我和郡主不也就知道了嘛！景田，你也聽說過這事嗎？」

「不知道。」蕭景田面無表情地看了蘇三一眼，冷聲道：「以後這樣的事，少議論，省得惹禍上身。」

蘇三討了個沒趣，沒再吱聲。

「哎喲，自己家說個話怕什麼，你也別嚇唬你表姊。」蘇姨媽一聽不樂意了，撇嘴道：「景田，姨媽看你是聰明一世、糊塗一時，難道你聽不出你三表姊是在提醒你齊州府的那位吳大人，跟你媳婦關係不一般？」

她的聲音有些大，眾人聞言，全都愣住了。

這樣的事，就這麼大剌剌地說出來好嗎？

蕭景田轉過身，一本正經地問道：「三表姊，妳說說看，哪裡不一般？」

許是他身上的氣勢太嚇人，蘇三一下子退縮了，支支吾吾地道：「也沒啥，就是隨便說說。」

「話可不能隨便說。」蕭景田肅容道：「若是因此鬧出什麼亂子，以袁庭如今的身分，要棄掉一個妾室，是易如反掌的事。」

蘇三騰地紅了臉，差點咬碎一口銀牙。

他這是在譏諷她吧？若不是嫁他無望，她怎麼甘心為人妾室！

蘇姨媽聽見這話，也徹底老實了，不敢再多說什麼。她可不想她女兒為人妾室的事，被人拿到檯面上來說三道四的，於是她喧賓奪主地道：「吃菜、吃菜，大喜的日子，都多吃點。」

麥穗默默在心裡給蕭大叔點了個「讚」。

想不到蕭大叔不光在外面做事如魚得水，就連在家裡也是個宅鬥高手哪，正所謂打蛇打七寸，正中要害！

吃完飯，眾人各懷心思地散了。

孟氏惦記著牛五，便收拾一些吃食給牛五送過去，以往這樣的事，肯定不會落下牛五，可是現在不同了，他是準姑爺，成親前一天是不能到岳母家裡來的。

孟氏從牛五家出來，猛然想起一件事，便抬腳去了新宅找麥穗。

麥穗正準備瞇一會兒，見婆婆來了，只得起身招呼道：「娘，您有什麼事？」

「景田呢？」孟氏環顧左右問道。

「景田出去了。」麥穗垂眸道：「他最近老是往外跑，我也不知道他在外面幹麼呢。」自從他回來後，就一直很盡心地照顧她。只是他夜裡經常很晚才回來，也不知道他在忙什麼，問他，他也只是說在查總兵府的那件縱火案。

「那他可能真的有事在忙。」孟氏似乎不大關心兒子往外跑這件事，反而支支吾吾道：「媳婦，有件事，妳得幫娘去跟芸娘說一說，畢竟妳跟她成天待在一起，也比較好開這個口……」

「什麼事？」麥穗一頭霧水。

「芸娘明天就要出嫁了，有些話咱們得跟她囑咐、囑咐。」孟氏說著，想到她當年出嫁時，她姊姊趴在她耳邊說的那些話，不禁老臉微紅。「媳婦，妳也是過來人，當閨女跟當媳婦是不一樣的……」

她沒成親前有個玩伴，自小沒了娘，成親的時候也沒人囑咐過她，結果洞房花燭夜就鬧了個大烏龍，她不肯讓丈夫碰她，以為自己嫁了個登徒子，拿起燭檯就把丈夫打傷了。這好端端的洞房花燭夜，硬是因為女人的無知而鬧得雞飛狗跳，以至於村人笑話了她好多年。

她擔心蕭芸娘不懂男女風情，也鬧出這樣的烏龍來。

「哎呀，娘，這些話您跟她說就是了。」麥穗會意，臉微微地紅起來。「哪有當嫂子的去跟她說的？」

「這種事怎能讓長輩開口？」孟氏驚訝道：「妳是嫂子，又是過來人，妳跟她說最合適不過了。」

「那好吧，我再去跟她說。」麥穗只得點頭應道。

其實，這件事除了有些難以啟齒，倒也不是什麼大事。

「那我讓芸娘一會兒過來找妳。」孟氏如釋重負，唯恐麥穗反悔，趕緊一溜煙回了老宅。

不一會兒，蕭芸娘便施施地來到麥穗面前。「三嫂，娘說妳有話跟我說？」

「芸娘，不是我有話跟妳說，而是娘讓我跟妳說點事。」麥穗故作隨意道：「妳這都成大姑娘了，娘還當妳是小孩子，擔心妳不知道如何為人妻。」

蕭芸娘聞言，倏地紅了臉，低頭摳著指甲道：「三嫂，妳別說了，我、我知道的。」

她都已經十七歲，是個大姑娘了，男女之間的那點事，早就通透了。

對洞房花燭夜，她是既期盼又羞澀害怕，好在她跟牛五認識不是一天、兩天了，想來他不會為難她的。

「嗯，知道就好，既然妳都知道，我就不廢話了。」麥穗這才鬆了口氣。

她兜兜轉轉地想到了蕭大叔跟她的第一次，臉也跟著微微熱起來。

嘤嘤，怎麼她出嫁的時候，都沒人跟她說這些哪！

這時，大門響了一下。

吳氏提著大包小包走進來，麥穗見她娘來了，眼前一亮，馬上迎出去，驚喜道：「娘，您可算來了。」

按魚嘴村的風俗，有身子的女人得滿三個月才能去娘家報喜。

吳氏知道女兒有孕後，很是歡喜，本來打算立刻來看女兒的，可想到離蕭芸娘出嫁也沒多少日子，索性耐著性子把家裡收拾妥當，等到要來給蕭芸娘添喜的時候，才過來看一看女兒。

蕭芸娘還有些害羞，上前打了聲招呼，就跑回老宅去了。

母女倆拉著手進了屋。

「妳看看妳，臉色怎麼這麼不好，人都瘦一大圈了。」吳氏上上下下打量女兒，心疼道：「吐得厲害嗎？」

「現在不怎麼吐了，已經好多了。」麥穗淺笑道：「娘，您這次來，可得多陪我住幾天啊？」

最近蕭大叔常常不在家，蕭芸娘要備嫁也不在這邊住，她一個人住著這麼大的房子，覺得特別冷清。

「好，娘陪妳。」吳氏很痛快地應下來。

夜裡，母女倆坐在炕上說了好一會兒話，正準備睡覺，卻見蕭景田風塵僕僕地走進來，抱拳作揖道：「岳母大人安好。」

他回來之前有先去一趟老宅，知道岳母來了，就匆匆回來相見。

「姑爺回來了。」吳氏眉眼彎彎地應道。

自從蕭景田回來後，她還是第一次見到他，聽說他失了記憶，心裡正忐忑著，哪知他一見面就喊岳母，這讓她有些驚訝。

「妳們歇著吧，我去書房睡。」蕭景田朝母女倆笑了笑，抱著被子走出去。

「穗兒，這不大好吧？」吳氏覺得有些尷尬。

若是她一來，女兒和姑爺就不同房睡了，那她還不如回去呢。

「娘，您多心了，有啥不好的？」麥穗不以為意地鋪著被褥。「家裡這麼多屋子，他想去哪裡睡就去哪裡睡，您還怕他沒地方睡嗎？」

片刻，蕭景田又折回來，衝著麥穗笑了笑，囑咐道：「明天芸娘出嫁的時候，咱們得添箱，別忘了準備添箱的銀子。」

「放心，我都準備好了。」麥穗笑著回道：「我已經跟大嫂、二嫂說好了，每家放一兩銀子的添箱錢。」

「那就好，妳們歇息吧，我也去睡了。」蕭景田眉眼柔和地看了看麥穗，大踏步地走出去。

「穗兒，我聽說妳這個小姑子一直跟著妳做魚罐頭，妳才添一兩銀子，是不是有些少啊？」吳氏見姑爺待女兒還不錯，懸著的心才總算放下。

她本以為姑爺沒了記憶，會對女兒置之不理呢！如今看來，並非她想的那樣。

「娘，您放心，這是明面上給的銀子而已。」麥穗也注意到蕭景田溫柔的表情，心情不禁愉悅起來，笑道：「我私下足足給她添了六十六兩銀子，算是給她跟牛五的賀禮。」

同樣是哥哥，明面上給的銀子自然得一樣，這個道理她懂。要不然，添了這麼多銀子，豈不是打了老大、老二兩家人的臉？她又不傻，肯定不會這麼做的。

她私下給的那些銀子，已足夠牛五和蕭芸娘在鎮上置辦新房了，牛五鞍前馬後地幫了她這麼多忙，她自然不會虧待他。

「這倒也是。」吳氏恍然大悟，連誇麥穗做得對。

母女倆躺下後，又說了好一會兒話，才沈沈睡去。

第二天，天還沒亮，麥穗就被吳氏叫起來。

麥穗作為嫂子，得提前去老宅再一起吃個團圓飯。

吳氏自知身分尷尬，便知趣地留在新宅，沒跟著去老宅那邊湊熱鬧。她是再嫁之身，得避嫌。

蕭家父子四人去海邊放鞭炮，才剛剛回來，就又被蘇姨媽咋咋呼呼地指揮著封喜箱、抬嫁妝，眾人都忙得團團轉。

蕭宗海雖然不大想搭理蘇姨媽，卻也不好意思多說些什麼，畢竟他嫁女兒是喜事，得圖個吉利，需要一個兒女雙全的人出面打點周全，這是自古留傳下來的禮數。

麥穗有身孕，也就是有喜，按風俗是不能靠近新娘的，因為新娘成親當天喜神當位，氣勢太甚，傳言會衝撞護佑胎兒的胎神。

一山不容二虎，一家也容不得二神，既然什麼也做不了，她就只能坐在炕上，看著眾人忙碌。

眾人鬧哄哄地吃完飯後，又忙著收拾這、收拾那的。

蘇姨媽煞有介事地拿了梳子替蕭芸娘梳頭，心裡很得意。她兒女雙全，是這個屋子裡最有發言權的女人。

孟氏則站在一邊不停抹眼淚，雖然女兒是嫁到隔壁，但從此以後女兒就不再是蕭家的人了。

一梳梳到尾。

二梳梳到白髮齊眉。

三梳梳到兒孫滿地。

蘇姨媽為蕭芸娘梳完頭，再蓋上紅蓋頭，前來迎親的喜轎就到了。

因為是隔壁，離得太近，喜轎特意繞著村子轉了三圈，才進到牛五的家。

蕭家人畢竟是娘家人，也不好去觀禮，寒暄一陣子，便各自散了。

蘇三被滿屋子的紅刺痛了眼睛，更刺痛了心，自始至終都無精打采的，一句話也沒有說。她是妾室，出嫁的時候沒有這鋪天蓋地的紅，也沒有這麼熱鬧。

她原本觀完禮是打算回鎮上的，但見蕭景田坐在院子裡跟蕭宗海聊天，便又捨不得走了。她趁蕭宗海進屋的空隙，理了理衣衫，施施地坐到蕭景田面前。「景田，溧陽郡主快生了呢，也就這兩天了，你不去看看她嗎？」

她想來想去，也只有這個話題能引起他的興趣。畢竟這段時間她與郡主走得近，知道了許多事，包括郡主那個表姊楚妙妙。

那楚妙妙真不是什麼好東西，極其貪財不說，還喜歡女人。

前幾天楚妙妙曾帶著兩個美婢來找過秦溧陽，說是其中一個美婢的兄弟在銅州做生意，因此想要買下秦溧陽在銅州的兩處鋪子，氣得秦溧陽當場跟楚妙妙翻臉。

兩人不歡而散。

怎知，蕭景田只是微微頷首，便坐在那裡自顧自地喝茶，再沒有下文了。

秦溧陽生不生孩子，跟他有什麼關係？

第一百零五章 吳三郎來訪

「景田，溧陽郡主這些日子心心念念盼著你能去看看她呢。」蘇三不依不饒地繼續道。「怎麼說她懷的也是你的孩子，你可不能不聞不問啊！」

她覺得她越來越看不懂蕭景田了。不喜歡她也就算了，怎麼連秦溧陽那樣身分高貴的女人都看不上呢？

若是敗在秦溧陽手下，她也就認了，偏偏蕭景田連秦溧陽也不喜歡，卻獨獨中意那個用一袋白麵買來的麥穗。

「誰說那是我的孩子？」蕭景田冷冷地開口。

「自然是郡主她自己說的。」男人身上的氣勢太過冷冽，讓蘇三的心頭不禁突突地跳了一下，支支吾吾道：「她若不說，我哪會知道啊？」

「人云亦云，愚蠢至極。」蕭景田懶懶地看了她一眼，放下茶碗，起身就走。

「欸，景田，我還沒說完呢！」蘇三絞著帕子喊道，眼圈也隨之紅起來。

就算她已經嫁為人婦，就算她知道她跟他再也不可能，但她依然喜歡他。就連秦溧陽有孕的事，她也沒聲張，一直替他保密來著⋯⋯

片刻，蕭景田去而復返，又轉身走回來。

「景田！」蘇三心裡一喜，立刻起身迎上去。她就知道，他只是性子冷淡一些，不是真的討厭她。

哪知蕭景田越過她，直接進了屋，走到麥穗身邊，溫言道：「妳也累了大半天，咱們回去吧。」剛才他被那個愚蠢的表姊給氣糊塗了，竟忘了他媳婦還在老宅沒回去呢。

「好。」麥穗點點頭，便穿鞋下炕。

她往外走的時候，不小心被地上的柴火絆了一下，身子一個趔趄，蕭景田馬上眼疾手快地扶住她。「小心點。」

「嗯，沒事，我看著腳下呢。」麥穗笑道。

「娘，趕緊把地上的柴火收拾了。」蕭景田朝裡屋喊道。家裡這麼亂，要是害他媳婦跌倒可怎麼辦？

「來了、來了。」孟氏正跟蘇姨媽聊得熱火朝天，聽見蕭景田喊她，趕緊手忙腳亂地過來收拾柴火。她光顧著聊天，家裡亂七八糟的，都還沒收拾呢！

蘇三眼睜睜地看著蕭景田擁著他媳婦走出去，氣得直跺腳。

那個麥穗分明是故意的，故意在蕭景田面前裝可憐，不就是有身孕了，有什麼了不起的？再說了，誰知道她肚子裡懷的是誰的孩子？

回到鎮上，她便添油加醋地跟秦溧陽說了一番，憤憤道：「以前她剛嫁過來的時候，景田得知她跟吳三郎的那些齷齪事，還想把她送回家去呢。是我姨媽覺得好不容易用一袋白麵換了一個媳婦回來，心裡捨不得，所以硬是攔著不讓麥穗走，還千方百計地撮合他們。也是這個麥穗有手段，最後還是勾引景田上了她的床，妳也知道，再怎麼烈性的男人，都招架不住女人在床上的引誘。郡主您想啊，那時那個麥穗只有十六歲，正是花一樣的年齡，長得也還算不差，她要是主動把衣裳一脫，那景田……」

見秦溧陽紅了臉，蘇三也不好意思繼續說下去，又道：「反正、反正就是那個麥穗勾引景田，現在景田失了記憶，雖然真的忘了她，卻也把她過去的不堪給忘了。再加上她現在有了身孕，景田更是被蒙在鼓裡，以為那是他的孩子，所以才對她百般遷就，就差沒把她寵上天了。」

秦溧陽頓時氣不打一處來。對呀，她怎麼沒想到這一點呢？蕭景田既然失了娶妻後的記憶，又怎會記得他媳婦跟那個吳三郎之間的曖昧情事？

「對了，妳不是說會想辦法告訴蕭景田這些事的嗎？妳怎麼說的？」秦溧陽問道。怎麼聽蘇三的口氣，蕭景田好像還不知道他媳婦跟吳三郎之間的事。

「我告訴了我姨媽，讓我姨媽去跟景田說的呀。」蘇三愣了一下，繼而又嘆道：「可今天我問過我姨媽了，我姨媽說景田根本不信，還讓她少管閒事呢！」

「蘇三，不是我要笑話妳，妳說妳認識蕭景田不是一天、兩天了，怎麼依然不知道他是個什麼樣的人？妳憑別人的三言兩語就想說服他，那根本是作夢。」秦溧陽覺得這個女人簡直太蠢了。

蕭景田可是馳騁沙場、殺人不眨眼的鐵骨漢子，豈是隨便就能糊弄得了的？

呵呵，果然以色侍人的女人都不大聰明。

蘇三一頭霧水。

「若沒有證據，他是不會相信的。」秦溧陽索性打開天窗說亮話，直截了當道：「最好讓景田親眼看見，否則說什麼也是白搭。」

「還請郡主指點。」蘇三是真的不知道該怎麼辦了，散播那些八卦消息她在行，可該如何讓蕭景田撞見麥穗跟吳三郎的醜事，她這腦子就不夠用了。

秦溧陽冷哼一聲，招招手，把碧桃喚過來。「最近跟喬生見過面嗎？」

「見過一次。」碧桃小聲道。

「吳三郎最近在幹麼？」秦溧陽一本正經地問道。

「聽喬生說，吳大人剛剛跟柳家小姐訂了親。」碧桃如實答道。「其他的，奴婢就不知道了。」

「麥穗跟吳三郎他們最近沒有見過面嗎？」蘇三頓時明白了秦溧陽的用意，上前問道：「前些日子喬生不是說吳三郎知道麥穗有喜，便準備了一份賀禮，想要給麥穗送過去的嗎？送了嗎？」

「還沒有。」碧桃期期艾艾地道：「喬生說，最近吳大人整天忙於公事，還沒顧得上這件事。」

喬生經常到金山鎮替吳三郎辦事，只要一來鎮上，就會過來探望碧桃。而他對碧桃的心意，就連秦溧陽也知曉了。

「碧桃，麥穗給妳什麼好處了？」秦溧陽見碧桃說起話來遮遮掩掩的，很是惱火，拍著桌子道：「妳這個吃裡扒外的東西！難道她才是妳的主子嗎？」

「郡主息怒。」碧桃連忙跪倒在地。「奴婢對郡主絕無二心，只是奴婢真的只聽喬生說吳大人最近很忙。」

「郡主，她畢竟只是個丫頭，想來就算是那兩人私會了，喬生也不會告訴她的。」蘇三見秦溧陽翻臉，忙上前打圓場。「算了，這件事，咱們再慢慢商量。」

這時，門房來報，說喬生來了。

碧桃眼前一亮，繼而又黯淡下來。

她雖然只是個丫鬟，但也是有血有肉的人，當她險些被那個大漢糟蹋的時候，是麥穗出手幫了她一把，若是沒有那塊碎片，她現在還不知道身在何處。

可當她歷盡艱難逃出來，回到秦溧陽身邊的時候，秦溧陽甚至連問都沒有問她經歷過什麼，只是輕飄飄地說了一聲回來就好，說她還不是個笨的。

如今，見她們聯合起來要算計麥穗，她是真的於心不忍，只是她人微言輕，根本改變不了什麼，若是貿然替麥穗說話，說不定還會幫倒忙。

偏偏這個時候喬生過來了，若是她們再利用喬生怎麼辦？

「把人請到書房去，我親自見他。」秦溧陽扶著腰身站起來，走到碧桃面前，冷冷道：「碧桃，妳是知道我的，若是妳起了不該起的心思，我是不會放過妳的。想想妳兄弟目前的處境，再決定妳想怎麼做。」

蘇三得意地看了看碧桃，便攙著秦溧陽走出去。

碧桃咬咬唇，也跟著兩人去了書房。

喬生見郡主親自出來見他，有些受寵若驚，抬眼看了看站在兩人身後的碧桃，他咧嘴一笑，搓著手道：「回稟郡主，最近總兵府的蘇將軍，正在海運司查貨船入境的存檔，還要求各個衙門配合，吳大人也一直忙著這件事呢。吳大人過幾天會到金山鎮這邊來，好像是因為成記船隊有批貨出了些問題，要吳大人幫個忙。其他的，小人就不知道了。」

「碧桃，妳還不快去給喬生沏杯茶過來。」秦溧陽吩咐道。

碧桃看了看喬生，咬了咬唇，一聲不響地退下去。

待碧桃退下，秦溧陽笑盈盈地看著喬生，道：「我知道你喜歡碧桃，我打心眼裡也替碧桃高興。你放心，碧桃年紀也不小了，到了該放她離開的時候，我自然會放了她、成全你們的。只是眼下有件事，我想找你幫個忙。」

「郡主的事，就是小人的事，小人一定赴湯蹈火、在所不辭。」喬生聽郡主這樣說，頓時心花怒放。

「放心，無須你赴湯蹈火。」秦溧陽淺笑盈盈地看著他。「只是讓你傳個話而已。」

當碧桃端著茶回來的時候，喬生已經走了，只見蘇三不知道說了句什麼，逗得秦溧陽格格直笑。

新婚三日，新娘子和新姑爺回門，蕭家又熱鬧了一回。

蕭芸娘嬌羞無比地依偎在牛五身邊，每每見到人，就更加羞澀。

牛五則是滿面春風，一口一個爹、娘，喊得格外殷勤。

看樣子，小倆口的新婚生活十分和諧。

孟氏這才暗暗放了心，愈加熱情地給新姑爺挾菜。牛五的碗裡很快就冒了尖，連下筷子的地方都沒有了。

蕭芸娘嬌羞道：「娘，您別給他挾了，他又不是外人。」

「牛五，使勁吃，也不知道這兩天芸娘做的飯，你能不能吃得習慣。」孟氏眉眼彎彎地招呼著，現在她瞧著牛五也像個俊朗後生，她是越看越欣喜。

「娘，我自己來就行。」牛五嘿嘿地笑。

這兩天，小倆口正是蜜裡調油的時候，他哪裡捨得他媳婦給他做飯，裡裡外外的事情都是他在做，他根本捨不得讓他媳婦的手沾水。

喬氏撇嘴冷笑。牛五又不是什麼高門子弟，她真不懂娘為何要對他這般好？牛五雖然準備的聘禮不少，但蕭家也白白貼了那麼多嫁妝，說來說去，還是牛五賺了。可當著公公的面，她又不敢真的說出口，到了嘴邊的話硬是嚥下去。

而麥穗吃完飯，便早早回了新宅。

這幾天她一直都在鋪子那邊忙碌著，最近新招了十多個做工的，她得親自盯著，手把手地教，要求得比之前更嚴格才行。

蘇二丫雖然是幹活的好手，但一下子增加這麼多人，她也是教不過來。好在牛五和蕭芸娘只歇三天，要不然，她和二丫真要累得趴下了。

為了早點還上向成記船隊預支的貨款，麥穗不得不每天早出晚歸地領著眾人幹活，讓吳氏看在眼裡、疼在心裡，索性也跟著她去鋪子裡幫忙。

新鋪子裡的宅子還沒收拾好，不能住人，麥穗便在一品居的三樓訂了兩間上房，有時候做得太晚，她跟吳氏就在客棧住下，歇一歇腳。要不是今天蕭芸娘回門，母女倆也顧不上回村。

吳氏見女兒常常忙得顧不上吃飯，人也越發消瘦，便勸道：「穗兒，這世上的銀子是賺不完的，妳可別這麼拚命，更何況妳現在還懷著身子，萬一有個什麼好歹，那不是得不償失嗎？」

「娘，您放心，我心裡有數。」麥穗倚在被褥上，喜孜孜地看著帳本。「這些日子您也看到了，我又不幹重活，不過是動動嘴而已，哪有您說的那麼累？別人有身孕還不是照樣幹活，我也不能每天躺著不動吧？再說了，我這鋪子剛剛來了新人，我不上點心怎麼行？等他們做習慣，我就放手讓他們獨立，也可以一勞永逸了。」

這些日子，她已經不再孕吐，不但吃得好、睡得好，飯量也比以前大許多，分明是比以前胖了。

更重要的是，成記船隊的貨款她已經還了大半，估計再一個月就能全部還清。而欠于掌櫃的那一萬兩銀子就好說了，她有鋪子在，不怕還不上這些銀子。

「妳呀，娘說不過妳。」吳氏點了點她的額頭，又問道：「最近怎麼不見姑爺過來看妳？你們不會鬧彆扭了吧？」

奇怪，這小倆口好像總是各忙各的，也不常在一塊兒住。

她們母女在一品居住下的日子，姑爺可是連一次也沒有來看過女兒，這讓她很納悶。

「娘，看您想哪兒去了！咱們怎麼會鬧彆扭？」麥穗嬌嗔道。「最近景田在忙總兵府的事，等他忙完，就會回來了。」

「可妳前幾天不是說他以後就要在家裡出海捕魚，不出去了嗎？」吳氏一頭霧水。這要是姑爺在家，多少還能幫襯些，女兒也不至於這麼累。

「之前他的確是這樣說的。」麥穗嘆道：「大概還有一些事沒處理完吧。」

算了，不想了。想也沒用，蕭大叔畢竟不是以前的蕭大叔了。

他們現在還處在相敬如賓的階段，她哪裡能知道他都在做些什麼？總之，她只要知道他做的都是要緊的大事就行了。

第二天一大早，母女倆吃完飯，剛要出門，外面便下起了傾盆大雨。

天氣不好，沒有船出海，鋪子裡也沒有多少活兒可做，正好能歇一歇。

麥穗索性又鑽進被窩裡，想睡個回籠覺。

吳氏心疼女兒，便替她拉了床帳，自己則坐在邊上用剪子剪蠶豆。麥穗最近迷上了吃爆炒蠶豆，為了吃的時候好剝，蠶豆得提前用剪子剪出一個十字花。

剛剪了一把蠶豆，就聽見有人敲門。「蕭娘子在嗎？」

吳氏打開門，見來人有些眼熟，卻叫不上名字，遲疑地問道：「你是？」

「嬸娘，您不認識我了？我是喬生啊。」喬生笑道。

「哦，對了，你就是吳大人身邊那個喬生。」吳氏想起來，又道：「你來找穗兒幹麼？」

「吳大人說，有很重要的事要找蕭娘子。」喬生一本正經道。「聽說蕭娘子正好住在這裡，咱們大人如今在二樓包間等著蕭娘子呢。」

「她現在正在睡覺，等她醒來，我再跟她說。」吳氏笑盈盈地道。

喬生頓時無語。居然讓堂堂五品知府等著，這樣好像不大對吧？可他也只能摸摸鼻子，回二樓包間去回話。

「那就等著吧。」吳三郎自然不會計較這些，反正下雨天，他也出不去。

第一百零六章　事出反常必有妖

等麥穗醒來，已經是下午了，雨仍然下著。

聽母親說吳三郎找她有事，她便梳洗一番，去了二樓。

喬生引著麥穗進屋之後，眸光黯了黯，便悄無聲息地退下去。

「穗兒，聽說成記船隊曾經在妳那裡放過一船紫檀木？」吳三郎開門見山地問道：「妳有沒有發現那船木頭有什麼不妥之處？」

「成記船隊的確是在我那裡放過紫檀木。」麥穗點點頭，努力地回憶道：「但我並沒發現有什麼不妥之處。」

當時她急著去總兵府做魚罐頭，便讓公公前去幫忙照看。聽公公說，那船紫檀木放了不到半個月就拉走了。

「妳有沒有發現這個？」吳三郎說著，便從袖子裡掏出一塊雞蛋大小的黃金，遞給麥穗。

麥穗遲疑一下，接了過來，仔細地端詳一下，驚訝道：「黃鐵？」

這東西她認得，乍一看上去像是黃金，俗稱愚人金。她記得老宅的窗臺上好像有這麼一塊黃鐵，只不過那一塊斑斑點點的，黃色部分沒有這一塊多，公公曾說過那是他從那一堆木頭裡撿來的。

「對，就是黃鐵。」吳三郎點點頭，壓低聲音道：「成記船隊運的那船木頭因重量不一致，被海運司扣押過，後來還是總兵府的朱將軍出面說情，說是因為陰雨天的緣故，才把那船木頭給要了出來。此事我總覺得蹊蹺，便把這件事告訴總兵府的蘇將軍，於是蘇將軍讓我暗中徹查此事，我便查到了這個。」

「怎麼說？」麥穗一頭霧水。「黃鐵是禁運物嗎？」

「不是，這正是我百思不得其解之處。」吳三郎搖搖頭，扶額嘆道：「現在我知道那船紫檀木之所以重量相差一半，是因為夾雜大量黃鐵的緣故，只是黃鐵並非禁運之物，他們為什麼還要如此費盡心思地把黃鐵運進來呢？」

裝船的時候，他們把黃鐵跟紫檀木裝在一起入境，船至中途，再把黃鐵悄然用小船運走，如此一來，靠岸後的紫檀木重量自然就輕了許多。

事出反常必有妖，可他偏偏又想不出這是為了什麼。

「這件事你跟蘇將軍說了沒有？」麥穗問道。話說這樣的大事為什麼要跟她說呢？她也不懂啊！

「沒有。」吳三郎搖搖頭，肅容道：「原本我是想跟他說的，可那天我見他跟朱將軍喝得酩酊大醉，看上去交情匪淺，我擔心他們是一夥的，就沒說出口。」

「所以你是想透過我，告訴景田這件事？」麥穗恍然大悟。除了這個解釋，她想不到吳三郎為什麼要找她。

「對，我覺得眼下唯一信得過的人，就只有蕭將軍了。」吳三郎汗顏道：「可惜我一直見不到蕭將軍。昨天聽說他在總兵府，我急急忙忙去見他，卻不想吃了個閉門羹，今天聽說蕭將軍回了金山鎮，我又派人找了所有能找的地方，包括你們家裡，可還是找不到蕭將軍，就只能來找妳了。」

之前他還口口聲聲說蕭景田是土匪，誰承想他竟然就是當年威名遠揚的景大將軍，他真是有眼不識泰山啊！

「那你去于記飯館找過他嗎？」麥穗問道。她覺得蕭景田既回了金山鎮，又不在家，那十有八九是在于記飯館。

「沒有。」吳三郎搖搖頭，他並不知道蕭景田跟于記飯館之間有什麼淵源。

「這樣吧，我幫你約他。」麥穗看了看天色，起身道：「他既然在金山鎮，那今天肯定會來找我的，等他來了以後，我就跟你說一聲，你們再好好談一談。」

蕭大叔雖然失憶，但對她還算不錯，如果他知道她住在一品居，肯定會過來看她的。這一點自信，她還是有的。

「那就這麼定了。」吳三郎笑了笑，道：「正巧我就住在妳樓下，等蕭將軍來了，妳喊我一聲就行。」

「好。」麥穗爽快地點頭應道：「那我先回房了，你忙你的。」

剛走到門口，便聽見吳三郎喊住她。「穗兒，我還有件事要跟妳說。」

「什麼事？」麥穗回頭看著他。

「我、我訂親了，對方是柳澄的妹妹柳如玉。」吳三郎苦澀地道。「以後再見面，怕是就不方便了。」

「恭喜吳大人。」麥穗衝著他笑了笑，腳步輕鬆地走出去。

訂親是好事啊，他對她有所顧忌才好啊！

「什麼？你說麥穗約了吳三郎見面？」蘇三頓時來了興趣。「什麼時候？」

哼，麥穗，妳果然按捺不住了！

「沒說具體在什麼時候，吳大人跟蕭娘子在包廂裡見了一面，也沒說幾句話，兩人便出來了。隨後吳大人就說推掉今日的一切應酬，哪裡也不去，就在房間裡等著。」喬生有板有眼道：「小人見吳大人心情不錯，還哼著小曲呢。」

「你確定他們今天還要見面？」秦溧陽狐疑地問道。

住在同一間客棧裡，卻接二連三見面，這兩人還真是藕斷絲連哪！

「確定。」喬生連連點頭。

「那咱們可有熱鬧看了。」秦溧陽冷笑。

若是蕭景田知道麥穗跟舊相好偷偷摸摸地約會，肯定會立刻休了她的。說不定麥穗肚子裡的孩子，還真是吳三郎的。

「郡主放心，這件事包在我身上。」蘇三自告奮勇道：「景田不是一直不相信咱們嗎？今天就讓他好好看看，他媳婦到底是個什麼樣的人。」

「那二哥現在在哪裡？」秦溧陽問道，這件事的關鍵是得讓蕭景田親眼看到，要不然，他肯定不會相信的。

「郡主，眼下咱們顧不上景田這頭了。」蘇三會意，唯恐秦溧陽改變主意，忙道：「俗話說，機不可失、失不再來，只要咱們當場捉姦，就不怕景田不知道。到時候，眾目睽睽之下，也由不得麥穗和吳三郎不承認。」

秦溧陽一想也是，還是先逮了人再說。

當下兩個女人便嘀嘀咕咕地商量一番，最後決定由蘇三出面捉姦，然後她假意路過，協助蘇三大張旗鼓地把事情鬧得人盡皆知。這樣一來，不但吳三郎的烏紗帽保不住，就連麥穗的名聲也完蛋了。

這一次，她就不信蕭景田不會休了麥穗！

傍晚時分，雨漸漸地停了。

半空中浮現出一道彎彎的彩虹，引得路人紛紛駐足觀賞。

連在一品居住宿的客人們，也爭先恐後地跑到大門口，仰頭觀賞這難得一見的彩虹。有的客人詩興大發，還命店小二擺了筆墨紙硯，當場揮毫作詩，好不愜意。

麥穗站在窗前賞了一會兒彩虹，頓覺沒趣，索性回屋等著蕭景田。

不知怎的，她覺得蕭大叔一定會來看她。果不其然，不一會兒，門口便傳來一陣熟悉的腳步聲。

敲門聲響起。

吳氏上前開門，見到來人，眼前一亮。「姑爺來了。」

「岳母。」蕭景田提著食盒進屋，笑道：「妳們還沒吃飯吧？我從于記飯館給妳們帶了些吃的，快過來趁熱吃吧。」

「姑爺真有心。」吳氏對這個女婿是越看越滿意，笑道：「我跟穗兒剛想下去吃飯呢，沒想到你就送來了。」

「景田，你這幾天去哪裡了？」麥穗起身把布巾沾濕，擰了擰，遞給蕭景田，嗔怪道：「你不是說總兵府那邊沒事了嗎？」

說好的回來出海捕魚呢？說好的幫她看鋪子呢？

「出了點小意外。」蕭景田笑著擦擦手，問道：「妳這幾天怎麼樣？身子還有沒有不舒服？」

「沒有，挺好的。」麥穗見他不想說，也就沒再追問下去，淺笑道：「正好我也餓了，一起吃飯吧。」

飯菜很豐盛。

滿滿當當的四大盤雞鴨魚肉，還有一籠小肉包，看得吳氏直咋舌。

乖乖，這一頓飯，得花多少銀子啊？比她過年的時候吃得還要好。

不過她心裡卻是樂開了花，姑爺知道心疼女兒，就是天大的好事。

麥穗倒沒想這麼多，最近她胃口大開，吃得津津有味。于記飯館不愧是百年老店，做出來的飯菜就是比一品居好吃。

蕭景田吃了兩個小肉包，便放下筷子。

吳氏在家的時候，為了省糧食，一天就吃兩頓飯，久而久之，胃口也小了，眼前的飯菜雖然豐盛，她也不過吃了幾口肉，就吃不下去了。

兩人靜靜地看著麥穗吃。

許是之前吐得太厲害，幾乎聞不得飯菜的香味，如今胃口變好，吃什麼都覺得異常香甜。她一盤雞吃完了還不算飽，又開始吃魚、吃肉包子，要不是那盤紅燒肉裡放了陳皮，她也能吃上幾塊。

吳氏拿起筷子，替她挑出陳皮。「能吃就好，將來孩子也壯實。」

蕭景田笑了笑，目光悄然落在她的小腹上。幾天不見，感覺這個女人豐滿了許多，想必腹中的孩子也長大不少吧。

他得在孩子出生前，把所有事情都解決了，給孩子一個真正和平的日子。

吃完飯，麥穗便跟蕭景田說起吳三郎到處找他的事，問道：「景田，吳大人說他昨天去總兵府找你，你沒有見他，是這樣嗎？」

「是。」蕭景田淡淡道：「他堂堂一個五品官，卻拿著拜帖見我，這不合禮儀。我如今只是一介草民，不想跟官場上的人有任何來往，是他唐突了。」

這些日子，他一直跟蘇錚秘密調查蕭雲成和趙廷的事，知道總兵府並非只有黃老廚一個內應，那個朱將軍也是內應。若想要把這張網解開，就需要更加隱密地撒下另一張網。

「吳大人說有重要的事情要跟你說。」麥穗壓低聲音道：「他說他發現成記船隊的那批紫檀木之所以重量對不上，並非是木材本身的問題，而是裡面摻雜黃鐵的緣故。」

「黃鐵？」蕭景田神色一凜，問道：「吳大人現在在哪裡？我得親自問問他，看到底是怎麼一回事？」

「他就在二樓等你。」麥穗悄聲道。

「二樓人太雜，讓他上來談。」蕭景田沈吟道：「一品居魚龍混雜，肯定也有成記船隊的人在此盯梢，我去找吳大人的話，目標太大了。」

「我這就去喊他。」吳氏會意，她別的幫不上忙，這點小事還是不在話下。

片刻，吳氏便領著吳三郎進了屋。

蕭景田跟吳三郎相互打了聲招呼後，兩人就去了裡間的書房，坐下來說話。

麥穗給兩人上了茶，便退出來。

她坐在外間的窗下，跟吳氏有一句、沒一句地閒聊著。想不到蕭景田跟吳三郎竟然有一天能坐在一起議事，她想想都覺得不可思議。

「下官不知，將軍竟然是昔日西北銅州赫赫有名的景大將軍，失敬、失敬。」吳三郎客客氣氣地作揖道。

他還是秀才的時候，就聽說過景大將軍的威名，也曾經跟同窗好友們激烈地討論過景大將軍的種種英雄事蹟。

如今，昔日偶像就在眼前，他覺得似乎有一股強大的氣勢籠罩著他，讓他有些窒息的感覺。更要命的是，他曾經差點帶著景大將軍的媳婦私奔！

如今，兩人這樣面對面地相見，他覺得真是尷尬得不能再尷尬了。

吳三郎很快就出了一身汗。

「大人言重，如今我只是一介草民，擔不得大人如此抬愛。」蕭景田看著吳三郎，輕抿了口茶，開門見山地問道：「大人說紫檀木裡摻雜著黃鐵，那這些黃鐵如今在何處？」

原來這個男子，就是傳言跟麥穗相好過的男人。

傳言就是傳言，不過是個白面書生，也值得娘跟蘇三成天耳提面命地提醒他？這個人，連當他對手的資格都沒有。

「聽說是在總兵府。」吳三郎不停地掏出帕子擦汗。

蕭景田微微頷首。他猛然想到前些日子他去大菩提寺熏香的時候，曾看見有好多村民挑著土去寺裡換大米，當時覺得蹊蹺，便上前問了問，才發現那些人挑的，竟然是茅房四周的土，一筐這樣的土可以換寺裡的一斤大米。

當時他百思不得其解，妙雲師太究竟想幹什麼？

如今聽吳三郎說起那一船紫檀木裡摻雜了黃鐵，他的心頭倏地明朗起來，他終於明白趙廷和蕭雲成想做什麼了。

黃鐵跟茅房土合起來，能提煉出一種比刀劍更具殺傷力的武器，那就是黑火藥。

他們是想製造一場比海亂更讓人感到恐懼的大爆炸，比方說炸掉總兵府，甚至是炸掉宮裡那個高高在上的人。

蕭景田抑住心裡掀起的狂風巨浪，不動聲色地問道：「吳大人既然知道了這批黃鐵的下落，如今打算怎麼辦？」他跟吳三郎是頭一次見面，連泛泛之交也算不上，自然不會把這個秘密和盤托出。

他雖然需要幫手，但這個幫手絕對不會是吳三郎。

「此事原本是蘇將軍讓在下協助調查的，如今在下查到了結果，卻不知道蘇將軍是不是個靠得住的人。」吳三郎直言道。「前兩天，在下還見蘇將軍跟朱將軍在一起喝酒，兩人像是交情匪淺的樣子，而當初要海運司放行那批紫檀木的正是朱將軍。在下擔心所託非人，會誤了大事，故而才來找將軍商量的。」

「吳大人放心，蘇將軍是靠得住的，大人若有什麼事，儘管向蘇將軍稟報就是了。」蕭景田意味深長地道：「有時候你看到的、聽到的，未必就是真的。」

蘇錚跟朱將軍在一起，故作親密，那不過是個幌子罷了。

「多謝將軍提點，在下知道怎麼做了。」吳三郎欣然應道。

蘇錚靠得住的話，那就好辦了。黃鐵要是真的運進總兵府，橫豎有蘇錚能管著，此事他也就幫忙查到這裡了。

「喝茶。」蕭景田展顏招呼道。

這時，一陣嘈雜的腳步聲由遠而近，在門口停下來。

「麥穗，這下子看妳還有什麼話好說？」蘇三尖銳的聲音傳來。「妳不是口口聲聲說咱們沒有證據，打死不承認妳跟吳大人之間有私情嗎？這回認了吧！」

哼，她可是親眼看見吳氏領著吳三郎進了麥穗的房間。這麼久沒有出來，怕是連衣裳都脫了吧？

眾人一聽有熱鬧看，立刻蜂擁到門口圍觀。

秦溧陽頭戴著帷帽，在碧桃的攙扶下，幸災樂禍地坐在一樓喝茶。聽見樓上的嘈雜，她心裡很解氣。

「三表姊，我聽不懂妳在說什麼？」麥穗隔著門，清清嗓子應道。

她心裡頓覺好笑，敢情這蘇三是帶人來捉姦的啊，不過蘇三的運氣好像差了那麼一點點，吳三郎的確是在她屋裡，但蕭大叔和她娘也在啊！

「哼，真能裝！這大晚上的，你們孤男寡女躲在一個屋裡，我看你們還有什麼話好說的。」麥穗的聲音在蘇三聽來有些驚慌失措，她心裡愈加得意，索性扠腰道：「妳以為妳騙得了姨媽、騙得了景田，就能騙過所有人嗎？我呸，我要讓所有人都來好好地看看你們的醜事！」

說完，蘇三朝身後一揮手，兩個壯漢猛地上前，撞開了門。

蘇三領著眾人氣勢洶洶地進屋，一看便傻眼了，她看到的不該是吳三郎跟麥穗在床上的醜態嗎？可眼前卻是蕭景田這張黑得不能再黑的臉，這到底是怎麼回事？

「景田，我、我……」蘇三見到蕭景田，像見到鬼一般地驚恐，語無倫次道：「你、你怎麼在這裡？」

眾人也傻眼了。說好的捉姦呢？

「滾出去！」蕭景田怒吼道，他的聲音太大，差點震聾了圍觀一行人的耳朵。

眾人紛紛抱頭鼠竄。

尤其是那兩個踹門的壯漢，跑得比誰都快，很快就不見了蹤跡。反正他們已經拿了銀子，只管踹門，如今門被踹開，也就沒他們的事了。

蘇三呆呆地站在原地，半晌沒有反應過來。

到底是哪裡出錯了？她明明親眼看到吳三郎進了麥穗的房間，並沒出來啊！怎麼出現在屋裡的，反倒是蕭景田？

不容她多想，蕭景田一把將她拽出去，拖著她便下樓。

「景田，你放開我，你要幹麼？」蘇三氣得滿面通紅，他都捏疼她的手了！

蕭景田一直拖著她，逕自走到秦溧陽面前，冷聲道：「秦溧陽，妳知不知道，妳這樣做只會讓我更討厭妳。我告訴妳，人的忍耐是有限度的，妳好自為之。」

第一百零七章　這不是我的孩子

「景田，不是我，我只是碰巧路過。」秦溧陽掀開帷帽，楚楚可憐地看著他，蒼白無力地解釋道：「我、我什麼都不知道。」

蘇三聞言，有些難以置信地看著秦溧陽。難不成，這個黑鍋要讓她一個人來背？

她猛地拽著蕭景田的衣角，憤憤道：「景田，我才是冤枉的！這都是郡主的主意，她妒忌麥穗懷了你的孩子，才出了這麼個餿主意！」

「妳、妳血口噴人！」秦溧陽快被氣死了。

這女人的人品也太差了，明明是她們兩人合夥謀劃，怎麼一出事就全推到她頭上來呢？

「我怎麼血口噴人了，難道這件事不是郡主策劃的？」蘇三也很生氣，既然秦溧陽先不仁，那她也沒必要講什麼義氣了。

兩人妳一言、我一語地吵起來。

蕭景田臉一黑，忍住把這兩個女人扔出去的衝動，大踏步出了客棧，揚長而去。他可沒有那個閒工夫，去聽那兩個蠢女人吵架。

他得去總兵府找蘇錚，讓他先把進了總兵府的黃鐵給扣下，然後再派人去大菩提寺盯著那批茅房土提煉的進度。

只有把源頭掌控住，才能將他們蓄謀已久的陰謀扼殺在搖籃裡。

見外面圍著的人都散了，吳三郎才從書房走出來，跟麥穗告別。「穗兒，我還有要事處理，先走了，妳保重。」

跟蕭景田談了一番話，他覺得他從來都沒有像現在這樣通明過，果然是聽君一席話，勝讀十年書。

同時，他又有些為麥穗擔憂。

蕭將軍是真的喜歡麥穗嗎？

剛才蘇三鬧了一場，他隱約覺得蕭景田跟麥穗之間，好像沒有看上去的那麼安穩，還真是家家有本難唸的經。

「你也保重。」麥穗莞爾道。

蕭景田跟他聊了這麼長時間，想來兩人也算相談甚歡吧。

「穗兒，妳看這件事鬧的。」吳氏很生氣，沒想到這些人居然冤枉她女兒，真是太沒良心了！

「娘，無妨的，我都習慣了。」麥穗淡淡道。「別人越是見不得我好，我就越是要好好地過自己的日子，甭管她們了。」

經過今天這一次烏龍，秦溧陽和蘇三怕是再沒了想要陷害她的鬥志，禍兮福所倚，說不定是好事呢。

母女倆目送吳三郎下樓，剛想回屋，便聽見樓下傳來一陣驚呼。

「郡主，妳怎麼了？快醒醒啊！」碧桃緊張地喊道。

「她、她流血了。」蘇三的臉色瞬間刷白。
天啊，她們不過是吵了幾句，郡主該不會是被她給氣壞了吧？
趙庸正巧經過一品居門口，蘇三遠遠地瞧見了趙庸，忙飛奔出去，疾聲道：「趙將軍，拜託你快來幫忙，郡主、郡主她流血了！」
郡主要是死了，那她的罪過可就大了。
「流血？」趙庸嚇了一大跳。
難道她要生了？
趙庸趕緊進了一品居，抱起秦溧陽，並向掌櫃的要了一間房，又讓他去請來穩婆，然後就往三樓房間走去。
不久後，大夫和穩婆來了，趙庸便從房裡退出來。
聽著屋裡傳來女人撕心裂肺的叫喊聲，趙庸異常煩亂，不停在院子裡走來走去。
「碧桃，我是不是要死了？」秦溧陽被陣痛折磨得差點要撞牆，大汗淋漓地吩咐道：「快去把二哥叫來，讓他過來陪陪我，快去！快……」
只有蕭景田在，她心裡才感到踏實。
「郡主，這……」碧桃頓覺無語。
郡主怎麼這個時候還不對蕭將軍死心啊？蕭將軍會來嗎？
「郡主，您這是要生了，找景田過來幹麼？」蘇三直言不諱道：「我猜他就算知道了也不會來的。」

蕭景田是什麼樣的人，她不是不知道，就算太陽打西邊出來，蕭景田也不會來的。

「滾！妳給我滾出去！」秦溧陽咬牙推了蘇三一把，氣急敗壞道：「我再也不想看到妳！」這個女人不說話會死嗎？果然妾室都不是什麼好玩意兒！

蘇三臉一沈，倏地起身就走。

「哎呀，小娘子，別再說話了，快用力啊！」穩婆催促道。

走就走，當誰願意伺候她啊，什麼狗屁郡主！

這小娘子脾氣還真大，都這個時候了，怎麼還有心思跟人吵架呢？還有，郡主是啥稱呼啊？她這個老婆子從來沒聽說過哪。

「妳快去找啊！」秦溧陽見碧桃愣在那裡，差點氣暈過去。她都快疼死了，這個碧桃還傻乎乎地站在那裡做什麼。

碧桃慌忙應了一聲，提起裙襬就往外跑。

「怎麼了？」趙庸剛剛瞧見蘇三氣沖沖地跑出來，還沒來得及問發生了什麼事，眼下又見碧桃匆匆地往外跑，他心裡更加疑惑，連忙喝住她。「妳們不在裡面照顧郡主，亂跑什麼？」

「回稟將軍，郡主想、想見蕭將軍。」碧桃為難地道：「可奴婢也不知道蕭將軍在哪裡啊。」

「妳留下來照顧郡主，我去找他。」趙庸心裡一沈，急急地翻身上馬，繞著金山鎮疾馳一圈，卻沒有去找蕭景田，反而帶回來兩個穩婆。

他給每人賞了十兩銀子，肅容道：「我要妳們使出渾身解數替她接生，務必保證他們母子平安。若有閃失，我就要了妳們的命！」

與其滿大街去找蕭景田，還不如找穩婆回來，蕭景田又不會接生。

兩個穩婆得了銀子，又受到趙庸的威脅，哪敢不用心？

不出半個時辰，屋裡便傳出一聲嘹亮的哭聲，趙庸腿一軟，差點沒跌坐在地上。

總算生出來了。

「將軍，是個女娃娃，母女均安。」碧桃滿頭大汗地出來報喜，她飛快看了趙庸一眼，又迅速垂下眸子，心裡卻早已掀起滔天巨浪。

雖然剛出生的小娃娃眉眼還沒有張開，但她還是覺得郡主剛剛生的這個小娃娃，像極了趙庸。

天啊，但願她看錯了。

「好生伺候妳家主子。」趙庸心情複雜地出門騎馬。

這一回，自己真的要去找蕭景田了，得好好再次跟他確認一下，看看這孩子到底是不是他的。

若不是，那孩子會是誰的？

若是的話，那他又打算怎麼辦呢？

而剛生完孩子的秦溧陽，看了襁褓中的小娃娃一眼，如遭重擊。

「不，這不是我的孩子！不是我的孩子！妳趕緊把她抱走！」她一直擔心的事，竟然真的發生了。

這孩子一點也不像她，反而更像那個討厭的男人，特別是那雙眼角微挑的眼睛，像極了他們趙家人的那種丹鳳眼……

這肯定不是她的孩子，肯定不是！

「郡主，這明明是您辛辛苦苦才生下的孩子，怎麼會不是呢？您是太累了。」碧桃佯作不察，好脾氣地勸道：「奴婢請了奶娘過來，等小小姐吃完奶後，奴婢再給您抱過來。」

「不，我不要她，妳不要抱過來！」秦溧陽厲聲道：「這不是我的孩子，妳沒聽見我說話嗎？」

碧桃大氣也不敢出一聲，抱著孩子就跑出去。

方才的郡主，讓她覺得好害怕。她要不要告訴趙將軍這件事啊……

「回來。」秦溧陽又喝住她，咬牙切齒道：「記住，不要讓任何人看到這個孩子，特別是蕭家的人，聽明白了嗎？」

「是。」碧桃連連點頭應道。

孟氏聽說秦溧陽生了孩子，十分激動，她從雞窩裡抓了六隻雞，慌慌張張地就要去鎮上探望。

蕭芸娘一看，馬上就不樂意了。「娘，您一下子抓走這麼多雞，那三嫂生孩子的時候該怎麼辦呢？」

「哎呀，妳三嫂後院的雞，娘不是一直都有在餵嗎？那些雞夠妳三嫂吃的了。」孟氏嗔怪道：「咱們鄉下除了自己養的這些雞啊、鴨的，哪還有什麼稀罕東西帶給人家。」

「去歸去，但妳不准亂說話。」蕭宗海警告道。「她的孩子跟景田沒有半點關係，妳可別往自家人身上攬事。」

「我知道、我知道。」孟氏連連點頭。

她又不傻，哪能把不是自家的孩子往家裡帶。

而孟氏到一品居的時候，秦溧陽正在睡覺，碧桃便把她請進屋裡。「您先坐，等郡主醒了，您再進去。」

「好。」孟氏連連點頭，笑道：「丫頭，妳把孩子抱出來讓我看看，行嗎？」

「孩子有些怕風，大夫說暫時還不能見人。」碧桃垂眸道：「等過一陣子，您再看也不遲啊。」

「噢，曉得、曉得。」孟氏點點頭。「無妨，孩子最要緊。」

碧桃暗暗鬆了口氣。

「丫頭，大夫有沒有說孩子是怎麼一回事啊？」孟氏關切地道：「若是再過幾天仍不見好，不如就去咱們魚嘴村找狐大仙看看，到底是哪裡來的災，狐大仙一看一個準。」

「好、好。」碧桃支支吾吾應道。

秦溧陽躺在床上，聽見孟氏說的話，心裡一陣羞愧。

她真的沒臉見人了，孩子若是像她，倒也罷了，可偏偏像極了趙庸，日子一長，肯定藏不住的。

她該怎麼辦？

孟氏坐了一會兒，不見秦溧陽醒來，又不好繼續傻等下去，只得起身告辭，轉而去了麥穗的鋪子。

麥穗正在前院跟牛五核對出貨數量，突然見到婆婆來了，很是意外。「娘，您怎麼來了？」

「娘，您坐。」牛五也滿面春風地搬了張凳子給岳母。

「郡主不久前生了個女娃娃，我來看看她。」孟氏訕訕地道：「她終究對景田有恩，又是喜事，咱們也不能裝作不知道。」

麥穗笑了笑，沒吱聲。

她跟秦溧陽不對頭，並不想談論她的事。

見麥穗不語，孟氏也沒有繼續說下去，又道：「景田呢？最近他也沒回家，是跟妳在一起嗎？」

「前天過來了一趟，之後就再沒見到他。」麥穗看了看婆婆，又問道：「娘找他有事嗎？」

該不會是要讓蕭景田去看秦溧陽的孩子吧？婆婆要是敢這麼說，估計蕭景田又得氣到翻臉。

「沒事，我隨便問問。」孟氏悻悻道：「就是覺得他好幾天沒回家，我這心裡牽掛著。」頓了頓，她突然間想起什麼，又問道：「對了媳婦，妳最近有見到蘇三嗎？」
「有。」麥穗一聽這個名字就來氣。「她前天還帶著郡主去一品居，打算誣衊我跟吳三郎。這麼大的事，您居然不知道？」
「這到底是咋回事啊？」孟氏大驚。「三兒怎能做這樣的事呢？」
其實她內心是想問：妳跟吳三郎之間到底發生了什麼事，怎麼還會被誣衊呢？
「哼，人家吳大人找景田有事商量，正在書房說話呢，就被您那個好外甥女帶著人堵在屋裡了。您說她到底是懷疑我跟吳三郎呢？還是懷疑景田跟吳三郎？」麥穗冷笑道：「娘，我真不明白，要是我倒楣了，她能撈著什麼好處？就算景田真的休了我，那也不可能娶她，不是嗎？」
「媳婦，是三兒不懂事，妳別跟她計較。」孟氏好言安慰道。「袁庭一走就好幾個月，她也是太閒了。」
「她太閒了就得拿咱們來取樂子嗎？」麥穗不愛聽婆婆說的話，冷聲道：「再說了，您不要成天說她不懂事，她比景田還大一歲，今年二十六了吧？都二十六歲了不懂事？分明是人品太差。您憑啥讓我不計較，難道我就活該倒楣嗎？」
「她經歷這次的事，以後就老實了。」孟氏被媳婦數落一番，不禁老臉微紅，期期艾艾道：「那啥，妳忙妳的，我、我該回去了。」
「娘，這天色也不早了，您還是吃了飯再走吧，回頭我讓牛五送您回去。」麥穗知道這事不怪婆婆，她只是看不慣婆婆對蘇三的態度而已。

「也好，那妳忙妳的，我去灶房看看，好給你們做做飯。」孟氏瞧見這麼多間廂房，一時有些暈。

天啊，這得花多少銀子哪！

「您不用做飯，咱們有專門做飯的師傅。」為了節省眾人來回吃飯的時間，她特意找了個做飯的師傅，在後院開伙。

一頓飯下來，也花不了多少錢，卻把大家的幹勁都給提起來，每天的出貨量是之前的好幾倍呢！

「什麼？妳找人來做飯啊？」孟氏驚呼道：「那不還得給人家銀子？媳婦，這件事景田知道嗎？」

麥穗很無語，反問道：「娘，就這麼點小事，難道我還作不了主嗎？」

婆媳倆正說著話，就見蕭景田風塵僕僕地推門走進來。見到孟氏也在，問道：「娘，您來這裡幹麼？」

「溧陽郡主生了，我去看看她。」孟氏見蕭景田臉上沒啥表情，忙道：「那啥，我先去灶房看看有什麼要幫忙的。」說完，她便一溜煙地去了後院。

「妳來，我有點事要跟妳說。」蕭景田一臉凝重地看了麥穗一眼，緊接著便抬腳進了隔壁廂房。

麥穗從未見蕭景田如此嚴肅過，忙亦步亦趨地跟進去。

「穗兒，總兵府的縱火案已經查清楚了，因為牽連到一些人，我擔心他們狗急跳牆，會對咱們不利，所以妳一定要聽我安排。這間鋪子先休息三天，妳把人都放回家去。」蕭景田鄭重道：「我保證就三天。等我把此事徹底了結，妳再過來繼續做魚罐頭。」

「景田，你是不是又要去做危險的事了？」麥穗心裡一沈，不由分說地拽過他的大手，硬是按在她小腹上，嗔怪道：「我不讓你去。你想想孩子、想想我，你不能再去冒險了，總兵府的事就讓總兵府的人去負責處理。景田，我是真的擔心，我怕你再出什麼意外。」

她好不容易適應了失憶後的蕭大叔，好不容易給孩子盼回來一個爹，她不想再經歷一次失去他的痛。那種絕望，那種心如死灰的感覺，簡直讓她生不如死……

「妳放心，這次不會了。」蕭景田低下頭，輕輕在她的小腹上撫摸兩下，溫言道：「上次是大張旗鼓的海上作戰，這次只是暗中圍捕幾個人而已，我只需要負責指揮，不會親自動手的。」

他的命可是值十萬兩銀子哪！哪能輕易丟了。

再說，他不會做沒有把握的事，畢竟他還有一家老小跟未出世的孩子在等著他。

「那也有危險。」麥穗索性伸手攬住他精壯結實的腰身，埋首在他胸前。「景田，我可以什麼都不要，我就想跟你在一起。咱們日出而作，日落而息，過平平淡淡的日子，我不要再過那種心驚膽戰的生活。」

「妳的想法和我一樣，只是眼下總兵府的縱火案牽扯到太多人，甚至扯出了不少陰謀詭計，我若是不出手，咱們乃至天下人，就都沒有好日子過了。」蕭景田扶住她的肩頭，肅容道：「聽話，就三天時間，你們都安心在家裡待著，哪裡也不能去，我會派人保護你們的。」

「好吧，我聽你的。」麥穗抬眼望著他，伸手觸摸一下他年輕俊朗的臉，眼裡悄然有了淚，哽咽道：「你們有幾成把握？」

「九成。」蕭景田坦然道：「相信我。」

「我信你。」麥穗擦了擦眼淚。「為了我，為了孩子，你一定要平安回來。」

「我會的。」蕭景田拍拍她的肩頭，和顏悅色道：「除了妳之外，這件事我還告訴了爹。除了妳跟爹，此事就別再告訴其他人，免得他們擔心。」

「好，我知道了。」麥穗點點頭。「回頭我就把鋪子關上。你放心去做你的事，我再給他們多放幾天假就是。」

她知道，他決定的事不會輕易改變。

既然改變不了，她就只能選擇支持他。

第一百零八章　靠誰不如靠自己

聽麥穗說一連要放五天假，眾人又喜又憂。

喜的是可以好好歇一歇了，憂的是東家該不會出什麼事了吧？

「咱們這鋪子剛剛建起來不久，因為訂單的緣故，搬進來時有些著急。」麥穗煞有介事地解釋道：「我發現有的屋子牆皮還沒有完全乾透，咱們又靠海近，空氣比較潮濕，不利於存放魚罐頭，所以想停工幾天，讓屋子通通風。再加上這些日子大家都比較累，正好歇息一下，大家放心，休息的這幾天工錢照算。」

眾人這才放心。

東家說的是實情，有些廂房的牆皮確實沒有完全乾透。

不過也有人嘀咕著，就算牆皮沒有乾透，也沒必要放假吧？

但東家既然發話，他們也沒有繼續較真，放假就放假唄，反正有工錢拿。

而吳氏出來了好幾天，心裡總牽掛著家裡，執意要回山梁村。

麥穗無奈，只得悄然把實情和盤托出。「娘，您再忍耐一下，多住幾天再回去，咱們不怕一萬，就怕萬一，還是穩妥一些好。」

吳氏怎麼說也是蕭景田的丈母娘，若是真的抓了吳氏威脅蕭景田，蕭景田也會有所顧忌的。

吳氏心裡暗自害怕，想也不想地就答應下來。如此也好，若是蕭家真的出了什麼事，她至少還能保護女兒。

到了晚上，蕭宗海立刻把人召集在一起，有板有眼道：「昨晚你們祖爺爺託夢給我，說他在陰間當了大官，要咱們燒一些紙錢給他，好打點一二。從明天開始，你們都到老宅來疊銀元寶，咱們多準備一些銀子給他，之前替景田祈福的那個老道長也被我請來了，他明天會在海邊連著作法三天，給你們祖爺爺祈福，把咱們的心意帶給你們祖爺爺。」

「爹，這些都是細活，讓女人們做就行了。」蕭貴田有些哭笑不得道：「我跟大哥還得出海捕魚呢。」

「就是啊，爹，咱們兩個大男人就不用湊熱鬧了吧。」蕭福田附和道，他還得給于記飯館送魚呢，哪有時間疊銀元寶？再說了，不過是個夢而已，值得這樣大驚小怪的嗎？

「混帳東西，都說了是要給你們祖爺爺祈福的，你們怎能出海捕魚殺生呢？」蕭宗海倏地起身，火冒三丈道：「不就三天嘛，三天不出海能咋地？還能餓死你們？我告訴你們，這三天時間，你們哪裡都不許去，就只能到我這裡來疊紙錢。」

兄弟倆見蕭宗海發火，也不敢再說什麼，只好連連點頭道「是」。

麥穗見眾人被公公唬得一愣一愣的，心裡感嘆道：薑果然還是老的辣哪！

「三嫂，我就不用待在家了吧？」牛五悄然對麥穗道：「咱們鋪子裡有好多貨還要往外送呢。」

他是蕭家女婿，算不上是蕭家的人，為蕭家祖先祈福這樣的事，也輪不到他。

「鋪子裡的貨放個三、五天沒事的，不用急著往外送。」麥穗笑道：「你還是安安穩穩地待在家裡，等過幾天再說。」

蕭景田走的時候說了，她要是有什麼事，可以去找小六子。

小六子家裡住的那些人，全是暗衛，足以保護她的安全。

「三嫂，不瞞妳說，三哥的事我早就知道了，是小六子告訴我的。」牛五悄聲道：「我知道妳是為了我好，但妳放心，我是跟小六子一起去的，他說兄弟們放心不下三哥，卻不敢明著去幫忙，只能暗地裡盯著，我順便也去湊個熱鬧。」

麥穗無語。

小六子什麼時候變得這麼八卦了？話說她也好想去怎麼辦？

祈福用的紙錢，也是有講究的。

兒子能疊，女兒不能疊。

因為女兒終究是別人家的媳婦，所以疊出來的紙錢，自家的先人是不能用的。

媳婦雖然也算是自家人，但也不是每個媳婦都能疊的，只有為這個家孕育了子嗣的媳婦才能疊。

沈氏和喬氏當然能疊，而麥穗卻不能疊，她有身孕，胎神護佑，不能碰觸那些沾著陰氣的東西。

蕭芸娘也不能疊，她樂得清閒，索性搬了板凳坐在麥穗家織漁網，還有一句、沒一句地跟吳氏聊天。

兩人聊得很投機，聊著聊著就聊到了徐家三少爺，當初她曾跟麥穗一起去過山梁村打聽徐家，還曾經心心念念想嫁給徐家三少爺呢。

現在回想起來，像是很遙遠的事了。

「唉，這徐家三少爺說起來也是個可憐的，年前的時候得了一場風寒，竟然沒熬過去，前些日子剛剛去了。」吳氏嘆道：「他身子原本就弱，爹不疼、娘不愛的，病懨懨了這麼多年，也算是解脫了。」

「徐家三少爺沒了啊……」蕭芸娘雖然沒見過徐家三少爺，但聽說此事後，還是很吃驚，畢竟她曾經差點成了那個人的媳婦。

「可不是嘛。」吳氏淡淡道：「窮也好，富也好，有個好身子就好。要不然，就算躺在金山、銀山上，也是無福消受。」

「嬸娘說得是。」蕭芸娘連連點頭，心裡暗自慶幸，幸好當時沒有嫁過去。

麥穗正坐在客廳裡整理帳本，見兩人聊得火熱，忍不住插話道：「娘，那麥花姊姊怎麼樣了？莊青山考中了嗎？」

這些日子母女倆雖然成天在一起，卻從來沒有談及過麥花。

麥穗忙得忘了問，吳氏也懶得說。

「他們一家吧，甭提有多鬧騰了。」吳氏哭笑不得道：「妳大伯跟大伯娘說只有麥花這個女兒，提出讓莊青山跟麥花兩頭住，半年住麥家窪、半年住山梁村。青山的娘可不是簡單人物，她哪裡會同意這些？便說他們家是娶媳婦，不是嫁兒子。而妳大伯跟大伯娘氣不過，索性住到莊家去了。」

「啊，住到莊家去了？」蕭芸娘驚訝道：「哪有岳父、岳母住到女婿家裡去的？」

說著，又猛然醒悟過來，吳氏也是在三哥、三嫂家住，忙解釋道：「嬸娘，您別誤會，我不是說您，您來我三哥、三嫂家住是應該的。」

吳氏當然不會在意蕭芸娘的話，繼續道：「住了不到兩天，兩家人就打起來，青山他娘說她少了一根簪子，硬說是麥花的娘偷的，還驚動了官府。後來不知怎的，說是在櫃子底下找到了，此事才不了了之。反正呀，他們家的日子過得真鬧騰。」

「後來呢？」蕭芸娘聽得津津有味。

「隨後麥花她爹娘在山梁村租了一個小院子住下來，說是擔心麥花在婆家受欺負，要留下來給她撐腰。」吳氏嘆道：「也是剛住沒幾天，就因為一個草垛又跟青山他娘打起來。麥花爹娘的意思是，莊家那麼多草垛，送他們一個燒火用，青山他娘不同意，說後山上到處是木柴，讓他們自個兒去撿，還說他們沒道理養著媳婦還養著親家的。兩家人兩天一大吵、五天一大鬧的，都成了整個山梁村的笑柄了。」

「這件事說起來，還真是我大伯和大伯娘的錯。」麥穗聽了，頓覺不可思議。「他們現在還這麼年輕，好好在麥家窪過日子就是了，成天跟親家鬧騰什麼啊？」

「我也曾勸過他們，可他們就是聽不進去，前幾天還說要麥花跟青山和離，讓麥花跟著他們回麥家窪。可沒想到麥花有了身孕，青山他娘說，等麥花生下孩子，就讓她回娘家，青山竟然也同意了，想來他也是被鬧夠了。」吳氏搖頭道：「麥花她娘見莊家只要孩子，不要麥花，一氣之下買來打胎藥逼著麥花喝，麥花不肯，母女倆還鬧了一場。青山他娘得知麥花她爹娘想殺死她未出世的孫子，氣得跟青山他爹拿了棍子追著他們就是一頓打，後來麥花出來下跪，兩家人才住手，現在麥花她爹娘都還躺在家裡養傷呢。」

麥穗頓時哭笑不得，麥家這日子過得還真驚心動魄哪！

「唉，還是老一輩的人說得對。」吳氏感嘆道：「爹有、娘有，不如自己有，兩口子還得伸伸手，靠誰也不如靠自己來得踏實。」

麥穗和蕭芸娘不約而同地點頭道「是」。

是啊，靠誰還不如靠自己。

忽然間，一輛馬車吱吱呀呀地停在新宅門口。

「三嫂，我出去看看。」蕭芸娘出了屋子，上下打量來人一眼，問道：「你是誰？」

「我、我是莊青山。」莊青山訕笑道：「我來找我舅母。」

「青山，是家裡出了什麼事嗎？」吳氏嚇了一跳，要不是發生什麼大事，莊青山是不會找到這裡來的。

「嘿嘿，舅母，是我舅舅回來了，想找您商量點事。」莊青山用眼角瞄了瞄麥穗，皺眉道：「您、您能見見他嗎？」

「他在哪裡？」吳氏對這個男人早就不抱什麼期待，見或者不見，都不重要。

一個身穿灰色長衫的男人不知什麼時候走過來，他迅速抬頭看了吳氏一眼，長揖一禮。

「婉娘，這些年來，妳受累了。」

「你沒死啊？我還以為你死了呢。」吳氏出人意料的冷靜，坐下繼續纏著漁網，不動聲色地問道：「你找我什麼事？」

麥穗暗暗驚訝她娘的冷靜。這不知道的，還以為兩人經常見面呢！

「也、也沒什麼大事。」林大有原本以為吳氏見了他，會又哭又鬧又撒潑地讓他回到她身邊，如今見她這般淡定，他反而不知該怎麼說了。沈默片刻，他才支支吾吾道：「就是……我想把家裡的地都栽上樹……」

京城裡，紫檀木已經賣瘋了。

他媳婦錢氏不知道從哪裡打聽到山梁村也能栽活紫檀木，非要他回來把家裡的地都栽上紫檀木的樹苗。

「栽樹？不種莊稼了？」吳氏懷疑自己是不是聽錯，她望著這個陌生男人的眉眼，一時間有些恍惚。

「不、不種了。」林大有看了她一眼，羞愧地低下頭。「妳放心，我會給妳留一些種糧食的地，妳、妳就不用再像之前那樣辛苦地種那麼多地了。」

吳氏氣得渾身哆嗦。她不是氣他無情無義，而是氣他枉讀了這麼多年的書。

連她這個鄉野婦人都知道，紫檀木非百年不能成材，而且因為價格昂貴，又極其稀缺，常常等不到成材就被人盯上而亂伐一空，搞不好還會鬧出人命來。

他這是打算造福子孫，還是要禍害子孫？

「林大有，你成婚當日離家出走，把我娘扔在家裡，不聞不問，讓她飽受世人的唾棄和白眼，是為不義；就連你親娘去世，都不曾回來，是為不孝；你家有妻室，卻在外另娶，是為不仁。」麥穗冷冷道：「像你這樣不仁不義不孝之人，我娘不追究，那是我娘善良大度，可你但凡有一點點良知，就應該從此在京城了卻此生，永遠都不要回來丟人現眼才是；然而如今你竟然大言不慚地找上門來，還要把家裡的地全都栽上樹，你有什麼資格提這樣的要求？」

莊青山一眨也不眨地盯著麥穗看，心裡突然閃過一個念頭。要是麥花也像她一樣的性子，那該多好，一想到他家裡那些破事，他的心又沈下去。

他不想回家了怎麼辦？

「小娘子教訓得是。」林大有汗顏道：「只是這些事我並非有意為之，而是有苦衷的。我早些年赴京趕考，途中遇到劫匪，被搶了盤纏，然後暈倒在錢家門口，是錢家救了我，我是不得已……」

「不要說了。」吳氏心情複雜地打斷他的話，咬唇道：「家裡的地終究是你們林家的，你想栽什麼，隨便你吧！」

「謝謝妳，婉娘，那、那就這麼定了。」林大有深深地看了她一眼，長揖一禮，轉身就走。

「慢著。」麥穗喊住他，慢慢踱步到他面前，不冷不熱道：「你的事情了了，咱們的事情還沒有。現在我娘要告你重婚另娶，然後再跟你和離，從此以後，她跟你們林家再無關係，這樣一來，你家的那些地，別說要栽紫檀木了，就算是栽上黃金，也沒人管。」

這人衣著考究，還用了熏香，看來日子過得很滋潤。怪不得這麼多年都不敢回來，是擔心她娘會纏上他吧？

真是卑鄙無恥極了！

「妳們要告我？」林大有吃驚道：「妳們這是何苦？她若是不願意在林家過日子，我直接寫一封休書就是了。」

他之所以不提和離一事，是因為他來的時候，他的兩個叔父一再囑咐他，切不可惹惱了吳氏，家裡許多活兒還等著她回來做呢。

而他也念及吳氏獨守空房這麼多年，而且還替他照顧他娘到去世，也就答應了。在他眼裡，給一個跟他沒有夫妻之實的女人一個棲身之地，那是他仁慈。

「不行！」麥穗一聽，氣不打一處來，乾脆俐落地拒絕道。「我娘又沒做錯什麼，憑什麼要你寫休書？」

林大有一時語塞。

「穗兒……」吳氏一把拉過麥穗，小聲道：「我和離什麼呀？就這麼過吧！」

「娘，這次您一定要聽我的，咱們得跟林家徹底斷絕關係。」麥穗堅決地道：「從今天起，您就跟著我過，我養您。」

她本來就不想讓娘再回去過那種苦日子，索性趁著這次機會，徹底了斷此事。

她要讓她娘過上好日子！

「我是怕讓人家笑話……」吳氏尷尬地道。「穗兒，娘求求妳，不要鬧到官府去，也不要告他，若能和離，那和離就好。」

她先後兩次嫁人，一次喪夫，一次和離，這要是傳出去，她還真是沒臉見人了。

其實和離不和離，對她來說，也只是個名頭罷了。反正她沒想過再嫁，也沒想過要跟這個男人重修於好，她就想一個人靜靜地過日子。

「娘，您別管。」麥穗不容置疑地道：「這些事情，我來替您處理。」她可不想讓娘繼續死要面子活受罪。

她當即回屋找出那本《閒遊雜記》，照著裡面所書的例文，很認真地替吳氏寫了和離書。

一別兩寬，各自生歡，解怨釋結，更莫相憎。

「舅舅，這……」莊青山頓覺驚悚。

這是他舅舅被人休了啊！

天啊，從來只聽說過女人被男人休，還沒聽說男人被女人休的。

「這什麼這？咱們不告你舅舅重婚另娶，是你們的幸運。」麥穗把寫好的和離書往林大有面前一推。「從此以後，我娘跟你們林家再也沒有任何關係了。你在文書上蓋上私印，我拿去官府存檔，咱們從此就是陌路人。」

林大有的臉白了又紅，紅了又白，權衡一番，只得掏出私印蓋了章，蓋好之後，便悻悻地走出去。

他來的時候，就聽說吳氏的女婿是個厲害角色，不是他能惹得起的，故而也不敢多糾纏。

林二寶和林三寶得知林大有跟吳氏和離，氣得火冒三丈，兩人抄起棍子就追著林大有一陣暴打。

「你個小畜生，剛回來翅膀就硬了啊？你知道這個媳婦多能幹、多勤儉嗎？你這些年不在，這個家全靠她一個人支撐，你知道嗎？你怎麼不死在外面，你死在外面，她就可以一輩子留在咱們林家了！」林三寶氣得滿面通紅，大聲罵著林大有。

「這些年咱們過得順風順水，不愁吃、不愁喝的，你說你回來幹啥呀？你外面那個婆娘是黑了心，才要你回來栽樹，栽她娘的狗屁紫檀木。你若是敢回來栽樹，栽一棵，老子給你砍一棵，包准你一棵都活不了！你個小畜生，還不趕緊把吳氏給我接回來，要不然，我非打死你不可！」林二寶也跟著叫罵道。

林大有被打得嗷嗷亂叫，毫無還手之力。他抱頭鼠竄，連行李都沒來得及收拾，就屁滾尿流地逃回京城。

兄弟倆打跑了林大有之後，就屁顛屁顛地連夜去了魚嘴村，他們就是豁出去這張老臉，也要把吳氏給接回來。

哪知兩人才剛剛探頭探腦地進了胡同，都還沒來得及敲門，就不知被什麼人給打了一記悶棍。

兩人眼前一黑，便什麼也不知道了。

屋頂上，悄無聲息地落下兩個黑衣人，面無表情地提起兄弟倆，扔到了村外野地裡。

哼，他們奉命保護蕭將軍一家的安全，豈能讓這些賊人鑽了空?!

第一百零九章　不平靜的夜

是夜，在彎曲狹窄的山路兩旁，數十名黑衣人紋絲不動地隱在巨石後，目不轉睛地望著山路盡頭。

今晚趙廷和趙嫣父女倆將告別妙雲師太，沿著這條山路去渡口，然後乘船去京城面聖。他們唯一的任務，就是用亂箭射死趙廷。

蕭景田站在眾人身後，不動聲色地環視一眼四周，低聲道：「大家都不要緊張，待我一聲令下，你們就把手裡的箭全都射空，一枝也別留。射完箭後就立刻衝上去，儘量生擒他們，能留幾個活口就留幾個活口，切記，不要放走任何一個人。」

「是。」眾人低聲應道。

「蕭大哥，你真的相信黃老廚的招供？」蘇錚手裡提著一把黑漆漆的彎弓，有些吃力地抬起來，空拉了一下弓弦，低聲道：「萬一他糊弄咱們怎麼辦？」

剛剛他們在總兵府，已將黃老廚秘密扣押。在蕭景田軟硬兼施的逼問下，黃老廚才交代了他們所有的計劃。

原來他們是自製了黑火藥，打算先炸掉總兵府，然後再炸掉宮裡的那個人，好擁立成王上位。

跟蕭景田之前所分析的，一般無二。

黃老廚說，這兩天趙廷會去京城求見皇帝，然後住在宮裡，再伺機動手實行他們的計劃。

「不會的。前些日子，我已經讓鐵血盟的兄弟們去趙國找到了黃老廚的家人，他是不會拿他家人的性命做賭注的。再來就是黃老廚這些年蟄伏在總兵府，除了上次海戰暗算過我以外，並沒有替趙廷做別的事，趙廷對他也早有怨言，還曾經抓了他的妹妹，要脅過他。」蕭景田沈聲道：「再加上你嫂子之前曾經救過他一命，他心裡一直想報答卻沒有機會，所以這次，他不會騙咱們的。」

「這倒也是。」蘇錚點點頭，又道：「我還以為你讓鐵血盟的兄弟們去趙國，就是要去除掉趙廷的，沒想到卻還是讓他到了咱們大周。」

「之前的確是這麼計劃的，可我沒想到趙廷在趙國樹敵太多，他出入時都有數百人隨行保護，鐵血盟的兄弟難以得手，故而我才決定放趙廷過來，在咱們這邊解決掉他。」蕭景田沈吟道：「不過是讓他多活些日子罷了，今晚，我絕對不會放過他。」

「蕭大哥，我真想不到當初皇上那麼對你，你卻依然對他忠心不二，默默地替他做了這麼多事。」蘇錚用低得不能再低的聲音道：「若有朝一日，他知道真相後，打算重新起用你，你會不會繼續為朝廷效力？」

只要蕭大哥肯，這個忙，他是幫定了。

「不會。」蕭景田毫不猶豫地道：「我早已志不在朝野，只想安心過我平淡的日子，此番若不是趙廷動我大周國本，我是不會參與到這些事情當中來的。」

若是趙廷的計劃得逞，天下將大亂。大周人民將陷於水深火熱之中，不再有好日子過，自然也包括他。

兩人正說著，遠處依稀傳來急促雜亂的馬蹄聲。

眾人神色一凜。

片刻，數百名快騎從山路盡頭疾馳而來，揚起漫天塵土。

隨著蕭景田一聲令下，一時間萬箭齊發，如雨點般射出去。

馬背上的人冷不防遭到襲擊，方寸大亂，數十人紛紛墜馬而亡，場面混亂。

「不要停，把手裡的箭全都射出去。」蕭景田大聲命令，又順手從蘇錚手裡接過大弓，同時抽出三枝長箭，嗖、嗖、嗖地射出去，立刻有三人跌落馬背。

「蕭將軍好身手！」眾人齊聲驚呼。

話說他們一次只能射一箭，射中的話，就夠讓他們興奮的了，可蕭將軍竟然一次射三箭，而且還是箭箭射中，真是太強大了。

蘇錚驚嘆不已，索性替蕭景田揹著箭囊，蕭景田走到哪兒，他就跟到哪兒。這一次三枝箭的節奏，完全不用他動手啊，能者多勞嘛！

誰叫他只能破破案子，其他的就算了吧……他連舉個弓都吃力，更別說是射箭了。

等蕭大哥有空，他定要跟蕭大哥好好討教一下怎樣才能一次射出三枝箭來。

不過走了不足二十丈的路，趙廷手下的侍衛便折了大半，偏偏他又無力抵擋，只得領著眾人向前一陣狂奔，卻不想被雨點般的羽箭跟在屁股後面一陣猛射。

「快，給我往前衝！」趙廷一邊揮劍還擊，一邊大聲命令道：「衝出他們的射程範圍，咱們就安全了。」

侍衛們得令，又是一陣疾馳。

「追！一個也不許給我放掉！」蕭景田率先躍上馬背，提劍追上去。

眾人也紛紛上馬，跟著衝出去。

雙方很快打成一團。

牛五和小六子隱在不遠處的草叢裡，見雙方打得難分勝負，一時不知該如何幫忙。若是跳出去硬拚，顯然是不行的，他們沒有那麼好的身手。

「有了。」牛五靈機一動，迅速從停放在身後小樹林的馬車底座下，抱出一堆漁網。

「快，幫我把這些漁網連在一起，有大用處呢！」

「明白了，你的意思是要把漁網放在路口，用來網住他們吧？」小六子眼前一亮。

「算你小子聰明。」牛五熟練地打結。

小六子也上前幫忙。

兩人打好結，便把漁網抬到拐彎處，鋪在路面上，又拽著繩子重新隱蔽起來。

打鬥了一會兒，趙廷漸漸地敗下陣來，在貼身侍衛的掩護下，他調轉馬頭就逃。

留得青山在，不怕沒柴燒，這個仇，他以後再報！

一陣疾馳後，趙廷才漸漸遠離打鬥的人群，才剛剛鬆了口氣，卻不想竟然一頭撞進一張帶著腥臭味的漁網裡。

他還沒等反應過來是怎麼一回事，就聽見身後「嗖」的一聲，一枝羽箭穿心而過，趙廷應聲倒地。

「蕭大哥，射中了，好樣的！」蘇錚興奮地喊道。

女扮男裝的趙嫣見趙廷中箭，一臉悲憤地揮劍亂刺。「我跟你們拚了！」

無奈，趙嫣寡不敵眾，三、五個回合下來，便被眾人團團圍住，數十把泛著寒光的冷劍齊齊對準她。

「二哥，劍下留人。」身後，又一匹快騎飛奔而來。

蕭雲成很快地到了跟前，他翻身下馬，扒拉開眾人，上前抱住趙嫣。「妳沒事吧？」接著，他又擁住她，面帶懇求地看著蕭景田。「二哥，放她一條生路吧，她什麼都不知道。」

蕭景田慢慢地踱步到兩人面前，面無表情地看著蕭雲成，一字一頓道：「三弟，別再自欺欺人了，她是誰，我想你比我更清楚。」

勾結外臣，密謀篡位，這個女人是最大幫凶。

「二哥，我……」蕭雲成索性把手裡的劍扔到地上，長嘆一聲。「勝者為王，敗者為寇，我無話可說，一切全憑二哥處置。」

「我不服，我要當皇后！」趙嫣嘶啞道，憤然揚起手裡的劍朝蕭景田刺去。

要不是這個人，她和她爹的計劃絕對不會失敗的！

說時遲，那時快，她的劍還沒有碰到蕭景田的衣角，就覺得胸口一疼，一把堅硬的冷刀穿胸而過，蕭雲成的聲音在她耳邊冷冷響起。「嫣妹，對不起，我不能讓妳傷了我二哥。妳放心，我很快就來陪妳，不會讓妳走得太孤單。」

說完，便抬起手，打算拿刀自刎。

蕭景田一腳踢飛他手裡的短刃，迅速點了他的穴位。

蕭雲成應聲倒地。

「把他送到大菩提寺去，也到了該讓他清醒的時候了。」蕭景田神色一凜，翻身上馬，剛走沒幾步，又拽住韁繩，對蘇錚道：「剩下的事就交給你了。」

「蕭大哥放心，我肯定會妥善處理好的。」蘇錚信誓旦旦道。

拉弓他不在行，但處理現場，並斟酌說法後再把此事上報朝廷，還是難不倒他的。

到時候就說趙廷大將軍的屬下們，因為一個女人起內鬨，在途中自相殘殺，打了起來。他們不小心誤殺了趙廷大將軍。

趙嫣氣不過，就把那些作亂的屬下全部斬殺後，又自盡而亡。

嘖嘖，多麼圓滿的說詞。

蘇錚突然覺得他的文采越來越好了，若去參加殿試，頭名狀元非他莫屬！

兩人就此兵分兩路，各自離去。

而隱在暗處的馬車上，小六子不解地問牛五道：「牛五哥，咱們不跟著三哥去大菩提寺嗎？」

「你傻啊，若是三哥發現咱們也跟來了，肯定會訓斥咱們的。」牛五小聲道：「再說了，反正這件事已經結束，咱們還是趕緊回家報個信吧。」

他是真的不敢出去見三哥。更重要的是，他若是整晚不回家，芸娘那裡他也交代不過去啊！

小六子哭笑不得，只得點頭同意。

雖然他也沒膽量出去見三哥，但他總覺得三哥早就察覺到他們來了，否則半路憑空出現一張漁網，哪能糊弄過去？

罷了、罷了，還是三十六計，走為上策。

兩人統一了意見，才悄無聲息地駕著馬車離開。

他們回到家，已經是半夜，新宅那邊還亮著燈。

蕭芸娘和麥穗正在家裡焦急地等著他回來，牛五連忙把事情簡單地跟她們說了一下。

「三嫂，妳不用擔心，三哥他沒事，估計明天就能回來了，用不了三天的。」

「既然沒事了，那他怎麼不跟你一起回來？」麥穗還是有些不放心。

「有人受了傷，三哥跟著過去看看。」牛五含含糊糊地解釋道。

當時他離得有些遠，其實也不知道到底發生了什麼事，反正他看見蕭景田毫髮無損就是了。

「姑爺最有分寸，他不回來，想必是還有事情沒處理完。」吳氏安慰道：「妳不要擔心了，有啥事明天再說。」

麥穗只得點頭道「是」。

夜裡，卻怎麼也睡不著。一閉上眼睛，全是蕭景田的影子。

她見娘似乎也沒有睡意，索性跟娘聊起天來。「娘，您是不是怪我逼著您和離，心裡不痛快了？」

畢竟這件事是她自作主張，沒有經過吳氏同意。

「傻孩子，娘哪有不痛快，娘反而覺得徹底解脫了。」吳氏苦笑道：「這些年娘在山梁村待慣了，住慣了破房子，也種慣了那些山野坡地。如今在妳這裡，啥事也不幹，每天就做幾頓飯，日子清閒了，心裡反而有些不自在。」

「娘，您慢慢就會習慣了。」麥穗拍拍她的手，真誠道：「以前我沒能力照顧您，讓您受了這麼長時間的苦，我總覺得內疚，現在我有能力了，一定要讓您過上好日子。您看我在鋪子裡特意蓋了三個院子，其中一個就是給您準備的，您以後住在那裡，想去鋪子裡幫個忙就去，不想去就在屋裡歇著，反正我一定要讓您好好享享清福。」

吳氏畢竟還年輕，不到四十歲，若能碰到有緣人，再嫁也不是不可能的。反正她不會去在意別人的看法，只要吳氏願意，她就全力支持。

「好，娘聽妳的。」吳氏見女兒替她打點得如此周到，心裡很感動。「以後娘就在妳的鋪子裡上工，娘心裡美著呢。」

她不是放不下山梁村的那個家，而是覺得在那個家待久，也就不願意動了，哪怕再苦、再累，也都麻木了。

麥穗聽了，心裡像吃了蜜一樣甜。

前世她早早就失了母親，父親再娶後，對她也是冷冷淡淡，她幾乎沒感受到什麼親情。這輩子身邊能有親娘相伴左右，自然是一件幸福的事。

村外的小路上，幾個黑衣人拖著長劍悄無聲息地靠近蕭家新宅。

他們剛剛得到消息，大將軍途中遭人暗算，生死不明，黑火藥一事敗露，蕭雲成還被生擒。

蕭景田生性凶殘，跟他硬拚，他們顯然不會是他的對手，只能智取，用他的家人來換蕭雲成。

蕭雲成是天下盟和成記船隊的大東家，他可不能有事。他若出事，手下這麼多兄弟該怎麼混？

「朱將軍，前面亮燈那家就是蕭宅新宅，隔壁那家則是老宅。」

「給我上！記住，要活的，有他們在，就不怕蕭景田不妥協。」

「是！」

一行人輕手輕腳地圍攏過去。

黑風正瞇眼打盹，突然聽到許多陌生雜亂的腳步聲，立刻警惕地站起來，對著來人方向一陣狂叫。

今晚女主人餵了牠不少肉丸子，因此牠叫起來格外賣力，牠得保護女主人，不讓壞人靠近。

眾人愣了一下。

原來蕭宅裡還養著狗啊！娘的，那兩個前來踩點的暗探，怎麼一句也沒有提起呢？早知道應該先把狗給解決的。

嗖、嗖、嗖！

不等他們反應過來，半空突然出現一陣箭雨，鋪天蓋地朝他們射來，立刻有人應聲倒下，其他人則紛紛揮劍抵擋。

還沒來得及喘口氣，緊接著又是一陣密如雨點的亂箭，朝他們射來。

天哪，人家這是早有準備啊！

「撤，快撤！」朱順疾聲吩咐道，話說他就剩下這麼一點心腹了，若是今晚全交代在這裡，那幫主子奪位的計劃就遙遙無期了。

「想跑？門兒都沒有！」屋頂上，為首那人一揮手，數十名黑衣人馬上應聲落地，把一行人團團圍住。

老子巴巴地等了這麼長時間，別說人了，就連蒼蠅也不會放走一隻。

一番激烈廝殺後，朱順被生擒，其他人則全被斬殺。

「把這個奸細帶回總兵府，交給蘇將軍發落。」為首那人撣了撣身上的灰塵。「其他人清理現場後，繼續蹲守。」

「是。」眾人應聲退下。

片刻，四下裡便恢復平靜，似乎那些人從來都沒有出現過一樣。

「穗兒，黑風叫得這麼厲害，是不是出什麼事了？」吳氏本來就沒睡安穩，聽見狗叫聲後就一骨碌爬起來，急急忙忙穿鞋下炕。

該不會是有賊人來了吧？

「娘，您不要出去。」麥穗一把拉住她，沈聲道：「景田都安排好了，您放心，不會有事的。」

她知道蕭家四周早就布滿暗衛，專門保護蕭家人的安全，根本無須她操心。

老宅那邊，老倆口也被狗叫聲吵醒。

「什麼事啊，老三家那狗怎麼叫得這麼厲害？」孟氏睡眼朦朧地爬起來問道：「該不會是有小偷進來了吧？」

「妳睡妳的，哪來的小偷。」蕭宗海連衣裳也沒脫，破天荒地安慰道：「快睡吧，許是路過的人驚了牠。」

「該死的狗，大半夜的叫喚什麼?!」喬氏翻了個身，索性用被子蒙住頭，繼續睡去。

其他人則沒什麼反應，照樣睡得死死的。

他們這兩天都住在老宅沒回家，疊紙錢也是個體力活哪！一天下來，累得要死，哪裡還能聽到狗叫聲。

好在黑風很快就安靜下來，四周也恢復原先的祥和寧靜。

窗外，有黑影晃動，接著便傳來一道低沈的男聲。

「夫人，麻煩已經解決掉了，您安心休息吧！」

「辛苦你們了。」麥穗這才鬆了口氣。

第一百一十章　身在佛門，心在紅塵

大菩提寺的後殿中，檀香裊裊，木魚聲聲響。

妙雲師太雙手合十，坐在緙絲描金蒲團上，神態嫵媚卻又安詳，檀香跟茉莉香混合在一起，繾綣暗浮。

蕭景田信步而入。

「你竟然就是昔日西北銅州赫赫有名的景大將軍。」妙雲師太鳳目微閉，輕輕嘆息道：「既然你都知道，我也沒什麼可說的了。」

之前她從來都不信命運，可現在信了

她身在佛門，心在紅塵，並不是向佛之人，佛祖自然不會保佑她。

雖然她很不甘心，但終究是敗了。

「然而在下卻早就知道妙雲師太便是大長公主。」蕭景田冷聲道：「只是想不到這些年大長公主身在佛門，卻依然為情所困。為了滿足心上人的野心，可謂殫精竭慮、費盡心思，你們居然還想煽動內亂、謀反篡位……難道大長公主不知道，您這是在助紂為虐嗎？」

當年風華絕代的大長公主，之所以稱病不出、閉門謝客，那是因為跟趙廷有了私情，懷了身孕。

事發後，大長公主被軟禁在內宮，以避人耳目。

她懷的那個孩子，就是蕭雲成。

剛巧那時候趙廷的妹妹趙淑妃也懷了身孕，沒幾天生下一個女娃娃。

趙廷略施小計，來了個偷梁換柱，讓蕭雲成變成他妹妹趙淑妃的孩子，再把那個女娃娃變成趙嫣。

這樣一換，兄妹倆都皆大歡喜。

趙淑妃有兒子傍身，不用擔心會沒了恩寵，而趙廷也如願把他跟大長公主的私生子留在宮裡，帶著趙淑妃所生的女兒回到趙國。

「哼，既然你都知道了，我也沒什麼好隱瞞的。我是皇家後嗣，我的孩子也算是龍子龍孫，憑什麼我的孩子不能登上那個位置？」妙雲師太冷笑道：「這不過是勝者為王、敗者為寇罷了，若是咱們的計劃成了，你就不會這麼說了。成兒待你一向不薄，我真不知道你為什麼還要毀了他？」

她知道蕭雲成最敬重的人，就是景大將軍。跟她一起的時候，他聊得最多的也是景大將軍。

「我不是毀了他，而是救了他。」蕭景田冷冷道：「大長公主，就算沒有我，你們的計劃也不可能實現。他是您的兒子不假，但他也是趙廷的兒子、是趙國人的兒子，我大周的帝業怎麼可以傳到外姓人手裡?世上從來都沒有不透風的牆，您跟趙廷的這段往事，既然我能知道，那肯定會有別人知道。因此，以成王的身分來說，他是絕對不可能登上皇位的，別說我不答應，滿朝文武也都不會答應的。」

「景將軍，你沒有孩子，體會不到為人父母的心情。世上的父母，誰不想讓自己的孩子站在人前，享盡世間尊榮？」妙雲師太仰頭看著他，眼裡有了淚。「當年你們都曾經在銅州拋頭顱灑熱血，憑什麼他蕭雲昭一登上那個位置，就要將你們趕盡殺絕？你景將軍可以急流勇退、退隱山野，可成兒呢？他是皇子，他就算要退，還能退到哪裡去？他若是不往前走這一步，就只有死路一條，他沒其他選擇了。」

她明白，只要這個人肯幫助蕭雲成上位，蕭雲成就還有希望。

「大長公主，雖說世間所有的父母，都希望自己的孩子盡享尊榮，但那也得先擺正自己的位置，掂量、掂量自己的身分，在律法和人倫允許的範圍內，為孩子謀取幸福，如此一來，才是可行之道。」蕭景田肅容道：「京城的那個位置只有一個，若天下人都想取而代之，那這天下便成了亂世，百姓將顛沛流離、居無定所，想必大長公主也不願意看到這般局面，更何況，成王根本沒有資格角逐皇位。」

「他有沒有資格，不是你景將軍說了算的。」妙雲師太憤然道：「我相信人定勝天，有朝一日，咱們一定可以東山再起。」

她看出來了，這個人是不可能幫著蕭雲成謀取天下的。

他居然說她的兒子沒有資格……

「二哥！」蕭雲成跌跌撞撞地從外面闖進來，跪倒在蕭景田面前，懇求道：「二哥，這一切的一切都是我跟趙廷謀劃的，跟我母親沒有任何關係，請你不要為難她。」

「成兒！」妙雲師太厲聲道：「大丈夫立足於天地間，豈能隨便給人下跪，你給我起來，這個人跟你不是一條心的，你跪他幹麼？順我者昌，逆我者亡。景大將軍，你今天是出不了我這菩提寺的。」

說完，她拽著蕭雲成後退幾步，迅速從懷裡掏出一包香粉，朝蕭景田揚了過去。

蕭景田側身一閃，可帶著濃烈香氣的粉末，還是洋洋灑灑地落在他身上。

蕭景田只覺得瞬間有些恍惚，四下裡都是重影，模模糊糊地看不清。

他腦海裡不停翻騰著許多畫面，有些陌生，又有些熟悉，一陣天旋地轉後，他眼前才漸漸清明起來。他立刻意識到這香粉是用來消耗他內力的迷魂香，便一個縱身，從窗子跳出去，隨即有兩個暗衛圍上來。「蕭將軍，你怎麼樣了？」

「無妨，沾了點迷魂香。」蕭景田擺手道。

「母親，您做了什麼？」蕭雲成見蕭景田神色恍惚，忙道：「他是我二哥，您切不可傷了他。」

說完，他便匆匆忙忙地跟著跑出去。「二哥，你沒事吧？」

「我還能有什麼事？」蕭景田抹了一把臉，淡淡道：「之前我熏過這香，這次不過是劑量大了些而已，也不知道大長公主會再跟我要多少銀子？」

蕭雲成哭笑不得。都這個時候了，二哥居然還在開玩笑。

「二哥，你相信我，我也是昨天剛剛知道自己的身世。」蕭雲成神色黯然道：「之前我以為我是皇子，覺得爭一爭那個位置也是理所當然的，如今，當我知道自己並非龍裔，心裡反而覺得輕鬆了，那個皇位命中注定不是我的，我何苦要豁出性命去得到它，還不如跟二哥一樣，從此寄情於山水，豈不愜意？」

就好比他眼饞了許久的東西，當他心心念念地想要占為己有的時候，突然有人告訴他，那是別人家的。那一刻，他竟然一下子釋然了。

「你能這樣想就好。」蕭景田拍拍他的肩頭，沈聲道：「你放心，我會讓蘇錚盡全力保全你們母子倆，你依然是天下盟和成記船隊的東家，這一點，永遠都不會變，也千萬不能變。」

若蕭雲成有個好歹，天下盟和成記船隊將面臨劇變，他又得著手收拾這些爛攤子，說不定得花上個五年，甚至更長時間。

他累了，可不想繼續挑著這個擔子。

他答應過他媳婦，等這件事結束，就要回家陪她和孩子的，他不想食言。

「好，我聽二哥的。」蕭雲成用力點頭。

「快，把他給我拿下！」妙雲師太帶著人，氣勢洶洶地衝出來。

兩個暗衛也不含糊，二話不說，揮拳而上。

雙方很快就打成一團。

蕭雲成卻急得團團轉，左右奔走道：「別打了、別打了！」

無奈，沒人要聽他的。

見雙方依然沒有收手的意思，蕭雲成乾脆一不做二不休，他掏出長劍對著自己的胳膊砍下去，怒吼道：「別再打了！」

「成兒！」妙雲師太望著蕭雲成鮮血淋漓的斷臂，哀號一聲，雙腿一軟，跌坐在地。完了，一切都完了！若沒有了兒子，她還拚什麼、爭什麼……

蕭雲成無聲地倒在血泊中。

蕭景田則趕緊迅速封住他斷臂處的穴位，疾聲吩咐道：「快！快去請大夫，請最好的大夫來！」

暗衛應聲跑出去。

「成兒，別怕，娘在呢！」妙雲師太爬到蕭雲成身邊，淚流滿面道：「你這是何苦啊……」

「大長公主，他雖然斷了一臂，但終究還活著。」蕭景田冷冷道：「若是您再苦苦相逼，將永遠失去他了。」

妙雲師太怔了怔，喃喃道：「成兒別怕，娘是這個世上最好的大夫，娘一定會醫好你的胳膊。」

趙庸在碧羅山腳下，風塵僕僕地攔住蕭景田，惱火道：「蕭將軍，這兩天你幹麼一直躲著我？」

總兵府、茶園、魚嘴村，他全都找遍了，就是找不到蕭景田。

每個人都說昨天還見到蕭將軍來著，唯獨他沒見著，這不是躲他是什麼？

「我躲你？」蕭景田一頭霧水。「有嗎？」

「溧陽郡主生了，你知道嗎？」趙庸沒好氣地問道。

「聽說過。」蕭景田皺眉道：「怎麼了？」這跟他有關係嗎？

「聽說過？」趙庸氣極反笑。「蕭將軍，溧陽郡主口口聲聲說她懷了你的孩子，你一句聽說過，就完事了？」蕭將軍果然冷血！

「她的孩子不是我的。」蕭景田不耐煩地道：「那天晚上，我跟著援軍一起去山梁村，順便住在我岳母家，是你趙將軍跟秦溧陽留在船上。後來我聽秦十三說那天晚上你們倆喝得爛醉，若秦溧陽的孩子是那天有的，那也只能是你的，怎麼也賴不到我頭上。若不信，你去問秦十三。」

「你、你……」趙庸驚恐道：「你想起來了？」

他不是失憶了嗎？怎會把那天晚上的事情說得那麼清楚？

蕭景田愣了一下，繼而迅速翻身上馬，疾馳而去。

穗兒，我回來了。這次，我是真的回來了！

眼看三天就要過去了，還不見蕭景田回來。

麥穗有些忐忑不安。

「興許是有什麼事情耽擱了。」吳氏安慰道：「妳放心，姑爺做事向來穩重，他不會有事的，之前牛五和小六子不是說他帶著人去了大菩提寺嗎？佛門重地，想來也不會出什麼事的。」

「也是，可我總覺得像是要發生什麼事一樣，心裡有些慌慌的。」麥穗扶額道：「我好擔心景田再出什麼意外。」

「別想了，娘陪妳出去走走。」吳氏見女兒鬱鬱寡歡，忙道：「聽說妳公公請來的那個老道正在海邊祈福，村裡好多人都去看熱鬧了，咱們也過去看看吧。」

「好。」麥穗回屋換了衣裳，領著黑風，跟吳氏一起去了海邊。

海邊果然很熱鬧。

老道士披散著頭髮，嘴裡唸唸有詞地站在香案上作法，時而雙手合十，單腿站立，時而伸開雙臂，做雙翅欲飛之態。

海風呼嘯而過，吹得他衣角亂飛，寬大的衣袖嘩啦、嘩啦響，看起來仙氣十足。

村人哪裡見過這架勢，很快就圍在老道士的四周。蕭家請的這個老道士看起來還挺靠譜，說不定真的是神仙轉世。

蕭宗海則領著蕭福田和蕭貴田兄弟倆，半跪在火盆旁，把這幾天疊好的紙錢一把一把地放在盆裡燒。

父子三人都沒說話，神色很虔誠。

人太多，麥穗不想擠過去，便找了塊乾淨的礁石坐下來，望著波瀾壯闊的海面出神。

她記得去年這個時候，她常常跟著蕭景田的船去千崖島賣魚乾，那個時候，手裡雖然沒有多少錢，但日子過得還是挺快樂的。

如今，她吃穿不愁，鋪子的生意也蒸蒸日上，可因為蕭大叔的失憶，讓原本感情甚篤的夫妻又重新回到初識時的客套。

他對她雖然還算不錯，但她總覺得這樣的日子就像一朵鮮花沒有了芳香般的空洞乏味，他跟她看上去相敬如賓、和睦相處，可其中的失落只有她自己知道。

自從他回來後，就不曾對她有任何親暱舉動，甚至不曾真正把她當媳婦對待過……

想著、想著，麥穗鼻子一酸，忙掏出手絹擦了擦差點奪眶而出的眼淚。

她突然想起一句話，人之所以不幸福，是因為想要的太多。蕭大叔九死一生地回來了，那就是萬幸，人總得面對現實，不能要得太多。

麥穗只能這樣安慰自己。

「哎呀，景田媳婦，妳一個人坐在這裡幹麼？」狗蛋媳婦嘻嘻哈哈地走過來，打趣道：「想妳家景田了？」

「哪有？」麥穗不好意思地笑了笑。

「哈哈哈，肯定是想了，瞧瞧，那眼睛都是紅的。」梭子媳婦大剌剌地坐到麥穗身邊，拍拍她的肩頭。「景田媳婦，景田的事咱們都聽說了，我瞅著吧，他失不失憶的，也沒啥區別，反正他待妳一直挺好的啊。」

那天蕭景田抱著他媳婦去藥鋪，她可是親眼看到的，她真覺得蕭景田跟之前並沒有什麼不同。

「可不是嘛，我在家跟狗蛋說這件事的時候，狗蛋還不相信呢，說是我在亂嚼舌根。」狗蛋媳婦說著、說著，突然笑起來，拍著大腿道：「狗蛋還說，失憶了更好，回家一看，這麼好看的小娘子居然是我媳婦，還能再過一次當新郎的癮，想想就覺得美。」

麥穗有些哭笑不得，低頭抿嘴偷笑著。

這兩人說話口無遮攔慣了，一般人根本說不過她們。

「哎呀，景田媳婦，妳總算笑了。」梭子媳婦抓起她的手，親暱道：「妳看咱們兩個插科打諢地說了好一會兒，也是不容易，既然妳高興了，咱們就說正事吧。景田媳婦，妳覺得我倆咋樣？」

「挺好的啊。」麥穗會意，淺笑道：「有什麼話妳們就儘管說，拐彎抹角可不是妳們的性子。」

「妳鎮上的鋪子還要人不？」狗蛋媳婦笑容滿面道：「咱們兩個想去呢，聽說妳那裡中午還管一頓飯。」

「要啊，就是有些遠，妳們能行？」麥穗有些意外，她鋪子裡的人大都是從附近招來的，這樣來回上工也方便，畢竟魚嘴村離她家鋪子可是有三十多里路呢。

「行！怎麼不能行？」梭子媳婦認真道：「咱們商量好了，只要妳不嫌棄咱們，咱們就跟二丫一樣，來回跑著上工。不光是咱倆，村裡好多人都想去呢，到時候人多了，一起用驢車拉去就是。」

坐車的話，來回也就小半個時辰。

「只要妳們不嫌麻煩，我這裡當然沒問題。」麥穗笑了笑。

她倆幹活麻利不說，性子也大剌剌的，屬於非常陽光的那種，很好相處。有她們在，周圍的人都不會感到無聊。

「我就知道景田媳婦會同意的。」梭子媳婦拍手笑道。

「什麼事情這麼高興，說來聽聽？」姜孟氏領著蘇二丫滿面春風地走過來，笑道：「老遠就聽到妳們的笑聲了，是撿到大元寶了？」

「嘿嘿，跟撿了大元寶差不多。」狗蛋媳婦看了看蘇二丫，興高采烈道：「二丫，咱們很快就要去鋪子上工了，到時候咱們一塊兒幹活吧，妳別忘了，當初妳還說咱倆配合得最好呢。」

「哼，那我要跟芸娘一塊兒。」梭子媳婦擠眉弄眼道：「看誰做得快！」

「可巧了，咱們也是為了這事來的。」姜孟氏眉眼彎彎道：「老三媳婦，明天妳鋪子開工，我家二丫就不過去了。」

蘇二丫在一旁羞澀地笑著，緩緩低下頭。

「有了？」麥穗驚喜道。

除了這個理由，她想不出還有別的原因能讓蘇二丫不去上工。

「嗯，一個多月了呢。」姜孟氏笑得像朵花一般燦爛。「前天晚上吃飯的時候，二丫說胃口不大好，飯也沒吃。我當是她累了，便給她做了一碗蛋湯，哪知她剛喝一口，就吐了，我趕緊找大夫來，一看，那可不就是有了！

「哈哈，我盼星星、盼月亮，可算把我的大孫子給盼來了。」姜孟氏越說越興奮，就差沒跳起來。「老三媳婦，現在二丫金貴著呢，等她生完孩子，再去鋪子替妳幹活。如今啊，我捨不得了。」

「哎呀，人家景田媳婦都四個多月了，還在鋪子裡張羅著出貨什麼的。」狗蛋媳婦聳肩。「妳家二丫才一個多月，就不做了？」

「娘，我哪有那麼嬌貴？」蘇二丫嬌羞道：「我沒事的。」

「妳還是在家裡休息幾天吧。」麥穗欣慰道：「我也算過來人，知道妳這個時候最是難受，等什麼時候感覺舒服了再說吧。」

「妳聽聽，還是妳三舅媽有經驗。」姜孟氏笑道：「反正妳三舅媽的鋪子是打算開一輩子的，不怕妳日後沒活兒幹。」

「就是、就是。」狗蛋媳婦和梭子媳婦附和道：「以後再去也不遲，景田媳婦總歸是妳舅媽，不怕她不要妳。若是她不要妳，妳就賴在她家裡不走，看她有啥法子。」

「我算是怕了妳們了。」麥穗嗔怪道。

眾人一陣哄笑。

黑風懶洋洋地趴在麥穗身邊打盹，聽見女人們的笑聲，牠睜開一隻眼瞅了瞅眾人，見女主子臉上帶著笑容，才又心安理得地縮頭繼續睡覺。

剛閉上眼睛，突然聽到一陣熟悉的馬蹄聲越來越近、越來越近，牠一個激靈，抬頭環視一圈，猛然觸及視野盡頭的那個身影，牠一陣興奮，嗷嗚一聲就躥了出去。

帥氣的男主子回來了，雖然這傢伙很小氣，只給吃兩個肉包子，但他畢竟是牠的男主子，可不能怠慢了，怎麼也得去迎接一下，以示忠心才是。

「黑風，你要去哪裡？快回來！」麥穗見黑風突然跑出去，以為牠又要去跟別的狗打架。這傢伙哪裡都好，就是這點不好，每每看見跟牠個頭差不多的狗，就齜牙咧嘴地想比劃一番，喊都喊不住。

眾人也循聲望去。

「咦，那不是老三嗎？」姜孟氏眼尖，老遠就看清馬背上的人影，興奮地道：「老三媳婦，妳看，是老三回來了啊。」

「對啊，最近一直沒見老三，他去哪裡了啊？」狗蛋媳婦望著朝這邊疾馳而來的蕭家老三，一下子傻眼了。

嘖嘖，蕭家老三還會騎馬啊，她見過騎驢的、見過騎牛的，甚至見過騎豬的，還從來沒見過騎馬的，騎馬的男人真威武啊！

「真的是景田回來了。」麥穗眼前一亮，她提起裙襬，下了礁石，看得更清楚了。真的是他，他回來了，他沒有食言。

蕭景田跳下馬背，大踏步地走到麥穗身邊，眼睛一眨也不眨地看著她，柔聲道：「媳婦，我回來了。」

「回來就好。」麥穗喜極而泣，這次總算沒有發生什麼意外。

「媳婦，我是真的回來了。」蕭景田的目光在她微微隆起的小腹上落了落，不由分說地彎腰抱起她，緊緊地把她摟在懷裡，然後就帶著她一個躍身跳上馬背，像風一般疾馳而去。

黑風也緊緊跟在兩人後面，跳上堤岸，轉眼不見了身影。

眾人傻眼了。

這、這到底是鬧的哪一齣？

蕭景田居然在眾目睽睽之下，抱著他媳婦，就這麼走了？

第一百一十一章　他真的回來了

待麥穗反應過來，蕭景田已經帶著她到了家門口。

他抱著她，跳下馬背，踢開大門，大踏步地進了臥房。

「景田？」麥穗試探著喚道。他到底是怎麼了？

「媳婦，我回來了，我真的回來了。」蕭景田把她輕輕放在床上，自己也蹬掉鞋子躺上去，低頭吻住她久違的唇瓣，用力吮吸著她甜美的味道。

如果可以，他想現在就把她揉進他的身子裡，他們再也不分離。

「景田……」麥穗被他突如其來的熱情嚇壞了，抬手推開他壓過來的身子，提醒道：「景田，當心孩子，你壓到我了。」

怎麼他出去一趟，回來就又變了呢？這樣熱情的蕭大叔，讓她有些無所適從。

「我會小心的。」蕭景田伸手扯下床幔，長臂一伸，把她摟進懷裡，興奮道：「媳婦，我想起來了，什麼都想起來了，我是真的回來了啊！」

「你……想起來了？」麥穗驚喜交加。「是因為妙雲師太的熏香？」

「是的，就是妙雲師太的熏香。」蕭景田低頭堵住她的嘴，大手在她腰間摩挲。

一路上，他都在想著她的一顰一笑，想著她光滑如玉的肌膚，他渴望她的身子，渴望她的一切。

「景田，現在真的不行。」麥穗感受著他炙熱的慾望，臉紅道：「我擔心會傷了孩子。」

雖然她也很想跟他恩愛，但如今她是有孕之身，一切得以孩子為重。

「放心，我怎麼會傷了孩子呢？我不進去。」蕭景田喘息道，扯開被子蓋在兩人身上，手卻一刻不停地解著她的衣衫。

不能吃，看看總行吧！

麥穗紅著臉，索性任他在她身上忙碌。

男人雖然心急了些，但終究還是有所顧忌，動作既輕且柔。

待她全身布滿大大小小的吻痕時，他才心滿意足地環住她日漸變粗的腰身，耳朵貼在她微隆的肚子上，好奇地問道：「媳婦，妳說咱們的孩子，知道他爹爹回來了嗎？」

「他當然知道。」麥穗沈浸在巨大的喜悅裡，嬌嗔道：「他肯定能感覺到的，不信你摸摸，他會動了呢。」

「孩子在肚子裡會動？」蕭景田頓感驚訝，帶著薄繭的大手輕輕在她的肚子上來回撫摸一番，興奮道：「哪裡是頭，哪裡是腳？」

「哎呀，現在哪能分得清？」麥穗嗔怪道：「他現在是左右來回動，說不準很快就又換地方了。」

說著、說著，她的眼角有了淚。

這才是她的蕭大叔，她的蕭大叔是真的回來了。

「小崽子，我是你爹，你能聽見嗎？」蕭景田目不轉睛地盯著她的肚子問道。

麥穗哭笑不得。

小崽子……這稱呼聽著怎麼這麼彆扭呢？

肚子裡的小崽子顯然也不樂意了，用力對著那個聲音踢一腳。

誰是小崽子啊？不給取個名字也就罷了，還亂叫！這是什麼爹啊?!

蕭景田驚訝地看著他媳婦的肚皮一跳一跳地鼓起來，欣喜道：「媳婦，他聽見了，他真的聽見了！」

麥穗看他開心得像個孩子般，也跟著笑起來。

這時，大門響了一下，有人走進來。

「快起來，我娘回來了。」麥穗趕緊起身，手忙腳亂地穿衣裳。

大白天的，他們這樣真的不大好，特別是她的親娘還住在這裡呢。

「妳躺著，我起來就是。」蕭景田原本就沒脫衣裳，他翻身下床，穿鞋走出去。

見到吳氏，他笑容滿面道：「岳母安好，穗兒有些乏了，先讓她睡一會兒，等吃飯的時候再喊她吧。」

「好，我去做飯。」吳氏笑著進了灶房，準備做飯。

適才在海邊的時候，吳氏親眼看見女婿抱著女兒回來，想到小倆口肯定有許多話說，她才故意晚回來一會兒。只要他們小倆口感情好，她就心滿意足了。

夜裡，蕭景田去老宅坐了一會兒，陪著他爹娘聊了幾句，又似乎想起什麼，匆匆地起身，騎馬去了鎮上，連新宅也沒顧得上回去。

吳氏聽見馬蹄聲，出門看了一下，回來對麥穗說：「剛剛看見姑爺匆匆忙忙地騎馬走了，像是有什麼急事一樣。」

「也許是真的有急事吧。」麥穗笑道。

景田說所有的事情都解決，他再也不走了，會安心在家裡陪著她，她相信他。

「穗兒，不是娘多心，但娘總覺得那個郡主不會就此罷休的。你說姑爺這個時候去鎮上，是不是去看郡主了？」吳氏狐疑道：「妳別忘了，郡主就在鎮上坐月子呢。」

且不說那郡主的孩子是不是姑爺的，就憑她跟姑爺的交情，姑爺回來能不去看她？

「娘，景田不是那樣的人。」麥穗不以為意道：「他說不定是去找于掌櫃了，肯定不是去找溧陽郡主。」

「那就好。」吳氏陪女兒坐一會兒，便回了自己的屋子裡。

想到那個溧陽郡主，她心裡又是一陣嘆息，就是不知道郡主的孩子到底是誰的？

半個時辰後，蕭景田拴了馬，風塵僕僕地進屋。

見屋裡靜悄悄的，想來岳母和媳婦都睡了，他便輕手輕腳地拿浴巾，進了浴室，待洗漱完畢，才一身清爽地走進臥房。

「回來了？」麥穗原本就沒睡著，見他回來，隨即起身問道：「這麼晚了，你去鎮上幹麼？」

「我去同濟堂找李大夫問點事。」蕭景田解衣上床，伸手把她攬在懷裡，吻了吻她，意味深長道：「他的回答讓我很滿意。」

「什麼事？」麥穗疑惑道：「你是不是擔心你的失憶症會再發作？」

妙雲師太原本說是半年後才能見效，如今才短短不到兩個月，蕭景田就恢復了記憶，的確有些反常，這件事當然得好好問一問大夫。

只是這件事不是應該去問妙雲師太嗎？怎麼會去問李大夫？

「我問的不是我的失憶症。」蕭景田哭笑不得，索性把身上的衣裳都脫掉，長臂一伸，將一頭霧水的女人擁在胸前，他的大手不規矩地探進她的衣衫裡，鄭重地道：「我問的是咱們夫妻之間的事。」

「咱們什麼事？」麥穗依然不解。

「夫妻之間，還能有什麼事？」蕭景田伸手扯開她的衣衫，低頭吻住她胸前的柔軟，呼吸也跟著急促起來。「李大夫說，四個月以後，偶爾進行一次房事無妨的。妳放心，我輕一點，不會傷了孩子的。」

「啊，你竟然問了這種事？」麥穗頓覺羞愧難當。話說這樣的事他怎麼問得出口，還專程騎馬去鎮上問……

奇怪，他失去記憶的那些日子，也曾跟她同床共枕過，怎麼不見他有半點情動的樣子呢？敢情蕭大叔那時候都是裝的啊！

床帳裡，一片旖旎。

而隔天，麥穗一覺醒來，天已經大亮了。

想到昨晚的事，她一骨碌地爬起來，本能地摸了摸肚子，覺得除了身上有些痠痛，並無異樣，這才徹底放心。

聽到屋裡有動靜，吳氏掀簾走進來，低聲道：「碧桃來了，說有事要找妳，我讓她在外面書房等妳。」

麥穗有些納悶。

自從上次在禹州城見了碧桃一面，就再也沒有見過她，如今事情都過去這麼久，她還來幹什麼？難道是秦溧陽派她來的？

「夫人救命之恩，奴婢無以為報，請受奴婢一跪。」碧桃跪倒在麥穗面前，哽咽道：「之前多有得罪夫人之處，還請夫人大人不記小人過，原諒奴婢。」

「起來說話吧。我當初救妳，不過是舉手之勞，從未想過讓妳報答我，妳不必介懷。」麥穗不冷不熱道：「妳來找我，是有什麼事？」

她對秦溧陽以及這個碧桃，都沒有什麼好印象。這主僕倆的臉皮不是一般的厚，她可不想跟她們再有任何瓜葛。

「夫人，奴婢明天就要啟程跟著郡主回銅州了，特來跟夫人道謝和告別。」碧桃咬唇道：「郡主說這次回去，就再也不會來禹州城了。」

麥穗沈默不語，她對秦溧陽的事情一點興趣也沒有。

「夫人，奴婢知道所有的事情都是郡主不對，還請夫人不要放在心上。」碧桃看了看麥穗，欲言又止。她咬著唇，目光殷殷地看著麥穗，內心似乎有所掙扎。

「妳到底想說什麼？」麥穗淡淡問道。

秦溧陽身邊的人，什麼時候變得如此伏低做小了？

「奴婢、奴婢……」碧桃鼓起勇氣道：「夫人，郡主的孩子，是、是趙將軍的。」

「妳怎麼知道是趙將軍的？」麥穗心頭跳了跳。

如果趙庸跟秦溧陽真的恩愛過，就算秦溧陽不承認，可趙庸那裡，怎麼也沒透出半點風聲呢？這兩人到底是什麼情況？

「之前郡主一直說孩子是蕭將軍的，奴婢也信以為真。」碧桃絞著衣角道：「可是、可是自從郡主生了小小姐，奴婢就發現小小姐生得酷似趙將軍，驚訝之餘，奴婢又私下問了秦十三。秦十三證實說是在之前魚嘴村的海戰中，蕭將軍去山梁村那一晚，趙將軍便跟郡主在一起喝酒，聽說兩人都喝醉了，後來、後來郡主就有了身孕……」

這時，蕭景田和趙庸剛好信步進了院子。

兩人還未站穩腳跟，便聽見書房裡清清楚楚傳來碧桃的聲音。「夫人對奴婢有救命之恩，奴婢不想夫人因為此事再誤會蕭將軍，小小姐的確是趙將軍的孩子。」

趙庸聞言，如遭雷擊般，身子猛然晃了晃，繼而一個箭步衝進去，揪著碧桃的衣襟，厲聲道：「妳再說一遍，溧陽郡主的孩子是誰的？」

碧桃冷不防見到趙庸，大吃一驚，嚇得一句話也說不出來。

「碧桃，這樣的事，總歸是瞞不住的。」麥穗這才慢悠悠地開口。「我要是妳，就會把所有事情都如實告訴趙將軍，畢竟他是妳家小小姐的親爹，妳們瞞得了一時，瞞不了一世的。」

「快說！」趙庸怒吼道。

「回稟將軍，我家小小姐的確是您的孩子。」碧桃慌忙跪在地上，如實道：「因為、因為小小姐，長得跟趙將軍您一般無二。」

「哈哈哈，果然是我的孩子。」趙庸仰頭大笑，抓住蕭景田的肩頭猛搖。「蕭將軍，我也有孩子了，我有孩子了！」

說完，他急匆匆地走出去，翻身上馬，揚鞭而去。

碧桃臉色蒼白地跟著跑出去。這可怎麼辦才好？若郡主知道是她洩漏這個秘密，說不定會殺了她。

趙庸一口氣疾馳到鎮上，停在客棧門口後，他急急地下馬進了院子。

因為走得太快，進門的時候被門檻絆了一下，冷不防摔了個四腳朝天。

他狼狽地爬起來，跌跌撞撞地進屋，喊道：「溧陽、溧陽，我來看妳了。」

「將軍，您不能進去。」秦十三攔住他。「郡主正在坐月子，不方便見人。」

「讓開，我要見溧陽。」趙庸一腳踢開秦十三，大剌剌地進了屋。

屋裡的畫面差點閃瞎他雙眼，只見秦溧陽正抱著孩子，在奶娘的指導下餵奶，她臉上的神情格外柔和，還笨拙地騰出一隻手撫摸孩子軟軟的頭髮，溫聲道：「舟舟乖，舟舟吃娘的奶，快快長大。」

舟舟？

趙庸心裡一陣蕩漾，那晚船上的旖旎在心頭一閃而過，他一個箭步衝上前去，急切道：「溧陽，我來看妳和孩子了。」

秦溧陽和奶娘齊齊嚇了一跳。

「你、你是怎麼進來的？」秦溧陽慌忙背過身去，拉起衣襟，把懷裡的孩子交給奶娘，扭頭厲聲道：「誰讓你進來的？趕緊給我出去！」

「溧陽，我都知道了。」趙庸看了看奶娘手裡的孩子，柔聲道：「都是我的錯，之前沒有好好照顧妳們母女，現在我知道孩子是我的了。妳放心，我會對妳們母女負責，我會請求皇上賜婚，光明正大地娶妳。溧陽，我是真心的。」

「滾，你給我滾！」秦溧陽惱羞成怒，猛地抓起桌上的茶壺朝他扔過去。「你少在這裡胡說八道，這孩子跟你一點關係也沒有。你走，我不想見到你。」

她的聲音太大，把舟舟嚇得哇哇大哭。

「我走、我走，妳不要生氣。」趙庸聽見孩子的哭聲，心都亂了，忙退出去。「月子裡不能生氣，妳好好保重身子，我改天再來看妳。」

「碧桃呢？」秦溧陽氣急敗壞地道：「這吃裡扒外的東西，我今天就要清理門戶！」

「郡主，您別生氣，氣壞了身子總是不值的。」奶娘小聲道：「碧桃姑娘今天不是去禹州城，收拾那邊宅子裡的行李了嗎？」不過，這事跟碧桃姑娘有什麼關係？

秦十三瞧見屋裡的混亂，一頭霧水。誰能告訴他，究竟發生了什麼事？

趙庸剛走，又有人敲門。

秦十三很生氣地問道：「誰？」

今天真邪門，怎麼這麼多人來？

「是我，廖清。」廖清畢恭畢敬地站在門外答道。

「進來吧。」秦十三領著廖清進了書房，面無表情地問道：「廖老闆，你來幹什麼？」

「聽說郡主喜得千金，在下特來拜會。」廖清說著，忙從懷裡掏出一個紅木匣子，笑道：「這是給小小姐的見面禮，區區心意，還望郡主笑納。」

「知道了。」秦十三收起木匣，見他還不走，又問道：「還有事嗎？」

「在下有要事想跟郡主商量。」廖清鄭重地道：「還望秦侍衛通融一二。」

秦十三大驚。「廖老闆，郡主在坐月子呢。」

「我知道。」廖清忙道：「在下知道郡主此時不方便見外男，只是在下是真的有要事，得跟郡主稟報。」

「你等著，我去問問。」秦十三只得再次進去通報。

「讓他進來吧。」秦溧陽這次倒是十分痛快。

「郡主，在下聽說趙廷去了大菩提寺，要不要在下去找蕭將軍商量此事，伺機下手除掉他？」透過萬馬奔騰的屏風，廖清對著那個影影綽綽的身影，皺眉道：「並非在下推諉，但此事若沒有蕭將軍幫忙，單憑在下一己之力，是辦不到的。」

之前溧陽郡主說，蕭將軍失憶了，也不記得他們的這個計劃。當時他就想去提醒蕭將軍來著，可是苦於沒有機會見到蕭將軍，這件事便拖到現在。
如今，好不容易打聽到趙廷去了大菩提寺，他只得硬著頭皮來跟秦溧陽商量此事，這麼好的機會可不能錯過了。
「你不用去找他了，趙廷已經死了。」秦溧陽淡淡道：「二哥已經替我報了仇，這件事算是結束了。」
她知道蕭景田除掉趙廷，並非是為了替她報仇，而是他心中有大義，有家國百姓，有他媳婦，唯獨沒有她……從來都沒有她。
廖清一直到坐上馬車，還覺得有些迷迷糊糊。
那蕭將軍到底是失憶了，還是沒失憶？
天剛矇矇亮，在金山鎮的官道上，一輛馬車悄無聲息地上路，漸漸遠去，轉眼消失在白茫茫的晨霧裡。
「你打算怎麼辦？」不遠處的山崗上，蕭景田望著遠去的馬車，扭頭看著身邊的男人。
「你就這樣眼睜睜看她帶著孩子走了？」
「她不想見我，她喜歡的人自始至終都是你，她是個異常固執的女人。」趙庸苦笑道：「說起來也是我混蛋，跟她春風一度之後，就立刻把她拋到腦後。後來她有了身孕，我也不曾過去關心一下，明明知道孩子有可能是我的，卻從來沒有想去好好調查一番。當時那麼多船在海上，我不信沒人察覺我倆的異樣，不過是忌憚我倆的身分，不敢亂說話罷了，而我對這些，卻從來沒有放在心上。」

說到底，他對她也不是多麼喜歡，僅僅是有些好感罷了。若不是因為有了孩子，或許他跟她之間永遠不可能有一絲瓜葛。

見蕭景田不說話，趙庸望了望馬車遠去的方向，嘆道：「我已經錯了一次，不能繼續錯下去了，昨晚我想了一夜，決定把這邊的事情處理完後，就去銅州找她。就算她不想看到我，我也得去陪著舟舟，看著她長大，我得負起一個當父親的責任來。」

蕭景田微微頷首。

他覺得趙庸的想法很對，秦溧陽再怎麼不待見他，他也是孩子的父親，男人應該要有所擔當。

「我名下的鋪子和山莊，你有沒有興趣接手？」趙庸看了看蕭景田，握拳輕咳道：「西北銅州離這裡有千里之遠，我這一去或許不會再回來了，你知道我這些年一直過得渾渾噩噩的，就剩這點家產了，若是變賣，怕是也沒人敢買，所以我想找個靠得住的人，幫我打點一二。」

「這件事我幫不上你。」蕭景田淡淡道：「你也知道我媳婦懷有身孕，她的身子越來越重了，我得幫她打理鎮上的鋪子。另外，最近幾天我發現琴島那邊的水質越來越好，特別適合海參的成長，所以我想在那邊圈一個海參池子，用來養殖琴島海參。光這些事情，我就忙不過來了。」

「你、你想養殖海參？」趙庸大驚，琴島海參那可是價格昂貴的寶貝，可以賣一萬兩銀子一隻，還供不應求。若是真的能養殖成功，那這傢伙將來肯定是富可敵國啊！

「是的，我覺得能行。」蕭景田緩緩點頭。「你知道之前我為了還債，曾經在琴島捕撈過好幾天，對那邊水下的情況很熟悉。我覺得琴島並沒有世人想像的那般可怕，只不過是暗礁多了一些，個別地方的水流急了些罷了。只要熟悉琴島的地形，所有問題都會迎刃而解。」

琴島海參在世人眼裡之所以難以捕撈，可望而不可即，那是因為之前捕撈海參的都是外地人，雖然識一些水性，卻不知道海底有暗礁和急流，這才白白送了性命。

如此一來，各種傳言沸沸揚揚地傳開來，琴島海參才因此變得神秘起來。

「如此說來，那你的事的確也不少，可是我該怎麼辦？除了你，我誰也信不過。」趙庸想了想，索性心一橫，輕咳道：「景田，你一定要幫我，要不然，我就決定住在你家不走了。」

「趙將軍，我覺得蘇將軍可以幫你這個忙。」蕭景田推薦道：「要是我沒猜錯，等你走了以後，蘇錚就會被任命為總兵府大將軍。由他出面幫你打理，是再好不過了。」

「蘇錚這個人，你不提也罷。」趙庸不屑道：「我敢打賭，若是我手裡的這些鋪子和山莊交到他手裡，你信不信他會一個摺子上去告我貪贓枉法、假公濟私。這些年我是荒置軍務沒錯，但我名下的鋪子和山莊都是自己辛辛苦苦攢下來，可不是貪來的。偏偏那個臭小子老說我貪污軍餉，剋扣將士們的月錢。我呸，他分明是眼紅我！」

「好了、好了，別再說了。」蕭景田實在聽不下去，沈吟道：「不如這樣，你從鋪子和山莊裡挑幾個心腹，訓練他們可以獨當一面，我得空就過去轉轉，幫你查查帳目，然後每三個月或半年派人去銅州跟你彙報一下收支情況，你看如何？」

「好，那就這麼定了。」趙庸眼前一亮。「我回去就著手安排此事。有你照應著，我可以放一百個心。」

兩人邊說邊下了山崗，紛紛翻身上馬，各走各路。

第一百一十二章　歸處

姜孟氏描著鞋樣，坐在窗下跟麥穗閒聊。「蘇三的事妳聽說了嗎？聽說她被袁庭送回老家去了，為此大姑姑還去鬧了一場，卻不想被袁庭三言兩語給嗆回來。大姑姑回來後，卻一個勁兒地埋怨二姑姑，二姑姑居然還一聲不吭，由著她說呢！」

「對了，表姊，妳說我婆婆到底是有什麼把柄握在蘇姨媽手裡？我怎麼覺得婆婆在蘇姨媽面前，好像總是抬不起頭來呢？」麥穗不可思議地問道。她其實早就想問了，只是一直沒有機會開口。

她這個月一下子把成記船隊的貨款和欠于掌櫃的債務全都還清，心情很愉悅，故而也開始對婆婆的往事感興趣了。

「我跟妳說了，妳可別跟別人說啊。」姜孟氏環視一眼四周，低聲道：「二姑姑未出閣的時候，有一次去看戲，見臺上唱戲的小生唱得口乾舌燥，便動了惻隱之心，偷偷回家燒水給那小生喝。卻不想那個小生卻是個風流種，誤以為二姑姑愛慕他，想跟她生米煮成熟飯，幸好被大姑姑撞見，二姑姑才沒有失身給那個小生。也就因為這件事，二姑姑被繼母匆匆地嫁給二姑父，而大姑姑也一直用這件事威脅二姑姑呢。」

麥穗恍然大悟，原來婆婆還有這麼一樁難以啟齒的往事啊！

只是她覺得這也不是婆婆的錯，而是蘇姨媽的人品太差。不管怎麼說，婆婆也是受害者，事情過去就過去了，怎麼還動不動就拿此事敲打婆婆？真不厚道。

時值二月，天氣乍暖還寒，蕭家院子裡的迎春花開得如火如荼，清香襲人。

蕭景田無心欣賞這番美景，來來回回地徘徊在窗外，聽著屋裡女人依稀傳來痛苦的呻吟聲，他的心都要碎了。

他再也忍不住了，抬腳就進了屋。

「哎呀，景田，你不能進來的。」孟氏正滿頭大汗地往盆裡舀熱水，見蕭景田進來，忙道：「女人生孩子都得過這道坎，尤其是頭一胎，總是艱難些，你不要著急，再等等。」

裡屋傳來穩婆的催促聲。「使勁啊，再使點勁。」

「還是先喝點參湯提提神吧。」吳氏提議道：「我看這一時半會兒還生不了，少說也得小半個時辰。」

蕭景田掀簾走進去，屋裡的女人一陣驚呼。

「哎呀，姑爺使不得，你趕緊出去。」吳氏大驚，忙道：「男人可不能進產房啊！」

「東家，您還是趕緊出去吧。」穩婆也勸道：「您儘管出去等著，我保證不出一個時辰，就讓您當上爹。」

她可是京城有名的穩婆，有她在，儘管放一百個心。

蕭景田見他媳婦被折磨得滿頭大汗，心痛如絞，忙半跪在麥穗面前，握住她的手，柔聲道：「媳婦，妳受苦了。」

「景田，你出去安心等著就行。」麥穗勉強笑道：「這孩子不是個慢性子，他該出來的時候，自然就出來了。」

說完，又是一陣排山倒海的陣痛襲來，她忍不住痛呼，眼淚也跟著流下來。

「我不出去，就在這裡陪著妳。」蕭景田忙掏出帕子替她擦眼淚，溫言道：「妳若是疼就喊出來，不要忍著。」

穩婆實在看不下去了。這是在生孩子好吧？這小倆口卿卿我我的在幹麼啊？但她終究是東家花重金從京城請來的，又不好直說，只得用胳膊戳了戳吳氏。

吳氏是岳母，她說話應該管用。

吳氏會意，輕咳道：「姑爺，你還是出去吧，你在這裡，咱們都不知道該幹麼了，再這樣下去，穗兒只會遭更大的罪。你相信咱們，穗兒這胎其實挺順利的，這才發作小半個時辰，就能看見孩子的頭，一會兒孩子就能生出來了。」

「對的，東家，您還是出去吧。」穩婆附和道：「我保證夫人一定能順利生產的。」哎呀，她見過感情好的夫妻，可是沒見過感情如此好的，大張旗鼓地把她從京城請來也就罷了，沒想到連生孩子都得陪著。

「景田，你趕緊出去。」孟氏端著水走進來，也跟著勸道：「這終究是女人的事，你一個大男人在這裡算怎麼一回事？快出去！」

蕭景田無奈，抬手揉了揉他媳婦的頭髮，便起身走出去，繼續在窗外轉著圈。

不一會兒，一陣嘹亮的哭聲從屋裡傳出來。

生了，終於生了！

蕭景田腳一軟，跌跌撞撞地走進去。

「景田，你當爹了，是個大胖小子，快來看看你兒子，跟你小時候一模一樣呢！」孟氏抱著孩子，喜極而泣，她終於抱上親孫子了，她心心念念盼了這麼久的孫子。

「恭喜東家、賀喜東家，小少爺六斤八兩，母子均安。」穩婆喜孜孜地上前討賞，以東家豪爽的性子，她這次的賞銀肯定是少不了的。

「穗兒，妳有兒子了。」吳氏滿含熱淚地拿布巾替女兒擦汗。

想到女兒一路走來所受的委屈，吳氏心裡愈加酸楚，好在是苦盡甘來，姑爺待女兒是真的不錯。如今女兒給他們蕭家生了兒子，姑爺就更不會虧待她了，說起來，女兒也是個有福氣的。

「穗兒，妳受苦了。」蕭景田溫柔地握住她的手，吻了吻她的指尖。「好好休息，剩下的事就交給我了。」

「好。」麥穗淺笑道：「你快看看咱們亦辰，看他像誰？」

名字是麥穗取的，她沒來由就是喜歡「亦辰」這兩個字。

蕭景田說只要是她取的名字，都好，他都依她。

「真的跟景田小時候一模一樣。」孟氏把孩子抱到兩人面前，興奮地道：「你們看看，這眼睛、這鼻子，都像景田。」

「像姑爺好，男娃娃嘛，自然像爹爹多一些比較好。」吳氏想起之前那些傳言，意味深長地道：「誰家的孩子當然像誰了，要不然，豈不是亂了套？」

孟氏聽了，不禁老臉微紅。

之前她的確懷疑過這個孩子是媳婦跟吳三郎的，想來自己當時也真糊塗。

蕭景田沈浸在初為人父的喜悅裡，並沒注意到他娘跟岳母之間的微妙氣氛。他小心翼翼地從娘的手裡接過孩子，僵硬地攬在臂彎裡，一動也不敢動，仔細端詳了一番那小小臉上的眉眼，心裡不禁漾起一股莫名的激動。

這是他的兒子，他的骨肉，越看越喜歡，他忍不住低頭親了親兒子的額頭，軟軟的、嫩嫩的，他都捨不得放手了。

麥穗見蕭景田抱著兒子，一副愛不釋手的樣子，心裡一陣甜蜜。

她生孩子所受的那些苦楚都算不得什麼了，她覺得她的人生，從此圓滿了。

七年後

「娘，爹爹什麼時候回來？」梳著羊角辮的蕭亦瑾端坐在鬱鬱蔥蔥的葡萄架下，扳著胖嘟嘟的小手數道：「爹爹去禹州城都五天了，瑾兒好想他。」

雖然小六子把琴島那邊的海參池打理得井井有條，三、五天就會到鎮上來彙報海參的長勢和潮水的變化，但蕭景田每個月還是會親自過去照料幾天，順便幫趙庸的那些鋪子和山莊處理一些瑣事。

少則一、兩天，多則三、五天，久而久之，麥穗都習慣了。

可是剛剛懂事的小女兒很不解，為什麼疼她、寵她的爹爹，每個月總有那麼幾天不見人影？

「瑾兒乖，妳爹爹很快就回來了。」麥穗做好飯，把灶間收拾乾淨，解下圍裙，走到女兒面前，低頭親了親她稚嫩白淨的小臉，淺笑道：「妳兩個哥哥不知道去哪裡玩了，妳去把他們找回來吃飯，好不好？」

女兒果真是貼心的小棉襖。

每次蕭景田去禹州城後，這小丫頭就一直寸步不離地陪著她，明明才五歲的小人兒，竟然還會幫她燒火、餵雞，當真是個好幫手。

不像那兩個臭小子，成天在外面瘋玩，除了回來吃飯、睡覺，壓根兒不見人影。

之前蕭景田曾提議，說是一家人乾脆都搬到禹州城去住，把鎮上的鋪子交給牛五打理，他不想看著媳婦每天那麼累。

其實他海參池一年的收入，比魚罐頭鋪子十年的收入還要多，家裡並不指望魚罐頭鋪子賺錢。

可麥穗不想去，她覺得鎮上有山有水的，環境比禹州城要好得多，再說這個魚罐頭鋪子生意正是紅火的時候，容不得半點馬虎，她不想這麼年輕就跟著蕭大叔去禹州城享清福。她覺得無論在什麼時空，女人只有經濟獨立了，才能贏得世人的尊重。

她剛剛二十出頭，正是幹勁十足的時候，等孩子大一些，她就再開幾家分店，把魚罐頭的生意繼續做大、做好。

蕭景田只得依她，他覺得他媳婦說什麼都是對的。

「娘，我想在家等爹爹。」蕭亦瑾噘嘴道：「若是我出去，爹爹回來就看不到我了。」

「可是爹爹今天不一定回來啊。」麥穗見女兒認真的樣子，失笑道：「那妳在家等爹爹，娘出去找哥哥們回來，好不好？」

蕭景田平日對兒子們都是板著一張臉，動不動就立規矩、樹家法，卻獨獨對女兒百依百順，甚至還會讓女兒在他身上騎大馬，滿院子裡上躥下跳地逗女兒開心。

蘇錚有一次瞧見了，差點驚掉下巴，想不到蕭大哥還有如此孩子氣的一面。

「不好。」蕭亦瑾搖搖頭，小大人般地嘆了口氣，道：「還是我出去找哥哥們，妳留在家裡等爹爹吧，他畢竟是妳老公。」

麥穗莞爾。

這小丫頭一向古靈精怪的，也不知道是像了誰。

上次她只是隨口喊蕭景田一聲「老公」，不想就被她聽了去，並且很快地領悟「老公」的意思，動不動就跟她說妳「老公」如何、如何。

雖然不知道蕭景田什麼時候回來，但麥穗估摸著也就這一、兩天了，為此，她還特意出門買肉，打算先蒸一鍋肉包子，等著他回來。

現在魚罐頭鋪子已經上了軌道，有牛五他們管理，基本上不用她插手，她只負責在家裡核算帳目、結算貨款什麼的。

每天大部分時間，她都在家裡照顧三個孩子，忙得團團轉。

蘇錚見她辛苦，幾次要把小梨送過來幫她，都被麥穗誠懇地拒絕了。她不習慣使喚丫頭，也不習慣家裡有外人住進來。

更重要的是，秦十三為了小梨，半年前就從銅州回到總兵府，人家郎情妾意，正是談婚論嫁時，她哪裡能討人嫌地把人家小倆口給拆散了。

她忽然想到兩年前，母親吳氏在街上偶遇兒時的玩伴池大叔。

池大叔早些年去了江州，在大戶人家家裡當管家，前些日子回來探親，便在鎮上小住幾天，正好碰見去鎮上買菜的吳氏。

兩人一見如故，相談甚歡。

後來，池大叔便經常來鋪子裡看吳氏。

吳氏得知他的心意，心中猶豫一番，她若再嫁人，就是三嫁了，她連想都不敢想。

麥穗覺得池大叔性情溫和，人品不錯，更重要的是他從未婚娶過，家裡也沒有什麼亂七八糟的事，娘要是嫁過去，肯定不會受委屈。

於是她便鼓勵娘接受池大叔，畢竟娘還不到四十歲，還很年輕，不應該就這樣自己過下去。

再加上池大叔鍥而不捨的追求，吳氏最終答應了他，跟著他去了江州。

去年春天，便生下一個兒子。

池大叔年近四十得子，很是激動，索性辭了管家一職，在麥穗和蕭景田的資助下，也開了一間鋪子，自己當起了掌櫃。

每隔一段時間，吳氏一家三口便會過來跟女兒、女婿住上幾天，共享天倫之樂。

麥穗對自己同母異父的小弟弟很疼愛，視如己出，但凡自己孩子有的，必不會漏了他的。

只是讓她頭痛的是，這個小弟弟一來，自家這三個孩子也都跟著齊聲喊弟弟，他們不明白這麼小的孩子，為啥還要他們喊舅舅……

而吳氏一走，西跨院就空了出來。

蕭景田便把三處院子的圍牆各鑿了一個拱門，連成一處，兩個兒子住西跨院，女兒住東跨院。

就算這樣，也還有好多廂房空著，便成了孩子們躲貓貓的好去處。

原本麥穗打算把公公、婆婆接過來一起住，反正家裡這麼多房子都空著，哪知老倆口卻死活不同意，他們說就喜歡住在村裡，哪裡也不去。

不過孟氏還是在鎮上住了四年，幫她把蕭亦瑾和蕭亦軒這對龍鳳胎帶到四歲，就又去了離鋪子不遠處的牛五家幫著帶孩子。

當時蕭芸娘的兒子剛剛兩歲，第二胎又快生了，家裡沒婆婆可照應，因此孟氏得過去伺候月子。

蕭亦辰比這對龍鳳胎弟妹大兩歲，剛剛被蕭景田送去麒麟書院讀書，小傢伙每天早上都會搖頭晃腦地在自己的院子裡唸書，很是勤奮。

想到這裡，她突然聽見大門響了一下，接著便有腳步聲傳來。

「孩子們，快去洗手，咱們就要吃飯了。」麥穗對院子裡喊了一嗓子，便開始準備碗筷。剛轉身，她卻被一隻有力的大手一下子攬進懷裡，男人身上還帶著一股清新冷冽的大海氣息。

他低下頭，伏在她耳邊，低沈道：「媳婦，想不想我？」

「景田，你今天真的回來了啊?!」麥穗心裡一喜，笑道：「瑾兒跟你還真是父女連心，適才她還在念叨著，說要在家等你呢。」

「孩子們去哪裡了？」蕭景田依然沒放開她，不停啃咬著她白皙嫩滑的脖頸，啞聲道：「什麼時候吃飯？我餓了。」

「辰兒和軒兒出去玩了，瑾兒出去尋他們了。」麥穗被他逗弄得耳根泛紅，柔聲道：「你餓了的話先吃吧，我這就去給你盛飯。」

「好，這是妳說的，那我就先吃了。」蕭景田一下子把她攔腰抱起，大踏步朝臥房走去。

出門五天，他是真的「餓」了，恨不得把這個女人生吞活剝。

「哎呀，這大白天的你幹麼？」麥穗會意，臉上倏地紅起來，掙扎道：「孩子們一會兒就回來了，讓他們看見怎麼辦？」

孩子們一天比一天大了，可不能由著他胡鬧。

「他們這不是沒回來嗎？」蕭景田不由分說地扯著她的衣裳，炙熱的呼吸噴在她臉上，一觸及她光滑如玉的肌膚，他忍無可忍地將她壓倒在床上，狠狠地吻上去，兩、三下便扯去她的衣裳，迫不及待地要了她。

這個女人生育了三個孩子後，身子比以前豐滿許多，猶如一朵剛剛怒放盛開的花兒，嬌嫩豐盈，每次都讓他欲罷不能……

「娘，咱們回來了。」院子裡傳來蕭亦瑾稚聲稚氣的聲音。「今天哥哥們沒有貪玩，他們跟姜小海在堤岸上釣螃蟹呢。」

姜小海是蘇二丫的兒子，比蕭亦辰小三個月，也在麒麟書院讀書，因為跟蕭亦辰、蕭亦軒兄弟倆年齡相近，三人常常在一起玩。

「娘，您做了什麼好吃的？好香啊！」蕭亦軒吸了吸鼻子，樂得一蹦三丈高。「哈哈，我猜到了，娘做了我最愛吃的紅燒魚。」

「先去洗手，才能吃飯。」蕭亦辰到底比他們大兩歲，有板有眼道：「娘說了，不洗手就吃飯的孩子，不是好孩子。」

「你快起來，孩子們回來了。」麥穗慌慌張張地推開身上的男人，萬一孩子們闖進來怎麼辦？

「這幫小崽子！」蕭景田嘀咕一聲，意猶未盡地又重重撞擊了幾下，才黑著臉從她身上退出來，起身後不緊不慢地穿衣。

小崽子們也不體恤、體恤他們爹爹這些日子的辛苦，這麼早回來幹麼？

「娘、娘，您在哪裡？」蕭亦瑾終於察覺出有些不對勁，撒腿就往屋裡跑，不斷地敲門。若是以往，娘肯定會笑盈盈地迎出來，讓他們先洗手再吃飯的。

聽著女兒的敲門聲，麥穗忙縮進被窩裡，尷尬道：「瑾兒，妳幫娘把碗筷擺上，娘一會兒就出去了。」

「好，那娘妳快點，我去擺碗筷。」蕭亦瑾倒也乖巧，轉身就跑去做事了。

「真是娘的乖女兒。」麥穗這才鬆了口氣，坐起來穿衣，見蕭景田一眨也不眨地盯著她看，嬌嗔道：「都怪你，害得我在女兒面前這麼狼狽。」

都老夫老妻了，還這麼猴急……

蕭景田見她衣衫半掩，兩頰生粉，別有一番風情，忍不住又把她壓在床上啃咬一番，喘息道：「吃完飯，妳就把他們打發出去，我等不到晚上了。」

「你真討厭！」麥穗羞澀地看了他一眼，臉紅道：「你先出去，我隨後就好。」

蕭景田信步走出臥房，擺出一臉為父者的威嚴。

「爹！」蕭亦辰和蕭亦軒兄弟倆見到蕭景田，大氣也不敢出一聲，規規矩矩地站在一邊。

「爹爹，您什麼時候回來的？」蕭亦瑾則是一臉驚喜，張開雙臂撲過去，環住她爹爹結實的腰身，仰臉道：「瑾兒好想您，下次您去禹州城，瑾兒也要跟您一起去。」

「好，爹帶瑾兒去。」蕭景田長臂一伸，笑容滿面地抱起女兒，連連轉了好幾圈，樂得蕭亦瑾哇哇大叫。

小女兒長得像極了麥穗，他很喜歡。

兄弟倆的目光都帶著幾分羨慕，他們長這麼大，還從來沒有跟父親這麼玩過。若不是兩人長相都酷似父親，他們會以為自己是爹娘從大街上撿來的……

吃完午飯，蕭景田煞有介事地檢查了蕭亦辰的功課。

雖然蕭亦辰對答如流、引經據典，分析得頭頭是道，但當爹的還是力求精益求精，覺得兒子的學問可以再更上一層樓，便大手一揮，拋給兒子一本書，讓他從書上摘抄一百句有關「修身、治國、平天下」的句子。

礙於父親的威嚴，蕭亦辰順從地拿起書本，乖乖地進了書房。

蕭亦軒則屁顛屁顛地跟在哥哥身後。

待兄弟倆走後，蕭景田的臉色瞬間變得柔和起來。

他伸手抱起女兒，用力往半空拋了幾下，爽朗笑道：「瑾兒，今天天氣這麼好，妳去後院找牛五姑父他們玩吧，去看看咱們鋪子裡又做了什麼新罐頭，爹猜一定有妳愛吃的香辣蟹。」

「我不，我要陪著您和娘。」蕭亦瑾認真道。

「可是爹爹累了，想睡覺了。」蕭景田打哈欠道：「要不然，妳也回屋睡一會兒覺吧。」

「不，我不睡。」蕭亦瑾搖搖頭，「我要陪著您和娘。」

蕭景田頓感無語。

看來這小丫頭的性子，也像極了某人。

麥穗知道蕭景田的心思，見他這樣煞費苦心地勸女兒，不禁抿嘴偷笑。

蕭景田知道勸不走女兒，只好陪她玩了一下午。

到了晚飯時間，一家子正準備開飯，卻見蘇錚笑容滿面地提著一罈酒，晃晃悠悠地走進來。

「蕭大哥、嫂夫人，我老遠就聞到香味了，特意過來蹭頓飯吃。」蘇錚不要臉地說道。

蕭景田的臉瞬間黑了。

他前腳剛離開禹州城，這廝後腳又跟來，難道堂堂大將軍不知道什麼是「小別勝新婚」嗎？

「蕭大哥，如今百姓安居樂業，邊境安穩，是天下人的福氣，更是你我的福氣。」酒過三巡，蘇錚略帶醉意。「君子逢亂世，救民水火，無可厚非；若遇盛世，理當蟄伏低調，才能安然度日。」

蕭景田微微頷首，不緊不慢地吃著湯汁鮮美的肉包子，冷不防問道：「蘇將軍也該成家了吧？」這廝要是有媳婦，就不會在他家裡如此聒噪了。

「嘿嘿，不著急、不著急，我這個人最不喜束縛，先自由兩年再說，反正蘇家兒郎有得是，也不指望我傳宗接代。」蘇錚咧嘴笑道：「不瞞蕭大哥，我來的時候，有先去你的海參池看了看，小六子說今年能出二十隻海參，若是你都送到京城去賣，就真的發財了，那可是二十萬兩銀子哪。其實琴島海參這玩意兒，說起來也就占了個名聲，上次你送我的那兩隻，我還收著呢，壓根兒就不想吃。」

蕭景田的臉更黑了。

敢情他那價值兩萬銀子的海參，是打了水漂了？

麥穗在一旁抿嘴偷笑。

蕭景田看了看身邊的小媳婦，索性捉過她的柔荑，放在他帶著薄繭的大手中揉搓著，輕咳道：「誰說我要送到京城去了？我跟蕭雲成說好了，下個月他出去送貨時，替我帶上十個，先去渝國賣上五個，再去趙國賣上五個。而剩下的十個，就等過年的時候，送去楚國賣五個，剩下的五個再送到京城即可。」

這樣一來，各國的那些世家貴冑們便都會覺得琴島海參可遇不可求，肯定會擠破腦袋爭相購買，如此一來，價格也就抬上去了。

賺大周貴族的銀子不算本事，要賺就賺鄰國和敵國的銀子。

「對了，聽說成宗主自斷一臂，還真讓人惋惜。」蘇錚只當沒瞧見兩人的小動作，自顧自地挾了一個肉丸子，放在嘴裡津津有味地嚼著。「那天我還聽到一個消息，說是妙雲師太最近在替成宗主研製假胳膊，能行嗎？」

當著他的面，小倆口卿卿我我的，還能不能愉快地談話了？

「妙雲師太醫術高明，肯定能行的。」感受到媳婦身上的體香，蕭景田不禁有些心猿意馬，情不自禁往麥穗身邊靠了靠，伸手把她半擁在懷裡，嘴上卻一本正經道：「能不能研製出來，並不重要，重要的是她心裡有希望，又有事做，日子就會過得充實。」

麥穗嬌嗔地看了他一眼，想推開他，卻不想被他緊緊地環在臂彎裡，半點也動彈不得，當著蘇錚的面，她又不好說什麼，只得任由他抱著。

感受著他身上炙熱的氣息，麥穗只覺得心如鹿撞，一動也不敢動，她擔心他再做出什麼出格的舉動來……

「蕭大哥，除了我，怕是誰也想不到未來大周最富有的人就是你了。」蘇錚這次倒沒注意到麥穗的尷尬，自顧自地道：「如今我算是真正明白一個道理，真人不露相、露相非真人，就是宮裡的那位，肯定也沒有你的銀子多。」

想到蕭景田海參池裡那些黑壓壓的海參，他就覺得不可思議，那都是銀子啊！

這如果只是男人會賺錢，也就罷了，偏偏他媳婦的鋪子也很厲害，現在整個成記船隊都快變成蕭家的了，每次出海拉的幾乎全是魚罐頭。

龍家和徐家被搶了生意，偏偏又不敢發作，誰敢招惹蕭景田哪！

「銀子多，責任也多。」蕭景田一手攬住媳婦，一手端起酒碗一飲而盡，淡淡道：「西北銅州一帶，歷經十年戰亂，如今依然民不聊生，讓我十分痛心。」

「我知道蕭大哥心中有大義，可這些畢竟是朝廷的事，不該咱們管的。」蘇錚肅容道：「就怕咱們好心相幫，可落在卑鄙小人眼裡，就成了別有用心之人。」

「這些我自然知道。」蕭景田撫摸他媳婦白皙嬌嫩的小手，幽幽道：「聽說半年前秦東陽酗酒而亡，秦溧陽接管了銅州軍務，趙庸則接任銅州知府一職，還把袁庭給調過去做副手。趙庸說他會勵精圖治，在銅州做出一番成績給秦溧陽看，若是他真的有心去做，我必定會資助他，也好早點讓銅州一帶的老百姓過上好日子。我不出面，就只出銀子，朝廷是懷疑不到我身上來的。」

「嫂夫人，妳同意蕭大哥這麼做嗎？」蘇錚表示懷疑，扭頭看著麥穗，畢竟誰的銀子也不是大風颳來的。

「不管什麼事，只要是景田想做的，我永遠都支持他。不過是要出點銀子資助一下，我自然是願意的。」麥穗深深地看了蕭景田一眼，淺笑道：「他在銅州那麼多年，對那裡終究是有感情的，等孩子再大一些，我就陪他去銅州走走，去看看那一面有雪、一面有花的靈珠山，瞭解一下西北的風土人情。」

到時候，兩人一邊遊玩，一邊趕路，想想都覺得是一件美好的事。

「對，等明年開春，天氣暖和了，咱們就去一趟銅州。」蕭景田替她理了理額前的頭髮，含情脈脈道：「到時候讓爹、娘過來幫著照看一下孩子，咱們痛痛快快地玩上一個月再回來。」

「好。」觸到他炙熱的目光，麥穗倏地紅了臉。

蘇錚再也看不下去了，面紅耳赤地起身告辭。

咳咳，以後蕭將軍家裡，他還是少來幾趟吧！

待安頓孩子們睡下，蕭景田才總算如願把嬌軟嫵媚的媳婦壓倒在身下。

兩人激戰纏綿了大半夜，直到女人嬌喘不止地連聲求饒，男人才心滿意足地停下來，兩人相擁而眠。

半夜，麥穗醒來，望著窗外皎潔寧靜的月光和身邊男人俊朗的臉龐，又想起睡在東、西跨院的孩子們，心裡全是滿滿的感動和幸福。
她知道，她會一直這樣幸福下去的。
現世安穩，歲月靜好。

——全書完

3月 PUPPY 美麗的邂逅

Doghouse X PUPPY

一夜歡

花花世界，霓虹燈下，
男人為歡而愛，女人為愛而歡，
當黎明來臨，激情褪散，
這一夜是偶然擦撞的火花，
抑或將點燃出恆久的光芒？

NO／515

一夜拐到夫 著 宋雨桐

這個行事作風霸氣冷漠的男人，現在是在勾引她沒錯吧？
可，他不是她今晚想色誘的目標耶！他這誘惑她的舉動，
分明是逼她把他當種馬嘛！她絕對不是故意碰他的喔……

NO／516

搞定一夜情夫 著 季葒

發生一夜情，還鬧出「人命」，完全顛覆了她的生活！
但是當雷紹霆突然出現在她面前、不斷糾纏她之後，
她決定主動出擊，搞定這個男人，讓孩子有個爸爸！

NO／517

一夜夫妻 著 左薇

唐海茵很意外，像莫傑這樣的鑽石級單身漢居然會看上她，
還對她展開熱烈的追求，甚至開口要求她嫁給他。
她覺得就像麻雀變鳳凰，卻發現他會娶她並非是因為愛……

NO／518

一夜愛上你 著 梅莉莎

原本以為跟他只是一夜情，從此以後不再有交集，
但她卻情不自禁愛上他，還偷偷生下他的孩子……
沒想到如今再度重逢，他竟然成了她的僱主?!

Hi-Life

3/21 在 **萊爾富** 與妳邂逅 **單本49元**

結髮為夫妻　恩愛兩不疑／初靈

2017年12月出版

財神嫁臨

她很慶幸自己穿成了周家阿奶的心肝寶貝，
否則她手不能提、肩不能挑的，光是下田都能累死她，
基本上，只要能吃飽飽、穿暖暖地過著小日子她就很滿足了，
偏生她阿奶是個能折騰人的，鎮日裡領著全家幹活，朝錢堆奔去……

文創風 590 1

若問誰是周家阿奶心中的好乖乖、金疙瘩，絕非周芸芸莫屬，
至於其他兒孫們，對阿奶來說，那就是一幫子蠢貨！
說起來，這都得歸功於小時候阿奶揹著她上山打豬草時，
她不小心從背簍裡跌了出來，然後正好摔在一顆大蘿蔔上，
待阿奶回身想將她撈起來時，卻發現她抱著蘿蔔，死活不肯撒手，
沒奈何，阿奶只得連人帶蘿蔔一道兒打包帶走，
回頭才曉得那根本是人參不是蘿蔔啊，還足足賣了二百兩銀子呢！
若只一次也就算了，偏這樣的事情陸續又發生了好幾回，
所以說，阿奶只差沒將她供起來，早晚三炷香地拜了！

文創風 591 2

有阿奶在前面擋著，周芸芸在周家簡直就是要風得風、要雨得雨，
這不，就連她從山上帶了頭猛獸回家養，阿奶都沒二話，
好在她天生就不是那種頤指氣使、養尊處優的大小姐，
她的萌寵會往家裡送糧食，她本人當然也不是個吃白食的，
什麼甜甜圈、棉花糖、花占餅、燒烤等等，那就是信手拈來的東西，
不過東西雖好，還要有門路推銷出去才能賺上錢，
恰巧，阿奶因緣際會地遇到個「有錢人家的傻兒子」，
他們一個願打，一個願挨，真真是天造地設的生意好伙伴，
為了讓喜愛賺錢的阿奶數錢數到手軟，她不使出十八般武藝成嗎？

文創風 592 3

這年的冬天來得特別早，人和動物們都來不及囤積足以過冬的食物，
阿奶說「大雪封山，虎狼下山」，懼的不是虎，狼群才可怕，
雖說也有孤狼，可那是打前哨的，而且，狼還格外的記仇，
若是宰殺了其中一匹，狼群就會一次次地上門，不死不休。
這一夜，狼來了，周家謹記阿奶的交代，僅把受傷的孤狼嚇跑，
然而去往老林家的那匹孤狼卻因咬死兩人、傷了兩人而被打死，
不僅如此，悲憤的老林家還把那匹狼給扒皮燉爛，直接煮來吃了！
結果沒過兩日，周芸芸就聽聞慘案發生了，群狼直奔老林家，
除了先前那兩名傷患以及送他們去鎮上就醫的，餘下無一倖存……

文創風 593 4 完

孟秀才這號人物，周芸芸多少還是知道一些的，
據說他年紀輕輕就考上了秀才，本該接著考舉人、進士的，
可惜大雪封山那年他爹娘意外過世，他須守孝三年，不得應考；
然後，她還知道他家很窮，窮到院門破破爛爛，門窗關不住風，
可說也奇怪，他家窮成這樣他都沒餓死，竟還有辦法繼續讀書呢！
不過，這些基本上都不干她的事，他們八竿子就打不到一塊兒去，
偏偏她家大伯娘居然犯蠢地設計起她和孟秀才，把他們推入水田裡，
這下可好，她名節受損，逼得他不得不上門提親，以示負責，
唉唉，連她這個受害者都忍不住要同情起他了啊……

渺渺浮生，訴不盡的兩世情深／水暖

2017年12月出版

天定良緣

告別前塵舊夢，這輩子她只盼獲得新生，
就算生在世族大家，難免有躲不掉的明爭暗鬥，
也總比被心愛之人背叛來得強。
不過她似是忘了，有些事可以隨歲月流逝，
可有些人，卻是想忘也忘不了……

文創風 586 1

陸婉兮一直視凌淵如命，到頭來反而教他要了命。
曾經有多愛，就有多恨，恨到她縱身而下，落入冰冷的湖裡——
可上天似是不想讓她就此委屈了結，她醒來後竟成了臨安洛家四姑娘洛婉兮！
同為「婉兮」，命運卻是天堂與凡間，
前世她是陸國公府家的掌上明珠，活得恣意灑脫，説風是風；
這世她父母雙亡，和幼弟相依為命，好在還有洛老夫人庇蔭。
她日子過得安分守己，小時訂了個不錯的娃娃親，
豈知自家堂姊和未婚夫暗通款曲，還想方設法要毀她名譽?!

文創風 587 2

「我要娶他！」
小小的陸婉兮天真地以為就像大哥娶大嫂，娶了就能天天在一塊兒了！
「我的傻姑娘，女兒家只能嫁人，可不能娶人。」母親笑著告訴她。
於是她歡天喜地的改口：「那我要嫁給他！」
彼時她才六歲，早已認定了心儀的他。
後來她如願嫁給了凌淵，可這段美好回憶在他的背叛下，只剩下諷刺！
本以為這世不會再見，可當那男人出現在眼前，她心中只有説不清的滋味。
這男人利用愛慕他的女子登上權力的巔峰，利用完後又一腳踢開，
他是這樣薄情的人，可為何她會在他眼中看到他對前世的她情深義重？

文創風 588 3

早在洛婉兮決定來京城的那一刻，命運就已為她寫好劇本，
要角一一現身，而最後結局是福是禍，皆取決於她。
曾經交好的姊妹，因為重重誤會而情誼不再；
對她照顧有加的嬤嬤被暗害而死，
煞費苦心找出真凶，背後的真相卻令她更覺膽寒。
牽扯越深，越難抽身。面對前世的至親，她難以無動於衷，
而她一心想躲著凌淵，卻不料他早已懷疑起她的身分，
為她布下天羅地網，只等著她一步步踏入……

文創風 589 4 完

就連洛婉兮也不明白自己為何又成了凌淵的妻子？
許是因皇帝將她賜婚給一個傻子，讓她不甘如此被人擺布，
也或許是當年真相大白，讓她驚覺竟是錯恨了他。
她以為時光帶走了一切，包括曾經的濃情密意，
卻不知與凌淵的每一次相處，都能讓她憶起當初的熟悉。
皇帝病重，朝堂變天，本以為一番風雨過後，終將迎來太平盛世，
可就有那些見不得別人好、想藉勢攀高枝的，
趁她有孕在身，欲將美貌女子推入凌淵懷裡，還要害她腹中孩兒……

文創風 622

將軍別鬧 4 完

國家圖書館出版品預行編目資料

將軍別鬧 / 果九著. --
初版. -- 臺北市 : 狗屋, 2018.03-
冊 ; 公分. -- (文創風)
ISBN 978-986-328-847-3 (第4冊：平裝). --

857.7　　107000509

著作者	果九
編輯	江馥君
校對	黃薇霓　黃亭蓁
發行所	狗屋出版社有限公司
地址	台北市104中山區龍江路71巷15號1樓
電話	02-2776-5889～0
發行字號	局版台業字845號
法律顧問	蕭雄淋律師
總經銷	知遠文化事業有限公司
電話	02-2664-8800
初版	2018年4月
國際書碼	ISBN-13　978-986-328-847-3

本著作物由阿里巴巴文學信息技術有限公司授權出版

定價250元

狗屋劃撥帳號：19001626

網址：love.doghouse.com.tw　E-mail：love@doghouse.com.tw